Führergold

Joachim H. Peters

Führergold

Roman

Verlag topp+möller
Detmold 2017

Titelfoto: Hamit Urasaew
Umschlaggestaltung: Kreativagentur · topp+möller conAct

Bibliografische Information der Deutschen Nationalbibliothek
Die Deutsche Nationalbibliothek verzeichnet diese Publikation in der Deutschen Nationalbibliografie; detaillierte bibliografische Daten sind im Internet über http://dnb.dnb.de abrufbar.

ISBN: 978-3-936867-73-2

Erste Auflage 2017

Verlag und Gesamtherstellung: topp+möller, Detmold
Lektorat: Volker Maria Neumann

Für Golling und seine Menschen

Ort einer glücklichen Kindheit

„Der wahre Zweck der Chemie
besteht nicht darin, Gold zu machen,
sondern Medizin herzustellen.“

Philippus Theophrastus Paracelsus

Prolog

13. März 1945 – Irgendwo in Österreich

Es war noch stockdunkel, und dicke Tropfen trommelten so laut auf die Plane des Steyr 640, dass man hätte meinen können, es regnete Kieselsteine. Der dreiachsige LKW rumpelte soeben über eine schmale Brücke und schrammte dabei mit dem vorderen Kotflügel am Steingeländer entlang. Der Aufprall schüttelte die müde vor sich hinstarrenden Männer auf der Ladefläche dermaßen durcheinander, dass einer von ihnen erbärmlich fluchte. Aber es blieb ihm, ebenso wie seinen neun frierenden Kameraden, nichts anderes übrig, als sich krampfhaft am Gestänge der Plane festzuhalten, um nicht von den harten Holzbänken geschleudert zu werden.

Der LKW, auf dem sie saßen, war eines von vier Fahrzeugen, welche ihren Standort zwei Stunden zuvor verlassen hatten und nun mit abgeblendeten Scheinwerfern einem diesigen Morgen entgegenfuhren. Den kleinen Tross führte ein Offizier mit Fahrer in einem VW-Kübelwagen vom Typ 82 an, während in den drei folgenden LKW ausschließlich Mannschaftsdienstgrade saßen.

Nachdem sie die Brücke passiert hatten, schaltete der Fahrer des Steyr herunter und beschleunigte wieder. Keiner der Männer auf dem LKW wusste, dass sie sich nun auf einer Forststraße befanden, die Erzherzog Johann 1907 hatte erbauen lassen, aber es wäre ihnen vermutlich egal gewesen. Unter der Plane sahen sie auch nicht, dass sie entlang eines Baches immer tiefer in ein enges Tal hineinfuhren. Und selbst wenn man ihnen gesagt hätte, wo sie sich gerade befanden, hätten sie damit nichts anfangen können. Keiner von ihnen war jemals hier gewesen, und vermutlich würde auch keiner jemals wieder hierherkommen.

Auf ihren Kragenspiegeln prangte das Abzeichen der Waffen-SS. Sie alle waren erst seit Kurzem in den Kasernen des Berghofes stationiert und zuvor aus allen möglichen

Teilen des Deutschen Reiches zusammengezogen worden. Alle hatten sich freiwillig zum Dienst in der Wehrmacht gemeldet und waren dabei für die Waffen-SS ausgesucht worden. Zwei Wochen zuvor hatte man sie aus ihrem jeweiligen Frontabschnitt abgezogen und – ausgestattet mit neuen Papieren – in Richtung Berchtesgaden in Marsch gesetzt.

Am dortigen Bahnhof eingetroffen, hatte man sie umgehend auf den Berghof transportiert und dort in einer der Baracken untergebracht. Das legendäre Haus des Führers hatten sie nur einmal im Vorbeifahren gesehen. Keiner von ihnen wusste genau, warum er hier war, aber alle waren sich sicher, dass sie nicht der Leibstandarte des Führers zugewiesen würden. Dafür fehlten ihnen sowohl die Verbindungen als auch die Beziehungen.

Die jungen Männer stammten aus einfachen Familien und kamen aus allen möglichen Gegenden des Reiches. Unter ihnen befanden sich Berliner, Franken, Hessen, Schwaben und Westfalen. Keiner hatte den anderen jemals zuvor gesehen. Keiner kannte den anderen. Es gab also keinerlei Verbindung zwischen ihnen, und das war auch beabsichtigt. Ebenso wie die Tatsache, dass alle unverheiratet waren und nur noch wenige Angehörige hatten. Diese Gruppe von Männern war, auf Befehl von ganz oben, für einen besonderen Auftrag zusammengestellt worden. Nun waren sie auf dem Weg, genau diesen Auftrag wahrzunehmen.

Zwei Raben flogen durch das Tal, und ihr Krächzen hallte von den steilen Felswänden zurück. Die Männer auf den lärmenden Lastwagen hörten es jedoch nicht. Sie alle waren körperlich gut in Form – etwas, das für die bevorstehende Aufgabe unabdingbar war. Ihre Vorgesetzten hatten sie für dieses Kommando nur zu gern gehen lassen, und das trotz der momentan prekären Kriegslage. Aber jeder Befehlshaber war froh, wenn er einen unliebsamen Untergebenen auf so eine elegante Art loswurde. Natürlich fehlten an der Front immer Soldaten, aber jeder der Männer auf dem LKW hatte, aus Sicht seines Vorgesetzten, eine negative Eigenschaft. Entweder waren sie stur, frech, aufmüpfig oder einfach nur sonderbar. Solche Männer in den eigenen Reihen zu haben, machte das Führen der restlichen Truppe nicht einfacher. Sie neigten zum Widerspruch, sie stachelten die anderen auf und setzten ihnen Flausen in den Kopf. Doch bislang hatte keine ihrer Verhaltensweisen dazu ausgereicht, sie zu disziplinieren. Sie waren einfach unbequem. Deshalb waren sie ausgesucht worden und nun hier gelandet.

Die Zahl der Schlaglöcher nahm ständig zu, Mensch und Material wurden kräftig durcheinandergeschüttelt, und die grobstolligen Reifen wühlten sich durch matschigen, grauen Schotter. Trotzdem blieb die Kolonne auf der weiteren Wegstrecke immer dicht beisammen.

Nach etlichen Minuten mussten sie erneut abbremsen, denn es galt eine weitere enge Steinbrücke zu passieren. Vor ihr auf der rechten Seite stand eine Holzhütte mit ein paar schweren Holztischen und Bänken davor, und die Männer auf dem LKW wären dort sicher lieber eingekehrt, als sich mit unbestimmtem Auftrag weiter in die Berge karren zu lassen. Doch einerseits war die Hütte um diese Uhrzeit noch geschlossen, und zum anderen sahen die Männer sie gar nicht. Einer nach dem anderen passierten die Lastwagen das schmale Brückenbauwerk und schlossen dann langsam wieder zum voranfahrenden Kübelwagen auf.

Das nächste zu überwindende Hindernis war ein Bachlauf, doch auch sein erhöhter Wasserstand in diesem Frühjahr bereitete den schweren Fahrzeugen keinerlei Probleme. Die LKW rumpelten hindurch, und die Männer auf der Ladefläche mussten sich erneut gut festhalten, um auf ihren Plätzen zu bleiben.

Keiner sprach. Einige hingen ihren Gedanken nach, andere versuchten zu dösen. Überall und jederzeit schlafen zu können, manchmal sogar auf Vorrat, schien eine besondere Begabung von Soldaten zu sein.

Die Wacheren unter ihnen spürten, dass die Fahrzeuge sich nun bergan quälten, und auch der letzte Schlafende wurde unsanft geweckt, als die LKW um die erste Kehre fuhren. Das Dröhnen der belasteten Motoren hallte nun noch lauter von den Bergwänden des immer enger werdenden Tales wider. Die Ladefläche geriet in Schräglage und sorgte dafür, dass die Griffe der Männer an den hölzernen Bänken noch fester wurden.

Keiner von ihnen hätte hinterher sagen können, wie lange sie bergaufgefahren waren, und so kam das plötzliche Anhalten der Kolonne für alle unvermittelt.

„Absitzen!"

Endlich wieder frische Luft. Der Regen hatte zwar während der Fahrt aufgehört, doch die Luft war klamm wie in einer Waschküche. Sofort schlug sich die Feuchtigkeit auf ihre Uniformen nieder. Die jungen Soldaten klappten die Plane hoch und blickten sich neugierig um. Sie waren froh, endlich absteigen zu können. Nacheinander sprangen alle vom LKW und reckten sich. Einer sah sich nach einer günstigen Gelegenheit zum Pinkeln um, doch der begleitende Offizier ließ ihnen keine Atempause.

Zur gleichen Zeit waren von den beiden anderen LKW ebenfalls Soldaten gesprungen. Ein Teil von ihnen lief ein Stück die Straße hinunter und errichtete dort eine MG-Stellung, von der aus es notfalls möglich war, die gesamte Straße unter Feuer zu nehmen. Ein weiterer Trupp tat dies oberhalb ihres Standortes. Die jungen Soldaten sahen teilnahmslos zu. Das war normales militärisches Vorgehen, das war noch nichts Besonderes. Auch wenn es hier mitten in Österreich für sie reichlich übertrieben wirkte.

„Was glaubst du, was das soll?", fragte einer seinen Nebenmann. Doch der bekam keine Möglichkeit zu antworten.

„Schnauze halten und in Linie angetreten!" Der Offizier baute sich vor ihnen auf, und die Männer beeilten sich, seinem Befehl nachzukommen. Innerhalb kürzester Zeit standen sie der Größe nach geordnet vor ihrem Vorgesetzten. Alle trugen Stahlhelme auf dem Kopf und Karabiner über der Schulter.

Ihr Lastwagen stand direkt hinter dem Kübelwagen des Offiziers. Dessen Fahrer war ausgestiegen und lehnte lässig rauchend am Fahrzeug, während sein Vorgesetzter nun vor den Männern auf und ab schritt. Mit in die Hüften gestemmten Händen blieb er in der Mitte stehen und ließ seinen Blick an der Gruppe entlanggleiten. Dann räusperte er sich.

„Sie alle sind hier, weil Sie die Ehre haben, einen besonderen Auftrag für den Führer zu erfüllen. Dieser Auftrag ist natürlich wie alles, was die unmittelbaren Angelegenheiten des Führers angeht, streng geheim. Was das bedeutet, muss ich keinem von Ihnen erläutern, oder?“

Sein Blick sprach von Todesurteil und Strafbataillon.

„Sie werden also diesen Auftrag ausführen und darüber schweigen. Und jetzt legen Sie Ihre Helme und Waffen ab und begeben sich zum hinteren Lastwagen. Dort erhalten Sie Ihre neue Ausrüstung. Weggetreten!“

Dabei deutete er an der Reihe der Fahrzeuge entlang.

Die Männer drehten sich um und gingen zu dem LKW zurück, mit dem sie gekommen waren. Sie drängten sich an die Ladefläche, um ihre Waffen und ihre Ausrüstung dort zu deponieren. Nachdem sie fertig waren, stiefelten sie zum letzten LKW. Dort nahm sie ein Feldwebel mit unverkennbar österreichischem Akzent in Empfang. Auf der Ladefläche stehend blickte er arrogant auf sie herab.

„Sieh an, lauter Flachlandtiroler! Na, dann wollen wir mal sehen, wer von Euch heute Abend auf der Rückfahrt wieder mit dabei ist und wer mit zerschmetterten Knochen am Fuß der Felswand zurückbleibt.“ Lachend hielt er dabei ein Kletterseil hoch, das er anschließend dem Mann, der ihm am nächsten stand, zuwarf. „Keine Angst, ich habe für jeden eins“, sagte er und drehte sich zu einer Holzkiste um, aus der er weitere Seile holte. Als Nächstes folgten Hämmer mit einer Seilschlaufe am Griff, sowie jede Menge seltsamer Haken mit je einem Ring am Ende.

Der Feldwebel sprang vom Wagen und hängte sich selber eines der Seile um, bevor er nach Hammer und Haken griff. Das alles verschwand in einem feldgrauen Rucksack, den er sich ohne Mühe auf den Rücken warf, dann stapfte er los in Richtung Kübelwagen.

Dort erwartete sie der Offizier mit brennender Zigarette. Dass er ihre Glut nicht abdecken musste, kam den Männern wie reiner Luxus vor. An der Front hätte dieser gut sichtbare Leuchtpunkt einen sicheren Kopfschuss bedeutet. Als der Offizier sie kommen sah, warf er die Kippe achtlos zur Seite und kletterte auf den Beifahrersitz des Kübelwagens, damit ihn alle gut sehen konnten. Als auch der letzte Soldat vor ihm stand, begann er mit seiner Ansprache.

„Sie werden heute all das tun, was Ihnen Feldwebel Huber sagt. Er führt im Berg das Kommando." Der Offizier räusperte sich. „Ihre Aufgabe wird darin bestehen, dort oben", er deutete auf die Felswand, „einen Zugang zu einer Höhle anzulegen." Langsam ließ er den Blick über die Männer gleiten. „Ich erwarte von jedem vollen Einsatz. Die Sache ist nicht einfach, aber Sie alle werden gesund und munter zurückkommen, wenn sie Feldwebel Hubers Anweisungen exakt Folge leisten." Er winkte Huber zu sich heran. „Übernehmen Sie jetzt das Kommando!"

Huber feixte und baute sich in lässiger Haltung vor den Männern auf. Solch ein unmilitärisches Verhalten schien er sich erlauben zu können, vermutlich wusste er genau, dass man ihn und seine alpinen Fähigkeiten dringend brauchte.

„So, Ihr Burschen, jetzt werd' ich Euch sagen, was Ihr zu tun habt. Zuerst werden wir uns mal zur Wand begeben." Er deutete nach links. „Also packt euer G'lump zusammen und auf geht's!"

Widerwillig nahmen die Männer die Ausrüstung auf und stiefelten hinter Huber her. Dieser legte in dem unwegsamen Gelände ein ordentliches Tempo vor.

„Ick globe, der hatte 'ne Bergziege in seiner Sippe", raunte ein Berliner. Zwei der Männer lachten. Huber antwortete, ohne sich umzudrehen, „Wenn scho dann a Gams", korrigierte er und erhöhte das Tempo.

Sie hatten die Forststraße verlassen und näherten sich einem Bachlauf, der sich hinter dem dichten Buschwerk nur durch sein Plätschern verriet. Huber umrundete meterhohe Felsblöcke, die schon vor unendlicher Zeit aus der Wand gefallen sein mussten, denn auf einigen wuchsen Bäume, und alle waren dick mit Flechten und Moos bedeckt. Sie wirkten wie die Bauklötze eines Riesen. Viele der Männer hielten ihre Blicke auf den Boden gerichtet, doch der eine oder andere sah zwischendurch auch mal verängstigt nach oben.

Die Felswand ragte steil wie eine Hauswand vor ihnen auf. Allerdings eine von schier unendlicher Höhe. Keiner der Männer hatte eine Ahnung, wie sie dort hinaufkommen sollten.

Das Gelände stieg umso steiler an, je näher sie der Felswand kamen. Vielen von ihnen ging langsam die Puste aus, und eine längere Pause hätte keiner abgelehnt. Doch Huber hatte kein Erbarmen mit ihnen und grinste bei jedem ihrer Fehltritte noch ein bisschen breiter. „Da schau her, die Elite des Deutschen Reiches." Lachend trieb er sie weiter an.

Endlich hatten sie den Fuß der Felswand erreicht. „Ihr könnt die Seile ablegen und eure müden Knochen a bisserl ausruhen", genehmigte Huber ihnen. Er nahm sein Seil von der Schulter und begann es abzurollen. Dann wickelte er es so auf, dass er es sich bequem quer um den Oberkörper legen konnte. Er kontrollierte noch einmal, ob sich die Haken in seiner Tasche befanden, dann lachte er die Männer überheblich an.

„Ich werde jetzt die ersten Meter Seil nach oben bringen. Dann lasse ich es herunter, und wenn ich es sage, greift einer unter das Seil und bindet sich daran fest. Aber nicht um den Hals, sondern um die Taille", lachte er wiehernd. „Du da, vortreten!"

Der Mann, auf den Huber gezeigt hatte, kam nur zögerlich näher.

„Auf geht's, wir haben ja nicht den ganzen Tag Zeit", schnauzte Huber und bedeutete ihm, das Seil von der Schulter zu nehmen. „Wie heißt du?"

„Wilhelm Krameike", sagte der Mann, der sein Seil planlos in den Händen hielt.

„Gut, also Willi. Gib's halt her", forderte Huber ihn auf. Der reichte ihm das Seil. Huber schlang es sich um den Körper und knotete es fest. „So muss es aussehen", zeigte er den Männern den Knoten und löste ihn dann wieder. Dann gab er das Seil an Krameike zurück. „Sobald du das Seil umgebunden hast wirst du mir hinterherklettern und später dein Seil für den Nächsten runterlassen. So kommt ihr dann alle nacheinander nach oben."

Krameike blickte die Wand hinauf. „Da soll ich rauf?" Seine Stimme zitterte leicht.

„Ja, glaubst du denn, dass wir zum Vergnügen hier sind?" Huber schlug ihm auf die Schulter. „Sobald ich da oben bin", er deutete auf einen kleineren Vorsprung im Fels, „wirst du nachkommen. Passt halt genau auf, wo und wie ich klettere. Ich sichere dich von oben mit dem Seil. Die anderen werden zwischenzeitlich den Knoten üben, denn sobald du oben bist, wirst du den Nächsten sichern, während er klettert."

Einer der Männer deutete die Wand hinauf. „Wie hoch müssen wir denn?" Man merkte auch ihm seine Angst deutlich an.

Huber schien das zu genießen. „In ungefähr zweihundert Metern Höhe befindet sich der Höhleneingang, der ist unser Ziel."

Jede weitere Frage wurde dadurch unterbunden, dass hinter ihnen andere Männer erschienen, die Eisenrohre und einen Flaschenzug anschleppten. „Na Huber, was macht deine Flachlandbrigade, wollen die nicht in die Wand?“ Ein anderer Feldwebel grinste breit.

Huber winkte verächtlich ab, dann drehte er sich um und begann, in die Wand zu steigen. Fasziniert sahen die Männer zu, wie Huber seine Hände in Spalten steckte und seine Füße auf winzigen Vorsprüngen Halt fanden. Was er da machte, sah sehr leicht aus, doch keiner der Männer glaubte, es ihm nachmachen zu können. Nach ein paar Metern stoppte Huber und blickte hinunter.

„Willi, siehst du den Haken hier?“ Huber deutete auf einen Eisenhaken, den man in eine Felsspalte eingeschlagen hatte.

Krameike folgte der Richtung, in die Hubers Hand wies. Tatsächlich, dort gab es schon einen Haken. Und als ob sich ein Schleier hob, sah er plötzlich andere in unmittelbarer Nähe des ersten. Hier war also schon mal jemand hochgeklettert. Er nickte Huber zu und beobachtete aufmerksam, wie der seinen Fuß auf den Haken stellte, dessen Belastung testete und dann weiter nach oben kletterte.

Nach zirka zehn Minuten klatschte der Rest von Hubers Seil neben Krameike auf den Boden. Dieser schluckte noch einmal, dann griff er danach und knotete es sich so um den Körper, wie Huber es ihm gezeigt hatte. Er holte ein letztes Mal Luft, dann begann er mit dem Aufstieg. Sobald er den ersten Schritt nach oben gemacht hatte, spürte er, wie sich das Seil straffte. Huber hatte ihn an der Leine.

Aber das war für einen Mann wie Krameike, für den die höchste Erhebung, die er bisher erklommen hatte, die Grotenburg mit dem Hermannsdenkmal in seiner lippischen Heimat war, kein echter Trost. Er war sich sicher, dass er, würde er abstürzen, auch Huber mit in den Tod riss.

Ein straffer Ruck am Seil verscheuchte seine finsteren Gedanken und ließ ihn weiterklettern. Als sein Blick wieder einmal nach oben ging, sah er einen Felsen, der die Form eines sitzenden Adlers hatte. Der Kopf und die Nase waren besonders ausgeprägt. Aber er konnte die Felsformation nicht lange bewundern, da er sich aufs Klettern konzentrieren musste. Zwischendurch schickte er ein Stoßgebet zum Himmel und hoffte inständig, dass er das hier überlebte, denn nur dann hätte er die Chance, seinen vor zwei Jahren geborenen Sohn Friedrich, den er bisher noch nicht gesehen hatte, im Arm zu halten.

***

Langsam aber sicher arbeiten sich alle den Berg hinauf. Einige der Männer zeigten Talent zum Klettern, andere hingegen, so wie der untersetzte Schwabe, schienen förmlich am Fels zu kleben, und dabei war er gerade mal zehn Meter hoch gekommen. Doch dann verließ ihn der Mut und er kam weder rauf noch runter. Die Männer unter ihm schimpften, weil es nicht weiterging, nach oben hin spannte sich das Seil, an dem er hing.

„Heine steckt fest, er kommt nicht weiter!“, setzte sich die Meldung nach oben fort, wo sie Feldwebel Huber erreichte. Der fluchte, setzte seinen Aufstieg dann aber unbeirrt fort. Bis zum Eingang der Höhle waren es nur noch zehn Meter, und Huber überwand sie in wenigen Minuten.

Der mannshohe Eingang lag etwas zurückversetzt im Berg, sodass sich vor der Höhle eine Art Plateau befand, auf dem nebeneinander stehend drei Männer Platz hätten. Doch noch war Huber hier oben alleine. Er knotete sein Seil an einen Haken neben dem Eingang, hielt sich daran fest und beugte sich dann weit über die Felskante. Krameike befand sich noch etwa fünfzehn Meter unter ihm. Ohne nach oben oder unten zu sehen, kletterte er zwar langsam, aber unbeirrt weiter.

Wieder erscholl der Ruf, dass Heine nicht weiterkönne. Huber fluchte erneut, dann schlang er sich das nach unten hängende Seil über Schulter und Hüfte und rief Krameike zu, dass er ihm helfen solle. Langsam aber sicher begann Huber zu ziehen.

Krameike bemerkte, wie das Seil sich straffte und spürte, dass er nach oben gezogen wurde. Das Klettern wurde plötzlich leichter, er kam viel schneller voran und stand kurze Zeit später neben Huber auf dem Plateau.

„Sichere dich und warte hier!“ Der Feldwebel reichte ihm ein kurzes Stück Seil. „Los, mach deins los und gib es her!“ Ungeduldig riss er es Krameike aus der Hand und begann die beiden Seile zusammenzuknoten. „Dieser Depp!“, fluchte er und trat dann rückwärts an den Rand des Plateaus. Krameike wurde beinahe übel, als er sah, wie sich Huber rückwärts über den Abgrund hinauslehnte.

„Sieh zu, dass sich das Seil nicht verheddert“, befahl Huber und deutete auf den Rest der beiden Seile, die noch auf dem Plateau lagen. Dann ließ er sich noch weiter nach hinten sinken und begann sich an der Felswand abzuseilen. Krameike sah ihm dabei skeptisch zu. Hier oben alleine zu sein, war kein schönes Gefühl. Er mochte Huber zwar nicht, wäre aber froh, wenn er ihn bald wiedersah. Sein Blick glitt über das Tal hinweg. Auf der anderen Seite erhoben sich ebenso schroffe Felswände wie die, an der sie hochgeklettert waren. Angespannt hielt er den Blick auf die gegenüberliegende Wand gerichtet, denn er traute sich nicht, nach unten zu sehen. Die Sonne blieb zwar hinter den Wolken, doch die Luft war trockener geworden. Krameike hätte gerne gewusst, wie spät es war. Das Mitnehmen von Uhren hatte man ihnen vor der Abfahrt jedoch strikt untersagt.

Von unten drangen Stimmen herauf, die Krameike aber nicht verstand. Da sich das Seil neben ihm nicht abrollte, schien Huber sein Ziel erreicht zu haben. Krameike drehte sich um und sah sich den Höhleneingang an, dem er bisher keine Beachtung geschenkt hatte. Ein dunkles Loch im Fels, das unten etwa zwei Meter breit war und sich nach oben hin verengte. Neugierig trat Krameike näher und spähte in die Höhle. Kurz hinter dem Eingang bemerkte er an der Wand eine Karbidlampe. Anscheinend war vor ihnen schon öfter jemand hier oben gewesen. Ob Huber sie hier hatte hängen lassen?

Was sollen wir hier, fragte sich Krameike. Ein Auftrag des Führers? Ein Staatsgeheimnis? Er konnte sich keinen Reim darauf machen, was das alles mit dieser Höhle zu tun haben sollte.

In diesem Moment hörte er den Schrei.

Erschrocken fuhr er herum. Es hatte sich angehört, als ob jemand abgestürzt war und dabei geschrien hatte. Einen Aufschlag hatte er nicht gehört, der Schrei war von den gegenüberliegenden Felswänden zurückgeworfen worden. War Heine abgestürzt? Hatte es einen seiner Kameraden erwischt? Hoffentlich war Huber nichts passiert, denn der war so etwas wie seine Rückfahrkarte zum sicheren Talboden.

Krameike wandte sich wieder dem Seil zu und bemerkte erst jetzt, dass es komplett abgewickelt war und straff über die Feldkante hing. Prüfend versuchte er daran zu ziehen, doch es bewegte sich nicht. Es schien jede Menge Gewicht dranzuhängen. Das hieß, Huber war nicht abgestürzt, oder aber er hing tot im Seil. Krameike lief ein eiskalter Schauer über den Rücken. Was sollte er tun? Mit zitternden Knien hockte er auf dem Plateau nieder und schlang die Arme um die angewinkelten Beine. Er wusste nicht weiter.

Der krächzende Ruf eines Raben ließ ihn aufblicken, und er erschrak fast zu Tode, als sich gleichzeitig ein Kopf über die Kante des Plateaus schob.

„Steh auf, du Arsch und hilf mir gefälligst!“, schnauzte Huber, der mit hochrotem Kopf versuchte sich auf das Plateau zu hieven. Krameike sprang auf, ergriff ihn an den Schultern und zog ihn zu sich heran.

Huber blieb einen Moment lang liegen und schnappte nach Luft.

„Was ist passiert?“, fragte Krameike.

„Einen … hat’s erwischt“, schnaufte Huber immer noch außer Atem.

Krameike traute sich kaum den Namen auszusprechen. „Heine?“

Huber schüttelte den Kopf und deutete auf das Seil. „Zieh es hoch und wickel es auf“, schnaufte er und brachte sich in eine sitzende Position. Mühsam zog er den Rucksack nach vorne und holte eine Feldflasche heraus. Er nahm zwei kleine Schlucke, dann einen großen.

Mit dem Seil in der Hand starrte Krameike ihn an. „Wer ist es denn nun?“

Huber zuckte mit den Achseln. „Keine Ahnung, ich kenn ja keinen von euch. Einer sagte, es sei der Schwabe gewesen.“

Krameike schluckte. Im Prinzip hatte Huber recht, wenn er sagte, dass er keinen von ihnen kannte. Sie kannten sich ja selber kaum. Er musste sich eingestehen, dass er noch nicht einmal alle Vornamen seiner Gefährten wusste. Sie hatten sich in Berchtesgaden einander zwar kurz vorgestellt, aber Krameikes Namensgedächtnis hatte ihm noch nie zur Ehre gereicht. Hubert? Hieß der Schwabe nicht Hubert? Oder war es Hugo?

In diesem Moment hörte er eine keuchende Stimme. „Helft mir mal!“ Krameike sah hinunter und blickte in das verschwitzte Gesicht eines seiner Kameraden. Jetzt waren sie zu dritt hier oben, und es würde verdammt eng werden. Er war gespannt, wie es weiterging.

***

Die Umlenkrolle quietschte und schrie förmlich nach einem Tropfen Öl, doch darauf nahm niemand Rücksicht. Zwei Männer standen auf dem Plateau vor der Höhle und zogen soeben eine Holzkiste über den Rand. Einer von ihnen schrie nach unten, dass sie aufhören könnten und sofort ließ der Seilzug auf die Kiste nach. Der Flaschenzug, den sie neben dem Eingang der Höhle befestigt hatten kam zur Ruhe.

Nach und nach waren die Mitglieder der Klettergruppe am Höhleneingang eingetroffen. Huber und Krameike nahmen sie in Empfang, den dritten Mann hatte Huber sofort in die Höhle geschickt.

„Zünd' die Lampe an und geh weiter hinein, du wirst bald Gesellschaft bekommen", hatte er dem Mann aufgetragen und auch die anderen in die Höhle geschickt. Als alle Männer oben waren, hatte Huber weitere Seile miteinander verknotet und sie heruntergelassen. Als er einige Zeit später einen Ruck am Seil spürte, hatte er Krameike einen Teil davon in die Hand gedrückt.

„Los! Zieh!"

Gemeinsam hievten sie stabile Eisenrohre an der Felswand entlang nach oben. Dabei mussten sie sie ein paarmal wieder ein Stück herunterlassen, wenn sie sich in Spalten und Büschen verhakt hatten. Aber schließlich gelang es ihnen, sie nach oben zu befördern und mit schepperndem Geräusch auf dem Plateau abzulegen.

Ohne Pause begann Huber, die Rohre zu montieren. Zwei der Rohre befestigte er mittels einer Vorrichtung, die einen massiven Eisenring aufwies, an ihren Enden miteinander, dann zog er ein Seil hindurch. Die Rohre schob er so weit in die Höhle, dass nur das Ende mit der Rolle ein kleines Stück über das Felsplateau hinausragte. Krameike fragte sich, was das werden sollte.

„Jetzt wird es richtig spaßig!", grinste Huber und deutete auf einen Haken, an dem sich eine Öse befand. Der Haken war über dem Eingang der Höhle in eine Felsspalte eingeschlagen. „Da muss das Seil durch!"

Krameike blickte nach oben. Wie sollte man da rankommen?

Als ob Huber seine Gedanken erraten hätte, lehnte er sich mit dem Rücken an die Felswand und verschränkte die Hände vor seinem Bauch. „Du kennst doch sicher die gute alte Räuberleiter, oder?“

Krameike wurde blass. „Ich soll …?“

„Genau, du bist doch ein Leichtgewicht, oder willst du mich hochstemmen?“

Krameike brach der Schweiß aus. Der massive Haken befand sich gut und gerne zweieinhalb Meter über ihnen. Selbst wenn ihn Huber hochhob, würde er sich noch recken müssen, um den Haken zu erreichen – und das alles zweihundert Meter über dem Talboden ohne jeglichen Halt. Die Felswände links und rechts vom Höhleneingang boten ihm keinerlei Griffmöglichkeiten.

„Und wenn ich mich weigere?“ Krameike blickte Huber dabei unsicher an.

„Dann werfe ich dich runter, ohne dass du es versucht hast“, grinste Huber böse.

Krameike ahnte, dass er nicht scherzte. Dem Feldwebel traute er zu, zur Durchsetzung eines Führerbefehls sogar einen Mord zu begehen.

„Aber das ist nicht zu schaffen“, protestierte Krameike erneut.

„Musst dich halt konzentrieren. Ich heb dich an, du greifst dir den Haken und steckst das Seil durch die Öse. Kannst du dich dann ja daran herunterlassen.“

„Und wenn nicht?“

Huber lachte auf und ahmte dann pfeifend ein Absturzgeräusch nach. „Dann wird es wohl der Nächste probieren müssen.“

Krameike schluckte. „Ich könnte mich wenigstens anseilen“, schlug er vor.

„Burschi, wenn du abschmierst, dann wirst du dir wünschen, beim Aufschlag sofort tot zu sein, anstatt noch eine halbe Stunde mit einem gebrochenen Rückgrat im Seil zu hängen. Außerdem würde es dich nur behindern." Huber machte eine unwirsche Bewegung. „Genug geredet. Los mach schon, schnapp dir das Seil."

Krameike griff nach dem Hanfseil und trat an Huber heran, der wieder in Position ging.

„Denk daran, du hast vermutlich nur diesen einen Versuch", grinste er diabolisch. „Ich an deiner Stelle würde mich also anstrengen."

Krameike wischte sich die Hände an seiner feldgrauen Hose ab. Dann kam ihm eine Idee. Er atmete noch einmal tief durch und nahm dann das Seil zwischen die Zähne.

„Na los, mach schon, wir haben nicht ewig Zeit."

Krameike versuchte nur an den Haken über ihm und nicht an den Abgrund hinter ihm zu denken. Mit der rechten Hand griff er in Hubers Nacken und stellte einen Fuß in dessen Hände.

„Auf drei!" kommandierte der Feldwebel.

Bei „drei" glaubte Krameike in den Himmel katapultiert zu werden, so kraftvoll hob Huber ihn hoch. Er sah den Haken mit der Öse auf sich zukommen und griff zu. Doch seine Hand war feucht vom Schweiß aus Hubers Nacken und rutschte ab. Geistesgegenwärtig fasste er mit der Linken nach und bekam den Haken zu fassen. Mit der Rechten nahm er das Seil aus den Zähnen, und beim dritten Versuch gelang es ihm endlich, es durch die Öse zu fädeln. Sofort zog er es ein Stück hindurch und ergriff dann beide Enden. Aufatmend ließ er sich daran herunter und erreichte zwar wieder das Plateau, doch einer seiner Füße rutschte ab, und einen Moment lang hing er in zweihundert Metern über dem Abgrund. Ein seltsamer Gedanke schoss ihm plötzlich durch den Kopf. Wenn er jetzt losließ, würde er sehr bald seinem toten Kameraden dort unten Gesellschaft leisten. Auf einen Schlag alle Sorgen los zu sein, nicht mehr an die Front zu müssen mit all dem Leiden und Sterben, das war ein verlockender Gedanke. Er zuckte erschrocken zusammen. Hatte er plötzlich Todessehnsucht? In diesem Augenblick griff Huber in seinen Gürtel und riss ihn auf das Plateau zurück.

„Na bitte, geht doch!", erklärte er triumphierend und nahm Krameike das Seil aus der Hand.

Kurze Zeit später hatten sie die Eisenrohre aus der Höhle gezogen, schräg aufgestellt und mittels des Seiles und der beiden Ösen nach oben gezogen. Zuvor hatte Huber noch den Flaschenzug mit einer Kette daran befestigt. Jetzt ragte die Konstruktion wie ein Kranausleger über das Plateau hinaus. Krameike glaubte seinen Augen nicht zu trauen, als Huber sich an das Seil hängte und auf die Art ausprobierte, ob die Konstruktion sein Gewicht trug. Dieser Österreicher war eindeutig verrückt, entschied Krameike für sich.

„So, es wird Zeit, dass wir uns endlich um die eigentliche Arbeit kümmern." Huber beugte sich über die Plateaukante hinaus und stieß einen schrillen Pfiff aus. Dann ließ er eine dünne Schur aus seinem Rucksack über die Rolle nach unten laufen. Minuten später holte er sie wieder ein und zog mit ihr ein sehr langes Seil herauf. Das tauschte er gegen das im Flaschenzug befindliche aus und ließ es dann wieder nach unten.

Damit war der behelfsmäßige Kran endgültig fertig, und schon bald erschien die erste Last. Es handelte sich um einen Korb mit weiteren Karbidlampen. Huber zog ihn auf das Plateau und schob ihn in Richtung Höhleneingang. „Los, trag ihn rein und seht zu, dass die Höhle entsprechend ausgeleuchtet wird. Damit ihr seht, wohin ihr das Zeug packen müsst, das gleich nach oben kommt."

Endlich wusste Krameike, was das hier werden sollte. Sie richteten eine Art Lager ein. Ob hier geheime Unterlagen versteckt werden sollten? Man sprach ja oft von Geheimplänen zum Bau von seltsamen Flugobjekten und Waffen, die den Ausgang des Krieges noch entscheidend beeinflussen könnten.

Aber er erfuhr es nicht, denn was nach oben gehievt wurde, war in graugestrichene Holzkisten verpackt, auf deren

Inhalt man nicht schließen konnte. Nur zwei Dinge fielen an ihnen auf: Sie alle waren mit dem Aufdruck *Eigentum des Führers* versehen und schwer wie Blei. Obwohl die Kisten recht klein waren, mussten sich immer zwei Männer mit einer von ihnen abmühen. Nach und nach erhöhte sich der Stapel der Kisten in der Höhle. Dann wurde eine schwere LKW-Plane hochgeschickt, mit der sie den Stapel abdeckten und so gegen das Tropfwasser der Höhle schützten. Als sie fertig waren, hatte Krameike eine Idee, was den Inhalt der Kisten anging. Sie waren zwar schwer wie Blei, aber es gab noch ein anderes Metall, das ein ebenso hohes Gewicht hatte.

***

In genau derselben Reihenfolge wie sie die Felswand erklommen hatten, ließ Feldwebel Huber die Männer auch wieder absteigen. Den meisten von ihnen fiel es bedeutend leichter, an einem Sicherungsseil hängend nach unten zu klettern. Als letzte standen Krameike und Huber auf dem Plateau vor der Höhle.

„Los, fass mit an!“ Huber deutete auf die Eisenrohre. Vorher löste er das Seil, das den Ausleger am Felsen fixierte. Zusammen mit Krameike drückte er dann die beiden Rohre nacheinander erst nach oben und dann so weit nach vorne, dass sie nun über dem Abgrund schwebten. „Jetzt schau, dass du nach unten kommst“, befahl Huber.

Das ließ Krameike sich nicht zweimal sagen. Die körperliche Anstrengung und die seelische Anspannung hatten ihm arg zugesetzt, und er würde froh sein, wenn er wieder festen Boden unter den Füßen hatte. Er schlang sich das Seil um die Hüften und begann vorsichtig sich abzuseilen.

„Wenn du unten bist, dann sorg’ dafür, dass sich keiner mehr unter der Felswand aufhält. Geht zu den LKW und bleibt dort, bis ich komme“, rief Huber ihm hinterher. Krameike nickte und setzte seinen Weg nach unten fort. Als er zwischendurch nach oben blickte, sah er, dass Huber am Seil des Flaschenzuges bis zu dem Haken hinaufgeklettert war, der die Eisenstangen hielt. Er ahnte, dass Huber das ganze Gebilde würde abstürzen lassen, um so den Zugang zur Höhle zu sichern. Sollte irgendjemand auf den Gedanken kommen, sie inspizieren zu wollen, würden ihm nur die Kletterhaken bleiben, um sie zu erreichen. Er wunderte sich, dass man den Eingang nicht kaschierte. Schnell verscheuchte er diese Gedanken jedoch wieder und konzentrierte sich auf seinen Abstieg.

Unten angekommen, sah er, dass die Gruppe der Männer etwas abseits stand. Zwei Meter vor der Felswand lag eine Leiche, deren Oberkörper und Kopf jemand gnädigerweise mit einer Feldjacke bedeckt hatte.

Krameike löste das Seil und drehte sich zu seinen Kameraden um. „Huber sagt, wir sollen hier verschwinden. Ich glaube, das ist auch besser, denn ich vermute, es wird gleich Eisenrohre regnen."

Verängstigt sahen einige der Männer nach oben. Andere drehten sich sofort um und marschierten in Richtung der LKW.

„Was ist mit ihm?", fragte einer der Männer mit einem sächsischen Akzent. „Wir können ihn hier doch nicht einfach liegen lassen, oder?"

Daraufhin drehten sich zwei weitere Männer um und gingen eilig weg. Mit einem Toten wollten sie nichts zu tun haben.

„Fasst mal mit an", forderte Krameike die letzten auf und begab sich zu dem Toten. Widerwillig näherten sich drei Männer. „Los, macht schon, ich wette, Huber nimmt keine Rücksicht auf uns."

Krameike kostete es große Überwindung, eine Hand des Mannes zu ergreifen und ihn zusammen mit den anderen anzuheben. Er hoffte nur, dass die Jacke nicht herunterrutschte und er in das Gesicht des Toten sehen musste. Sie waren keine fünfzig Meter gegangen, als sie den Offizier neben einem Baum stehen sahen.

„Nehmt ihn mit rüber und legt ihn auf einen LKW", befahl er ihnen. Dann steckte er sich zwei Finger in den Mund und stieß einen gellenden Pfiff aus. Keine zehn Sekunden später schlugen die Eisenrohre und der Flaschenzug am Fuße der Felswand auf. Jetzt hing nur noch ein Seil in der Wand. Hubers letzter Ausweg.

Als Krameike und seine Kameraden mit dem Toten am LKW ankamen, wichen die anderen schweigend vor ihnen zurück. Der Offizier deutete auf vier der Männer.

„Geht zurück und holt die Rohre und alles andere Material, was da noch liegt." Dann wandte er sich an einen anderen. „Los, aufmachen!" Der Soldat klappte eilfertig die Ladeklappe herunter, sodass sie den Toten nicht erst ablegen mussten. Dann forderte der Offizier sie auf, den Lastwagen zu besteigen. Dabei deutete er auf den Toten. „Im Führerhaus liegen ein paar Leichensäcke, packt ihn in einen davon." Dann drehte er sich um und winkte zwei andere Soldaten zu sich heran. „Sie beide informieren die MG-Stellungen, dass sie unmittelbar nach den Sprengungen abbauen und zurückkehren sollen. Haben Sie mich verstanden?"

Beide Männer nickten, grüßten und eilten davon.

Der Offizier fuhr herum. „Was steht ihr hier immer noch rum und haltet Maulaffen feil? Auf den LKW! Wird's bald?"

Alle beeilten sich, dem Befehl schnellstens nachzukommen. Ein Mann mit rötlichblonden Haaren warf einen der Leichensäcke auf die Ladefläche, bevor er hinaufkletterte.

Zusammen mit den drei anderen hob Krameike den Toten erneut an, während der Rotblonde den Leichensack darunter schob. Alle waren froh, als er endlich geschlossen war. Der Tote lag nun mitten im LKW und die Männer sahen sich an. Keiner wollte ihm zu nahe kommen, es schien fast so, als ob sie Angst hätten, sein Tod könnte ansteckend sein.

Zwei der Männer nickten sich kurz zu, dann sprangen sie von der Ladefläche. So blieben Krameike und der Rotblonde alleine mit der Leiche auf der Ladefläche zurück.

Der junge Mann nahm neben Krameike Platz, blickte ihn kurz an und reichte ihm dann die Hand. „Bärwald“, stellte er sich vor. „Horst Bärwald.“

„Wilhelm Krameike“, antwortete dieser.

Bärwald rückte näher an ihn heran. „Was glaubst du, was in den Kisten war?“

Krameike hielt den Blick auf den Wagenboden gesenkt und schwieg.

„Mensch, die waren ja sauschwer“, fuhr Bärwald mit gesenkter Stimme fort. „Und wenn die tatsächlich vom Führer stammen, dann ist da doch bestimmt sein Gold drin, oder was meinst du?“

Krameike zuckte mit den Achseln. Nach der Geschichte mit dem Toten stand ihm der Sinn nicht nach Reden, doch Bärwald war nicht zu bremsen.

„Ich sage dir; das, was wir da oben in den Berg geschafft haben und wofür der da“, er deutete auf den Toten, „sein Leben gelassen hat, war das sagenumwobene Führergold.“

Krameike blickte ihn fragend an. „Führergold?“, flüsterte er.

Auch Bärwald sprach nun sehr leise. „Na klar doch, hast du noch nie davon gehört? Die persönliche Goldreserve des Führers?“ Obwohl sie mit dem Toten alleine auf dem LKW waren, blickte er sich sichernd um. „Ich sage dir, in der Höhle da oben liegen Millionen.“ Bärwald war sichtlich aufgeregt.

Krameike zog es weiterhin vor zu schweigen.

„Glaub mir, ein besseres Versteck gibt es gar nicht, das werden weder die Amis noch die Russen finden. Und ich bin sicher, dass die bald kommen.“

Krameike dachte über die Notwendigkeit eines solchen Versteckes nach. Es sah tatsächlich nicht gut aus für das

Deutsche Reich. Am 6. Juni waren die alliierten Truppen in der Normandie gelandet und kämpften sich zurzeit durch Frankreich. Wenn sie weiterhin so gut vorankamen, würden sie in den Niederlanden wohl bald den Rhein erreichen, vermutete er. Im Osten sah es auch nicht besser aus. Er hatte die katastrophale Lage an der Ostfront ja selber erlebt.

Die Russen marschierten schon durch Polen auf Warschau zu. Königsberg kämpfte zwar tapfer weiter, aber Krameike war sich sicher, dass es nicht zu halten war, dafür war die Übermacht des Gegners einfach zu groß. Er selber hatte mit seiner Einheit immer weiter zurückweichen müssen und war deshalb froh gewesen, als man ihn aus den Kämpfen herausgelöst und nach Berchtesgaden geschickt hatte. Aber dieses Gefühl der Erleichterung hatte sich in den letzten Stunden in Luft aufgelöst. „Warum haben Sie den Eingang der Höhle dann nicht getarnt?“, gab er zu bedenken.

„Da kommt doch so schnell keiner rauf“, widersprach Bärwald.

„Denkst du. Wo wir raufgekommen sind, da kommen auch andere rauf. Die können ja sogar unsere Kletterhaken benutzen.“

Bärwald kratzte sich am Kinn. In diesem Moment ertönten nacheinander mehrere kleine Explosionen. Der junge Mann mit den rotblonden Haaren blickte Krameike an.

„Ich glaube, soeben hast du die Antwort auf deine Frage bekommen.“

„Du meinst, Huber hat die Haken gesprengt?“ Krameike wirkte skeptisch.

„Da bin ich mir sicher. Und jetzt ist das Versteck endgültig sicher“, flüsterte Bärwald. In seinen Augen glänzte es seltsam. „Mein Gott, wenn das einer wüsste …“

In diesem Moment schlug jemand mit der flachen Hand gegen die Bordwand des Lastwagens, und die beiden Männer erschraken, als das Gesicht des Offiziers an der Heckklappe erschien. Hoffentlich hatte er nichts von ihrem

Gespräch mitbekommen. Sein Blick fiel zunächst auf die Leiche, dann schaute er die beiden Männer an.

„Na, hat sich keiner der anderen Helden getraut, mit einem Toten zu fahren?“ Er verzog das Gesicht zu einem zynischen Lächeln, dann wandte er sich an zwei Männer, die hinter ihm standen.

„Plane zu und festzurren!“

Augenblicklich kamen die beiden Männer diesem Befehl nach, und kurze Zeit später waren Krameike und Bärwald auf der Ladefläche eingeschlossen. Wieder schlug jemand mit der flachen Hand gegen die Bordwand. Anschließend wurde der Motor angelassen und das Fahrzeug setzte sich rumpelnd in Bewegung.

Krameike hatten Bärwalds letzte Worte nachdenklich gemacht. Abgesehen von den Leuten, die diese Aktion hier geplant hatten, waren sie, Feldwebel Huber und der Offizier die Einzigen, die von dem Versteck in der Felswand wussten. Plötzlich schoss ihm ein übler Gedanke durch den Kopf.

„Wo kommst du her?“, wollte er von Bärwald wissen.

„Oerlinghausen, und du?“

„Mensch, das nenne ich mal Zufall. Ich komme aus Detmold.“ Krameike freute sich, einen Landsmann aus Lippe zu treffen, wurde dann aber sofort wieder ernst. „Das meinte ich eigentlich nicht. Ich wollte nicht wissen, wo du wohnst, sondern von wo aus man dich hierher abkommandiert hat.“

„Ach so. Ostfront“, gab Bärwald bereitwillig Auskunft. „Wieso?“

„Da war ich auch.“ Krameike blickte Bärwald nachdenklich an. „Findest du es nicht seltsam, dass sie uns von der Front abgezogen haben, nur um hier diese Kisten zu verstecken. Hatten die hier keine Leute für so was. Was ist zum Beispiel mit der Leibstandarte des Führers? Das wären doch genau die richtigen für so einen kostbaren Transport.“

„Wieso? Die bewachen doch den Führer und den Berghof." Bärwald schien nicht zu verstehen, worauf Krameike hinauswollte.

„Ich meine, für diese Aktion hätten sie doch auch Soldaten aus der Region nehmen können? Warum uns dafür extra so weit transportieren?"

Horst Bärwald lachte bitter auf. „Vielleicht hatten die Angst, dass die hier in der Nähe Stationierten den Mund nicht halten können." Einen Moment lang lächelte er noch, dann wurde er plötzlich ernst. „Du meinst …?"

Krameike rückte noch näher an ihn heran. „Denk doch mal nach! Wir werden von der Ostfront abgezogen, erfüllen diesen Auftrag und dann lassen die uns wieder an die Front zurück, verbunden mit der Gefahr, dass wir dort das Geheimnis ausplaudern?" Er ergriff Bärwald am Oberarm. „Nie und nimmer!"

„Das würde ja bedeuten, dass wir jetzt auf dem Berghof bleiben müssen." Bärwalds Miene verfinsterte sich. „Ich will bald nach Hause, ich hab die Schnauze voll vom Krieg."

„Das könnte auch etwas anderes bedeuten", vermutete Krameike. „Weißt du, wie man die Geheimnisse der Pharaonengräber geschützt haben soll?"

Sein Kamerad blickte ihn entgeistert an und schüttelte den Kopf.

„Man hat die Erbauer zusammen mit dem toten Pharao lebendig in ihren Bauwerken begraben."

„Wenn du recht hast, dann hätte Huber uns aber alle dort oben schon umbringen müssen." Bärwald war noch blasser geworden, als er ohnehin schon war.

„Wer sagt denn, dass es dort oben geschehen muss?" Panisch rüttelte er am Arm seines Nebenmannes. „Verstehst du, was ich meine? Es wäre doch viel sicherer für die, wenn wir erst wieder in der Unterkunft sind. Da oben wären wir doch zu viele gegen einen gewesen."

Bärwalds Körper hatte sich versteift. Er blickte mit weit aufgerissenen Augen auf den Toten. Dann drehte er langsam den Kopf in Krameikes Richtung. „Du könntest recht haben. Und wenn sie uns am Fuß der Felswand erschossen hätten …"

„… hätten sie sich mit unseren Leichen abschleppen müssen, um keine Spuren zu hinterlassen", vollendete Krameike den Satz.

Ein Ruck ging durch Bärwalds Körper. „Wilhelm, wir müssen hier raus!"

Krameike nickte. Das alles hier bekam immer mehr den Geschmack eines Himmelfahrtskommandos. Je mehr er darüber nachdachte, desto sicherer war er sich, dass den Planern gar keine andere Möglichkeit blieb, als sich ihrer zu entledigen. Krameike fiel erneut ein, dass keiner den anderen kannte, dass aber vermutlich alle an der Ostfront zusammengetrommelt worden waren. Ebenso, wie ihm plötzlich bewusst wurde, dass sie alle nur einfache Soldaten waren und damit austauschbar. Soldaten fielen nun mal an der Front. Nicht jeder wurde feierlich beerdigt. Manche wurden einfach nur verscharrt. Man musste ihnen lediglich die Erkennungsmarken abnehmen und die Angehörigen informieren. Wo ihre Leichen blieben, war egal. Manch einer verschwand eben einfach.

Krameikes Gehirn arbeitete fieberhaft. Bärwald hatte recht, sie mussten hier unbedingt raus. Er blickte sich um. Gut, dass er mit Bärwald alleine war, so musste er nicht noch andere von seiner Theorie überzeugen. Er kannte Bärwald nicht und wusste nicht, ob er sich auf ihn verlassen konnte, aber zu zweit hatten sie garantiert eine bessere Chance zu fliehen. Er ließ ihn an seinen Überlegungen teilhaben.

„Wenn wir abhauen, ist das Desertieren. Die legen uns um, wenn sie uns kriegen." Bärwald fuhr sich nervös mit den Händen durch seine rotblonden Haare.

„Scheißegal“, entgegnete Krameike. „Die legen uns so oder so um.“ Seine Hand fuhr in die Hosentasche und bekam das Taschenmesser zu fassen, das er von seinem Vater zur Einberufung geschenkt bekommen hatte. Er zog es heraus und zeigte es Bärwald. Dann deutete er mit dem Kopf hinter sich zur Plane und machte mit der Hand eine senkrechte schneidende Bewegung. Er sah, dass Bärwald zunächst heftig schluckte, doch dann zustimmend nickte.

Jetzt mussten sie nur noch auf eine passende Gelegenheit warten.

Kapitel 1

Lippe – Gegenwart

Nebelschwaden waberten über die Wiesen. Es war ein kühler Herbst, dessen Feuchtigkeit dafür sorgte, dass sich seine Schulterwunde wieder einmal schmerzlicher bemerkbar machte als sonst. Nach Aussage der Ärzte war sie zwar komplett ausgeheilt und beeinträchtigte ihn auch nicht, aber ab und zu schmerzte sie eben doch noch. Es war ein Schmerz, den er zwar aushalten konnte, der ihn aber jedes Mal unnötigerweise daran erinnerte, wie er zu der Wunde gekommen war. Er würde es ohnehin nie vergessen.

Er schüttelte sich und schaltete herunter, da die Straße bergan führte. Er war auf dem Weg in den Schling, einem kleinen Ortsteil des Detmolder Stadtteils Heiligenkirchen. Genauer gesagt war er auf dem Weg zu einem ganz bestimmten Haus. Versehen mit einem ganz bestimmten Auftrag, den er von einem Sterbenden bekommen hatte.

Der Mann, der an einer heimtückischen Krebserkrankung gestorben war, hieß Friedrich Krameike, und der Mann, der auf dem Weg zu dessen Haus war, war Koslowski. Die beiden hatten sich von etlichen Jahren hier in Lippe kennen und schätzen gelernt. Koslowski war der ältere Mann, der früher als Maurer gearbeitet hatte, von Anfang an sympathisch gewesen.

Krameike war eine grundehrliche Haut gewesen. Rentner, Witwer und leidenschaftlicher Jäger. Ein Mann mit Ecken und Kanten, aber auch mit dem Herz auf dem rechten Fleck. Und einer der wenigen Menschen, die Koslowski als Freund bezeichnet hatte. Krameike hatte ihm beigestanden, als es ihm einmal besonders schlecht gegangen war. Mit einer unorthodoxen Maßnahme hatte er Koslowski vor dem Untergang bewahrt. Vor zwei Wochen war er im Beisein Koslowskis im Detmolder Klinikum gestorben. Auf dem Sterbebett hatte er ihn um einen letzten Gefallen gebeten.

„Im Keller meines Hauses, wirst du eine alte Blechkiste finden. Darin sind einige Sachen, die für mich einmal von Bedeutung waren. Und du findest darin ein paar Briefe. Lies sie!“

Koslowski erinnerte sich noch genau an diese Worte.

„Wenn du die Briefe liest, weißt du, was ich von dir will.“

Krameikes Stimme war dabei immer leiser geworden, und Koslowski hatte aufstehen und sich über ihn beugen müssen, um ihn überhaupt noch verstehen zu können.

Mit großer Mühe hatte Krameike noch einmal seine Hand gehoben und Koslowski die Wange gestreichelt. „Ich bin froh, dass du hier bist, jetzt kann ich in Ruhe gehen.“

Das waren seine letzten Worte gewesen.

Die Erinnerung an diese Szene im Detmolder Klinikum trieb Koslowski immer noch derart die Tränen in die Augen, dass er sich mit dem Ärmel darüberwischen musste, um etwas sehen zu können. Soeben passierte er die Forellenteiche und überlegte, was ihn im Haus von Friedrich Krameike wohl erwartete. Der Zugang war gewährleistet, denn Wilma Erfkamp, eine Nachbarin Krameikes, hatte ihn auf dessen Beerdigung angesprochen und ihm einen Haustürschlüssel zugesteckt. „Den soll ich Ihnen geben, wenn ihm was passiert. Das hat Friedrich mir noch aufgetragen, bevor er ins Krankenhaus musste“, hatte sie ihm schluchzend erklärt.

Koslowski hatte den Schlüssel wortlos entgegengenommen und in die Tasche gesteckt. Der Abschied von seinem alten Freund war ihm sehr schwergefallen, und erst jetzt hatte er sich dazu durchringen können, diesen Auftrag in Angriff zu nehmen.

Koslowski bog in die Spreckenburgstraße ein und hielt kurze Zeit später vor Krameikes Haus. Er blieb noch einen Moment im Wagen sitzen, weil er sich nicht aufraffen konnte, auszusteigen und ins Haus zu gehen. Er schüttelte sich, als er daran dachte, dass er hier mal im Keller gefangen gehalten worden war. Und auch, wenn das nur zu seinem Besten geschehen war, so war die Erinnerung doch bedrückend. Sein Freund Walfried Eugelink, damals noch Kriminalbeamter in Detmold, hatte ihn betrunken in der Gosse gefunden und zu Krameike gebracht. Gemeinsam hatten die beiden ihn dann in einen Kellerraum von Krameikes Haus geschleppt, und der alte Maurerpolier hatte ihn auf die harte Tour trockengelegt.

Koslowski stieg aus und ging ein paar Schritte auf das Haus zu, dann blieb er stehen und erinnerte sich. Dabei lief ihm ein Schauer über den Rücken, und er musste sich zwingen, weiter auf das einsame und verlassene Haus zuzugehen. Der Schlüssel in seiner Hosentasche fühlte sich schwer an wie Blei. Noch vor den drei Stufen, die zur Haustür hinaufführten, überkam Koslowski plötzlich ein anderes Gefühl. Er konnte sich irgendwie nicht gegen den Gedanken wehren, dass er sich, wenn er durch diese Tür gehen würde, erneut in Gefahr begab.

Trotzdem griff er in die Tasche und steckte den Schlüssel ins Schloss.

Minuten später stand er vor der Tür zu den Kellerräumen. Sein damaliges Verließ würde er aber zunächst nicht wiedersehen, denn das erreichte man nur über eine Bodenklappe in Krameikes Küche und nicht wie die anderen Kellerräume durch das Treppenhaus.

Koslowski atmete noch einmal tief durch, dann drückte er die Klinke herunter.

„Friedrich, Friedrich, du wirst auf immer und ewig ein Lipper bleiben“, lachte Koslowski leise, als er den Lichtschalter betätigte und zwei armselige 25-Watt-Birnen den Kellerabgang beleuchteten.

Langsam und vorsichtig stieg er die Treppe hinunter. Die Luft roch abgestanden und ein wenig feucht, was sicherlich auch daran lag, dass der Keller des Hauses ein Stück weit in den Hang hineingebaut worden war. Die Treppe endete,

Koslowski wandte sich nach rechts und stand in einem Flur. Als er auf die erste Tür zuging, hallten seine Schritte auf dem Betonfußboden von den Wänden zurück.

Er betrat einen Vorratsraum. In einer Ecke ein klappriges Weinregal mit ein paar verstaubten Flaschen. Friedrich Krameike war kein Weintrinker gewesen, das wusste Koslowski. Außerdem sprachen die leeren Kisten *Detmolder* in der anderen Ecke des Raumes eine deutliche Sprache. Ansonsten gab es hier nichts Außergewöhnliches zu sehen.

Der nächste Kellerraum war der Heizungskeller, der sich sofort nach Öffnen der Tür durch seinen Geruch nach Heizöl verriet. Koslowski wandte sich dem nächsten Raum zu. Es handelte sich um eine kleine Werkstatt, die Krameike sich hier unten eingerichtet hatte. Eine alte Hobelbank, darüber ein hölzerner Werkzeugkasten und ein alter Kleiderschrank ohne Türen, in dem allerhand Elektrowerkzeuge lagen. Auf der anderen Seite ein Regal mit Krameikes Maurerwerkzeugen: Kellen, Glätter, Fugeisen und andere Dinge. Alles penibel gereinigt und ordentlich nebeneinander aufgereiht. Darunter jede Menge Eimer in einem Speisfass. Aber es sah nicht so aus, als ob er hier das Gesuchte finden würde.

Im nächsten Raum sah das anders aus. Das Erste, was ihm auffiel, war, dass der Boden mit Teppich ausgelegt war. Das zweite war der hellgraue Waffenschrank. Dessen Tür stand offen und ermöglichte so einen den Blick ins Innere.

Koslowski wusste, dass Krameike die Waffen vor seinem Tode bereits an einen befreundeten Jäger abgegeben hatte, und zwar zu dem Zeitpunkt, als ihm klar wurde, dass sein Leben zu Ende ging und die Jagd für ihn vorbei war. Der Waffenschrank war leer.

Seufzend wandte Koslowski den Blick ab und ließ ihn durch den Raum schweifen. Er öffnete einen alten Kleiderschrank, fand darin aber nichts anderes als Jagdbekleidung. Auf der anderen Seite stand ein altes Küchenbuffet. Hier lagerte all das, was man nur ganz selten braucht. Weihnachtsbeleuchtung, Backformen, eine alte Höhensonne, ein alter Fleischwolf. Koslowski öffnete die Schubladen und wühlte zwischen alten Batterien, Knäulen von Paketband, abgeschraubten Türgriffen und anderen Dingen herum, von denen Krameike sich nicht hatte trennen können.

Aber auch hier fand er nicht das, was er suchte. Nachdem er auch den letzten Kellerraum, eine Art Lager für alles Mögliche, durchsucht und nichts gefunden hatte, stand er ratlos im Flur. Wo konnte diese Blechkiste, von der Krameike ihm erzählt hatte, nur sein? Ob jemand anderes sie bereits abgeholt hatte? Wenn ja, wer? Er war sich jedoch ziemlich sicher, dass Krameike niemand außer ihm davon erzählt hatte. Langsam ging er den Kellerflur entlang und blickte noch einmal in alle Räume. In der Tür des Werkzeugkellers stehend wollte er sich schon wieder abwenden, als ihn etwas störte. Er konnte nicht sagen, was es war. Es war nicht mehr als ein Aufblitzen in seinen Gedanken.

Koslowski betrat den Raum und lehnte sich von innen gegen den Türpfosten. Was hatte ihn hier gerade gestört? Langsam ließ er den Blick noch einmal durch den Raum wandern.

Und dann sah er es!

Es waren die drei Risse in der Wand, unmittelbar neben der Werkbank. Zwei verliefen senkrecht und in einem Abstand von circa fünfzig Zentimetern, der dritte verband die beiden anderen waagerecht an ihren oberen Enden. Koslowski war immer der Meinung gewesen, dass der ganze Keller aus massivem Bruchsteinen bestand, aber wenn dem so war, warum riss dann ein Teil des Putzes exakt rechtwinklig?

Neugierig geworden trat er neben die Werkbank und betrachtete die Wand genauer. Dann hob er die Hand und klopfte mit den Knöcheln leicht gegen den Putz. Es klang massiv. Als er es ein Stückchen weiter links versuchte, horchte er auf. Hier klang es hohl. Obwohl er sich schon sicher war, etwas Entscheidendes entdeckt zu haben, wiederholte er den Klopfversuch noch einmal. Nach kurzer Zeit wusste er, dass die Wand auf einer Fläche von etwa fünfzig Zentimetern Breite und einem Meter Höhe einen Hohlraum haben musste. Er tippte darauf, dass Krameike diesen mit einer Holz- oder Gipskartonplatte verschlossen und anschließend verputzt hatte. Der Putz jedoch war aus irgendeinem Grund gerissen. Mit einigem Kraftaufwand schob Koslowski die Hobelbank zur Seite, welche einen Teil der Platte verdeckte. Wären die Risse nicht gewesen, hätte Koslowski das Versteck vermutlich nicht entdeckt.

„Mein lieber Friedrich, du traust mir ja eine Menge Kombinationsgabe zu!“, sagte Koslowski. Er war sich sicher, dass sich hinter dieser Platte genau das befand, was er suchte. Da Krameike ihn darum gebeten hatte die Blechkiste zu suchen, scheute er sich nicht, zu einem Hammer zu greifen. Er begann mit ein paar vorsichtigen Schlägen an den Rändern der Platte, und sofort bröckelte Putz ab und gab den Blick auf ein paar Schrauben frei. Als Koslowski rundherum alle freigelegt hatte, suchte er nach einem Schraubenzieher und machte sich daran, sie zu lösen.

Es dauerte einige Zeit, bis er endlich alle Schrauben herausgedreht hatte. Aber Krameike hatte es ihm relativ leicht gemacht. Als „lippischer Edelhandwerker“, als den er sich selbst immer scherzhaft bezeichnet hatte, war er so sorgfältig gewesen, die Schrauben vor dem Verputzen mit Rostschutzfarbe zu bestreichen, um sie so vor Korrosion zu schützen.

Koslowski stach den Schraubendreher zwischen Wand und Platte und hebelte sie langsam heraus. Dahinter wurde ein Hohlraum sichtbar, in dem etwas lag, das in Plastikfolie eingeschlagen war. Daneben stand die Blechkiste. Er zog sie heraus, stellte sie auf die Werkbank und war sich sicher, dass es solche Behältnisse in vielen deutschen Haushalten gab. Allerdings wurden in den Blechkisten einer Nürnberger Lebkuchenfirma vermutlich eher Weihnachtsgebäck als

Papiere aufbewahrt. Die nämlich sah Koslowski, als er den Deckel aufklappte. Alte, teilweise vergilbte Fotos und jede Menge Briefe, teilweise zu Bündeln zusammengeschnürt.

Er nahm den in Folie verpackten Gegenstand aus dem Versteck und legte ihn neben die Kiste. Vorsichtig schlug er die Folie auseinander und blickte nun auf mehrere dünne Kladden. Als er eine von Ihnen öffnete, erkannte er sofort, dass es sich um ein Art Tagebuch handelte. Sein Blick blieb an der Jahreszahl hängen: 1945.

Seine Neugier wuchs und führte ihn in Versuchung, bereits hier im Keller mit dem Lesen zu beginnen, doch er besann sich eines Besseren, packte alles in die Kiste und trug sie nach oben. Das Versteck ließ er, wie es war, denn seinem Wissen nach gab es weder ein Testament, noch hatte er von einem Erben gehört. Wenn der oder die bekannt würden, konnte er ihnen immer noch erklären, warum er die Wand aufgebrochen hatte.

Genau in diesem Moment hörte er, wie die Haustür geöffnet wurde. Er fühlte sich ertappt, blieb mit angehaltenem Atmen auf der Kellertreppe stehen und starrte gebannt zur Tür hinauf. Im selben Moment wurde sie geöffnet und der starke Lichtschein einer Taschenlampe blendete ihn.

„Keine Bewegung!“ Der bellende Befehl klang autoritär.

Koslowski kam der Aufforderung sofort nach, denn neben der Lampe konnte er den Lauf einer Waffe erkennen. Er steckte wieder mal in der Scheiße.

Kapitel 2
Österreich – Gegenwart

Franz Bernauer fluchte. Obwohl er stets bemüht war, jeden Tritt vorsichtig zu setzen, war er jetzt doch abgerutscht und hatte einen Schritt ins Leere gemacht. Obwohl der Fehltritt nur ein paar Zentimeter tiefer, aber dadurch anders als erwartet aufsetzte, fuhr er ihm wie ein elektrischer Schlag durch den Rücken und raubte ihm für eine Sekunde den Atem. Wütend blieb Bernauer stehen und wischte sich den Schweiß von der Stirn. Schuld an seiner Misere waren mal wieder andere. Leichtfertige Wanderer, die sich mit den Bergen auf ein Duell einließen, das sie nicht gewinnen konnten. Vor allem dann nicht, wenn es dem Berg nicht gefiel. Leute, die sich in Shorts und mit Turnschuhen aufmachten, um Berge wie den *Hohen Göll* zu besteigen. Dabei unterschätzten sie die dünne Luft in einer Höhe von über 2500 Metern, die damit verbundenen Anstrengungen und das manchmal recht launische Bergwetter.

Zwei leichtsinnige deutsche Touristen waren der Grund für seinen heutigen Aufenthalt im Göllmassiv, welches am Ostrand der Berchtesgadener Alpen lag und über dessen Gipfel die Grenze zwischen dem Berchtesgadener Land in Bayern und dem Tennengau im österreichischen Salzkammergut verlief. Glücklicherweise wusste ihr Pensionswirt, was sie vorgehabt hatten. Er hatte sie zwar gewarnt und auf die Wettervorhersage hingewiesen, sie dadurch jedoch nicht von ihrer Tour abhalten können. Die beiden Banker aus Dortmund hatten sich vorgenommen, vom Purtschellerhaus über das *Hohe Brett* und den *Hohen Göll* zum *Carl-von-Stahl-Haus* zu wandern und dann von dort durch das Bluntautal nach Golling abzusteigen, wo sie ihr Quartier hatten.

Dazu hatte der Pensionswirt sie bereits um fünf Uhr morgens mit dem Geländewagen bis hinauf nach Kuchl-Gasteig gebracht. Vom *Schwalberbauer* aus wollten sie in zweieinhalb Stunden zum Eckersattel aufsteigen und nach weiteren fünfzig Minuten das *Purtschellerhaus* des Deutschen Alpenvereins erreichen. Immerhin hatten sie sich vorher im Internet informiert, dass es jetzt, Mitte Mai, bereits wieder geöffnet hatte. Auch als ihr Vermieter sie auf ihre wenig professionelle Ausrüstung hinwies, hielt sie das nicht davon ab, die Tour zu machen.

Mit einem Schulterzucken hatte er sich eingestehen müssen, dass an dem Sprichwort „Wem nicht zu raten ist, dem ist auch nicht zu helfen" etwas Wahres dran war. Als sie sich verabschiedeten, hatte er noch einmal besorgt zum Himmel hinaufgeblickt und sich am Hinterkopf gekratzt. Nein, gefallen hatte ihm das alles nicht, aber was hätte er noch machen sollen? Er hoffte, dass alles gut ging, und die beiden Männer gegen halb neun die Hütte erreichen würden. Doch dann folgte das beschwerlichere und gefährlichere Wegstück über den *Hohen Göll.* Ein erfahrener Bergwanderer würde dafür etwa sieben Stunden benötigen. Seine beiden Gäste hatten zwar einen körperlich guten Eindruck gemacht, doch Erfahrung in den Bergen sprach er ihnen ab. Das hatte er gestern Abend bei einem selbstgebrannten Obstler herausgefunden. Die beiden hatten es sich auf der Bank vor dem Haus gemütlich gemacht und vor Selbstbewusstsein nur so gestrotzt. Als er ihnen seine Bedenken und Warnungen vortrug, hatten sie sie lachend in den Wind geschlagen und sich siegessicher zugeprostet. Also hatte er sie heute Morgen ganz früh zum Startpunkt ihrer Wanderung gebracht und dann zugesehen, dass er wieder nach Hause kam, denn dort hatte das Vieh im Stall auf ihn gewartet.

Also hatte er langsam gewendet und war zurück nach Golling gefahren. Vorsichtshalber hatte er aber vorher darauf bestanden, dass sie sich per Handy melden sollten, wenn sie das *Carl-von-Stahl-Haus* erreichten. Als dieser Anruf nicht einging und er sie seinerseits nicht erreichen konnte, informierte er die Bergwacht.

Alles das wusste auch Franz Bernauer. Jedes Mal, bevor sie aufbrachen, gab es ein Briefing, bei dem alle Details besprochen wurden. Jede noch so kleine Information konnte bei der Durchführung des Einsatzes wichtig sein. Wie alt waren die Männer? Wie waren sie ausgerüstet? Hatten sie Proviant und Wasser mitgenommen? Hatten sie eine Kletterausrüstung bei sich? Wie sah ihre Kondition aus? Wie stand es um ihre Gesundheit?

Bernauer blieb stehen und griff nach dem Fernglas, das am Brustgurt seines Rucksacks befestigt war. Er löste es, stabilisierte es, indem er es auf seinen Bergstock legte und ließ dann seinen Blick über die Landschaft gleiten. Immer in der Hoffnung, irgendwo einen blauen oder gelben Fleck zu finden, der ihm zeigte, dass er eine der Jacken der Männer gesichtet hatte. Aber in Bernauers Glas blieb alles grau und farblos.

Vor einer Stunde hatte er sich von seinem Kollegen Josef Seiler getrennt. Früher hätten sie gemeinsam gesucht, aber heute war es dank der Satellitenfunktechnik möglich, überall geortet zu werden und auch fast überall Verbindung zu bekommen. Dadurch konnten sie sich trennen und einzeln schneller größere Bereiche absuchen. Sobald einer die Gesuchten fand und Hilfe benötigte, würde er seinen Kameraden informieren und ihn entsprechend einweisen. Falls erforderlich, würde die Bergung mittels Hubschrauber erfolgen, immer dann, wenn die Gesuchten verletzt oder zu erschöpft waren, um den Abstieg aus eigener Kraft zu absolvieren. Das allerdings war ein kostspieliges Unterfangen.

Bernauer suchte das Gelände noch einmal ab. Nichts! Er wollte das Glas gerade wieder herunternehmen, als er in den Augenwinkeln ein paar schwarze Punkte bemerkte. Er schaute genauer hin.

Es handelte sich, wie er nun erkannte, um einen Pulk Kolkraben. Sie kreisten circa einen Kilometer von ihm entfernt am Himmel. Bernauer fluchte. Das war kein gutes Zeichen. Wenn sie über einer bestimmten Stelle kreisten, hatte dort irgendetwas ihre Aufmerksamkeit erregt. Meistens war es Nahrung. Jegliche Form von Nahrung, egal ob es sich um ein verendetes oder abgestürztes Stück Wild oder einen verunglückten Wanderer handelte. Kolkraben waren da nicht wählerisch.

Bernauer fluchte erneut und griff nach seinem Funkgerät. „Sepp?"

Es dauerte ein paar Sekunden, dann knackte es. „Ja, Martin, hast was?"

Bernauer blickte noch einmal durch sein Glas. Die Sicht auf das, was die Raben sahen, war ihm durch einen bergab führenden Grat versperrt. Es musste also hinter diesem Grat in einer Rinne liegen.

„Hier kreisen Raben", teilte Bernauer seinem Kollegen mit. „Ich werd mal rübergehen und nachsehen, was es da gibt. Ich hoffe nur, dass es tierisches Aas ist, was sie angelockt hat."

„Wo bist denn genau?", wollte sein Kamerad wissen.

„Knapp unterhalb der Stelle, an der wir damals den halb erfrorenen Japsen gefunden haben."

Seiler wusste sofort, wo sein Kollege sich befand. „Pass auf, wenn du den Sandlahner querst. Ich komm zu dir rüber, hier ist nichts."

Bernauer quittierte die Durchsage, steckte Glas und Funkgerät weg. Dann orientierte er sich noch einmal und machte sich auf, um die Kolkraben um ihr Futter zu bringen.

***

Als er näherkam, fand er, dass die Landschaft seltsam aussah, irgendwie verändert. Bernauer kannte sie wie seine Westentasche. Bereits als Kind war er immer mit seinem Großvater aufgestiegen, wenn der nach dem Vieh sah. Als Jugendlicher hatte er dann sowohl beim Almauf- wie auch beim Almabtrieb geholfen. Jedem neuen Bernauer waren die Berge und die Sehnsucht nach ihnen bereits in die Wiege gelegt. Er konnte sich nicht vorstellen, an der See zu wohnen oder – noch schlimmer – irgendwo im Flachland, wo man kilometerweit schauen konnte, wie er immer abschätzig sagte.

Nein, die Berge waren sein Ein und Alles, und so war sein Eintritt in die Bergwacht ein zwangsläufiger Schritt gewesen. Da er dadurch ständig hier oben rumkletterte, war er verwundert, dass ihm die Landschaft verändert vorkam. Woran mochte das liegen?

Bernauers Blick glitt den Berg hinauf. Dann bemerkte er es. Große Teile des Hanges hatten sich gelöst und waren zu Tal gerutscht. Jetzt bemerkte er auch kleine Bäume, die umgeknickt waren und Büsche, die wie plattgewalzt wirkten. So etwas kam zwar immer wieder mal vor, aber trotzdem fuhr ihm der Schreck in die Glieder. Was, wenn die beiden Wanderer von diesem Erdrutsch überrascht worden waren? Wenn die Geröllmassen sie verletzt oder getötet hatten? Möglicherweise hatte er sie in der Rinne überrascht und ihnen keine Möglichkeit gelassen, der zu Tal rutschenden Geröllawine auszuweichen.

Bernauer ergriff die Schulterriemen seines Rucksackes noch entschlossener und erhöhte das Tempo. Ihn schauderte, als ihm seine Fantasie vorgaukelte, was er möglicherweise zu sehen bekommen würde. Tote waren selten ein schöner Anblick, und die Toten der Berge ganz besonders nicht. Er blickte zum Himmel empor und bemerkte, dass die Raben verschwunden waren.

Nach einiger Zeit erreichte er den Sandlahner, eine bergab führende Fläche mit Sand und kleinem Geröll. Vorsichtig machte er sich daran, ihn zu überqueren. Er musste höllisch aufpassen, dass seine Füße Halt fanden. Hier konnte man leicht wegrutschen und auf dem losen Zeug jeglichen Halt verlieren. Dann musste man es schaffen, sich irgendwie auf den Bauch zu drehen und mit dem Bergstock die Fahrt zu bremsen. Ansonsten schlug man möglicherweise unten auf Fels auf oder stürzte über eine Kante in die Tiefe.

Bernauer jedoch schaffte es ohne Zwischenfall und musste nur noch den Felsgrat überwinden, der ihm die Sicht versperrte. Vorsichtig kletterte er daran hoch und schaute in die Rinne. Als sein Gesicht über dem Rand auftauchte, bemerkte ihn einer der Raben und krächzte auf. Dadurch warnte er seine Artgenossen, die sich hinter dem Grat niedergelassen hatten und auf einem Körper hockten. Sofort erhob sich allgemeines Geschrei und als sich Bernauer über den Grat wuchtete, stiegen sie bereits auf und flogen ärgerlich krächzend davon. In sicherem Abstand landeten sie und betrachteten argwöhnisch den Störenfried, der sie um eine mögliche Mahlzeit gebracht hatte.

Bernauer hockte sich unmittelbar hinter dem Grat hin und stützte die Ellbogen auf die Knie. So konnte er das Fernglas in den Händen gut stabilisieren. Er richtete es auf die Stelle, an der die Raben aufgestiegen waren. Es dauerte nur zwei Sekunden, bis er sich sicher war, dass die Raben auf einem menschlichen Körper gehockt hatten. Und er war sich auch sicher, dass es nur einer war. Wo war der zweite, und warum sah er die leuchtende Jacke des Mannes nirgendwo?

Bernauer ließ das Glas sinken und machte sich auf den Weg zu der mutmaßlichen Leiche. Er war sich sicher, dass die Person bereits tot war.

Er brauchte noch zehn Minuten, bis er vor ihr stand. Was er sah, raubte ihm den Atem, und es dauerte ein paar Momente, bis er die Situation erfasst hatte. Völlig erschüttert griff er nach dem Funkgerät. „Sepp von Franz! Bitte kommen!“

Es knackte und rauschte einen Moment lang, dann meldete sich sein Kamerad. „Was gibt’s?“

Bernauer schluckte. „Sepp, ich hab in der Rinne einen Toten gefunden.“

„Nur einen?“, fragte Seiler ungläubig.

„Ja, und es ist auch keiner der beiden Deutschen.“

„Woher weißt du das?“

Bernauer blickte auf den Toten. Um dessen Hals baumelte etwas, das wie eine militärische Erkennungsmarke aussah.

„Weil keiner von denen eine Wehrmachtsuniform getragen hat, und außerdem ist der Mann garantiert schon länger tot.“ Bernauer schob seinen Hut in den Nacken. „Wo bist’ jetzt?“

Seiler klang zuversichtlich. „Ich schätze, in einer halben Stunde bin ich bei dir.“

„Sei vorsichtig!“ Bernauer ließ sich neben dem Toten nieder. Der Leiche fehlten der rechte Unterschenkel und der linke Arm. Die gesamte Haut des Körpers sah aus wie dunkles Leder. Bernauer vermutete, dass der Tote durch die strengen Winter derart mumifiziert worden war. Die Uniform hing nur noch in Fetzen an der Leiche. An den Kragenspiegeln erkannte er die beiden Runen der SS. Was der Leiche gänzlich fehlte, war ein Gesicht. Da, wo es hätte sein sollen, befand sich eine undefinierbare, ebenfalls mumifizierte Masse. Nur der Haaransatz über der Stirn ließ erkennen, wo es einst gewesen war.

Bernauer blickte den Berg hinauf und sah, dass sich schräg über ihm der neue Hangabbruch befand. Er hob das Glas und suchte die Stelle ab. Sein Blick blieb an etwas hängen, was sich von der Landschaft abhob. Bernauer regulierte die Schärfe des Glases und schluckte, als er sah, was dort oben lag. Ein alter Stiefel, aus dem ein blanker Unterschenkelknochen ragte. Der Anblick war makaber. Es sah aus, als hätte der Tote dort oben seinen Stiefel ausgezogen und sein Bein darin vergessen.

Bernauer vermutete, dass die Leiche dort oben verschüttet gelegen hatte. Durch den Geländeabriss war sie freigelegt und teilweise mitgerissen worden. Ansonsten wäre sie sicher schon viel früher entdeckt worden. Hier gab es immer wieder Wanderer, und Bernauer selbst war im letzten Jahr öfter hier oben gewesen.

Nachdenklich betrachtete er den Toten. Wie mochte der Mann dort oben hingelangt sein? War er verschüttet worden, oder hatte man ihn vergraben?

Er fuhr erschrocken zusammen, als sich sein Funkgerät mit lautem Piepen meldete.

„Gute Nachrichten, Franz." Josef Seilers Stimme klang erleichtert. „Wir haben die beiden Piefkes gefunden. Beide wohlauf, aber total erschöpft."

Bernauer konnte heute über den Spitznamen für die Deutschen nicht lachen. Heute würde er über gar nichts lachen können, denn er war sich sicher, dass ihm der Tote noch viel Kopfzerbrechen bereiten würde. Und nicht nur ihm.

Kapitel 3

„Das tut mir ehrlich leid", bedauerte Wilma Erfkamp und zerknüllte dabei ein Stofftaschentuch zwischen den Fingern. „Ich konnte doch nicht ahnen, dass Sie das sind, der im Haus ist. Ich habe nur Licht gesehen und mich gewundert. Und da ja in letzter Zeit hier in der Gegend so viel eingebrochen wurde … und wo das Haus doch nun leer steht, habe ich einfach die Polizei ..."

Koslowski winkte gelassen ab. „Alles gut, Frau Erfkamp. Ich hätte mich vorher bei Ihnen melden sollen."

„Nein, ich hätte mich einfach daran erinnern müssen, dass ich Ihnen auf dem Friedhof den Schlüssel gegeben habe. Aber Sie haben dieses neue Auto, das kannte ich noch nicht. Früher hatten Sie doch diesen alten, grünen Geländewagen mit einer Plane, oder?"

Koslowski musste lächeln. „Ja, einen Landrover. Aber der ist mittlerweile Schrott."

Der Polizeibeamte, der Koslowski auf der Treppe gestellt hatte, deutete mit dem Kopf zur Tür. „Dachte mir schon, dass der Nissan da draußen Ihnen gehört."

Koslowski war froh gewesen, als der zweite Beamte die Kellerbeleuchtung eingeschaltet und er ihre Uniformen erkannt hatte. Alles Weitere hatte sich schnell aufgeklärt. Vor allen Dingen, nachdem man ihm Wilma Erfkamp gegenübergestellt hatte.

Nach einer kurzen Überprüfung seiner Personalien waren die beiden Beamten wieder abgerückt und hatten Wilma und ihn alleine an Friedrich Krameikes Küchentisch zurückgelassen. Vor ihnen stand die Kiste mit den Unterlagen.

„Soll ich uns einen Kaffee machen?" Wilma erhob sich zögerlich. Anscheinend litt sie immer noch unter dem schlechten Gewissen, die Polizei angerufen zu haben. „Friedrich hätte sicher nichts dagegen. Ich habe uns öfter mal einen Kaffee gekocht."

Koslowski wehrte dankend ab. „Nein, vielen Dank, ist schon in Ordnung. Mir steht jetzt ohnehin der Sinn nach etwas Stärkerem."

Wilma überlegte kurz, dann hellte sich ihre Miene auf und sie drehte sich zum Küchenschrank um. Nur einen Augenblick später stand eine Flasche *Wippermann Wacholder* auf der Wachstuchtischdecke. Ihr folgten zwei Schnapsgläser. „Dachten Sie eher an so etwas?"

Koslowski musste schmunzeln. „Ja, auch wenn Wacholder nicht unbedingt mein Lieblingsgetränk ist. Aber ich weiß, dass Friedrich einen guten Schluck zu schätzen wusste. Trinken wir also einen in Erinnerung an ihn."

Wilma schraubte die Flasche auf und goss ein. Dann schob sie eines der Schnapsgläser in Koslowskis Richtung. „Auf Friedrich!", sagte sie und hob ihr Glas.

„Auf Friedrich!", entgegnete Koslowski und trank das Glas in einem Zug aus. Der lauwarme Wacholder hinterließ eine warme Spur im Hals.

„Was haben Sie da gefunden?", fragte Wilma und deutete mit dem Schnapsglas auf die Blechkiste.

„Ein paar Tagebücher und jede Menge Papiere, genau habe ich noch nicht nachgesehen." Koslowski stellte sein Glas ab und öffnete den Deckel der Blechkiste. Vorsichtig nahm er die Tagebücher heraus und legte sie auf den Tisch.

„Oh, die scheinen aber sehr alt zu sein", bemerkte Wilma und trank den Rest ihres Wacholders. „Ich glaube, ich mach uns doch einen Kaffee", verkündete sie und stand auf. Koslowski nickte nur, denn er war gerade dabei, den Rest der Kiste auszupacken.

Darin befanden sich lediglich Papiere. Kein Schmuck, kein Geld, keine sonstigen Wertgegenstände. Dafür Zeitungsausschnitte, Umschläge und etliche handgeschriebene Zettel. Er stapelte die Tagebücher auf dem Tisch, dann lehnte er sich zurück und griff nach dem obersten. Vorsichtig, als könnte es unter seinen Fingern zerbröseln, öffnete er es und begann zu lesen.

Wilma, die mit der Kaffeekanne und dem Filter herumhantierte, drehte sich zu ihm um und wollte gerade etwas sagen, als sie bemerkte, dass Koslowski bereits in die Lektüre des Tagebuches vertieft war. Sie füllte den Wasserkessel, schaltete den Herd ein und stellte den Kessel darauf. Dann wischte sie sich die Hände an einem Küchentuch ab und betrachtete Koslowski.

Sie wusste, dass er und Friedrich gute Freunde gewesen waren. Es gab etwas, das die beiden verband, doch sie wusste nicht, was es war. Friedrich hatte nie darüber gesprochen, und auch über Koslowski wusste sie wenig, das war allerdings etwas, das sie mit vielen Leuten gemeinsam hatte. So richtig wusste nämlich niemand, wer dieser Koslowski eigentlich war und wie seine Vergangenheit aussah – und dass, obwohl er hier nun schon fast zehn Jahre lebte.

Was Wilma wusste, war, dass Koslowski vor einiger Zeit hatte untertauchen müssen, da ihm irgendwer an den Kragen wollte. Aber wo er vor seiner Ankunft in Lippe gelebt oder woher er sein Geld hatte, wussten nur sehr wenige, und wenn, dann schwiegen sie darüber.

Er war dafür bekannt, dass er Schwierigkeiten wie ein Magnet anzog und keiner Konfrontation aus dem Wege ging. Vor allem dann, wenn er fand, dass jemand ungerecht behandelt wurde oder wenn ihn jemand um Hilfe bat. Dadurch bedingt hatte er seine Nase schon öfter in Dinge gesteckt, die ihn eigentlich nichts angingen, und dafür auch öfter mal was auf dieselbe bekommen. Friedrich hatte mal behauptet, Koslowski sei sogar schon dem Tod von der Schippe gesprungen.

Hätte sie Koslowski gefragt, was ihm in Lippe gefiel, hätte er sicher die Ehrlichkeit der Menschen angeführt und ihre Bodenständigkeit gelobt. Aber er hätte auch eingestanden, dass er die lippischen Landschaften mit ihren großen Wäldern liebte und die Ruhe, die in ihnen herrschte. Es war eine gewisse Beschaulichkeit, die es ihm angetan hatte. Er war im quirligen Ruhrgebiet geboren worden und hatte sich schon in der halben Welt herumgetrieben, aber mit zunehmendem Alter sehnte er sich immer mehr nach Ruhe. Ein weiterer wesentlicher Grund hierzubleiben, war sicher auch seine Freundin Britta Craven, eine Anwältin aus Bielefeld.

Der pfeifende Wasserkessel riss Wilma Erfkamp aus ihren Überlegungen und brachte sie in die Wirklichkeit zurück. Sie goss heißes Wasser in den Filter, und Augenblicke später wehte der Duft von frischem Kaffee durch die Küche. Während er langsam durch den Filter lief, stellte sie zwei Kaffebecher auf den Tisch. Koslowski war noch immer in das Tagebuch vertieft.

Wilma goss den Kaffee ein und setzte sich dann neben ihn. Neugierig beugte sie sich zu ihm hinüber und deutete auf das Tagebuch. „Ich bin eine alte Frau“, lächelte sie Koslowski an, „und die sollen ja von Natur aus neugierig sein. Was ist das für ein Buch?“

Koslowski hielt es ihr hin, doch sie nahm es nicht. „Es ist eines der Tagebücher von Friedrichs Vater.“

Wilma war verblüfft. „Vom alten Wilhelm? Mein Gott, der ist doch schon lange tot. Wo haben Sie die denn gefunden?“

Koslowski erklärte ihr, welche Bitte Friedrich auf dem Sterbebett geäußert hatte und wie und wo er die Sachen gefunden hatte.

„Und was wollte Friedrich jetzt genau von Ihnen? Was sollen Sie machen?“ Wilma schlürfte vorsichtig am heißen Kaffee.

„Das weiß ich auch noch nicht, aber Friedrich war wichtig, dass ich sie lese. Vor allem das hier scheint mir von Bedeutung zu sein, denn er hat einige Stellen mit Rotstift angestrichen.“

Wilma beugte sich über das Buch. „Aber das kann doch auch sein Vater gemacht haben.“

Koslowski schüttelte den Kopf. „Nein, das glaube ich nicht. Sehen Sie nur.“ Er schob ihr das Buch zu. „Die Texte sind alle mit Bleistift geschrieben worden, die roten Striche jedoch scheinen von einem Filzschreiber zu stammen und sehen auch noch recht neu aus. Scheint so, als ob Friedrich sie erst vor Kurzem gemacht hat.“

Wilma nickte verstehend. „Darf ich da mal reinsehen?“, fragte sie und deutete auf die Blechkiste.

„Aber bitte!“ Koslowski machte eine einladende Bewegung.

Die ältere Frau schob ihre Kaffeetasse zur Seite und zog die ehemalige Lebkuchenkiste zu sich heran. Dann begann sie, systematisch darin zu suchen. Plötzlich stutzte sie.

Koslowski bemerkte es. „Was ist?“, fragte er.

Wilma antwortete nicht, sondern hielt ihm stattdessen einen neu aussehenden Briefumschlag hin.

„Der ist für Sie“, sagte sie und hielt ihn so, dass er die Vorderseite sehen konnte.

Jetzt konnte auch er seinen Namen lesen. Verwundert musste er feststellen, dass seine Hand zitterte, als er nach dem Brief griff.

Kapitel 4

Als Martin Naumann aufwachte, war das Wasser kalt. Er hatte das Gefühl, als wäre er in einem Eisblock gefangen. Nur mühsam konnte er sich dazu durchringen, seine Hände aus dem Wasser zu heben, um sich damit am Wannenrand festzuhalten. Er versuchte sich hochzuziehen, doch ein Eiszapfen bohrte sich von der Schädeldecke in seine linke Gesichtshälfte. Zumindest fühlte es sich so an. Naumann hätte nie gedacht, dass Kälte so schmerzhaft sein konnte, wobei der Schmerz im Schädel nicht von der Kälte stammte, sondern von der Flasche Wodka, die neben der Wanne auf dem Boden lag. *Des Wodkas reinste Seele,* kam ihm der Werbespruch des Herstellers in den Sinn. Rein vielleicht ja, dachte er, aber im Übermaß genossen deswegen noch lange nicht schmerzfrei.

Naumann merkte, dass er zu zittern begann. Seltsam, während er geschlafen und sich das Wasser abgekühlt hatte, schien der Körper diese Reaktion nicht für erforderlich gehalten zu haben. Nun, da er erwacht war, schien es neben den Kopfschmerzen zur doppelten Strafe zu werden.

Mühsam winkelte er ein Knie an und hob den Oberkörper. Es kam ihm vor, als müsste er seine eingefrorenen Bänder, Sehnen und Gelenke mit Gewalt aus ihrer Kältestarre brechen. Der erste Versuch, sich in der Wanne hochzudrücken, scheiterte kläglich.

Naumann beugte sich so weit es ging vor und bekam den Schlauch der Handbrause zu fassen. Er wickelte sich das glatte Plastik um die Hand und startete einen neuen Versuch. Bis zur Hälfte des Weges schien sein Plan aufzugehen, dann gab die Verbindungstelle zwischen Schlauch und Verschraubung nach. Das Wasser schwappte über den Rand, als Naumann in die Wanne zurückfiel. Vor lauter Schreck war er nicht einmal in der Lage zu fluchen. Etwas, das ihm ansonsten problemlos über die Lippen ging.

Erschöpft blieb er liegen und schloss die Augen. Er ließ den Kopf auf die Brust sinken und atmete nur noch durch die Nase. Jetzt zu sterben wäre eine gute Option. Einfach in der Wanne liegen bleiben und sterben. Das Bild vom toten Uwe Barschel kam ihm in den Sinn. Naumann blickte an sich herunter. Im Gegensatz zu Barschel war er nackt. Und er lebte.

Aber wie und wann er in die Wanne gestiegen war, wusste er nicht mehr. Er atmete noch ein paar Mal durch, dann unternahm er einen weiteren Versuch. Endlich gelang es ihm, sich hochzustemmen. Als er Knie und Rücken durchdrückte, hätte er schreien können.

Er brauchte mehrere Minuten, bis er das Gleichgewicht halten konnte und sich traute, nach dem Handtuch zu greifen. Im Spiegel blickte ihm dabei das hagere und unrasierte Gesicht eines Alkoholikers entgegen. Das hatte sie auch immer gesagt, wenn er morgens aufgewacht und ins Bad getorkelt war.

„Du hast ein Alkoholiker-Gesicht."

Doch das war schon lange her, und die Frau, die das gesagt und die er geliebt hatte, war vor seinem Alkoholproblem geflohen. Am liebsten hätte er losgeheult. Losgeheult vor lauter Selbstmitleid. Das Schlimme war, dass sie recht gehabt und ihm der Mut gefehlt hatte, sich einzugestehen, dass es so war.

Naumann kletterte steifbeinig aus der Wanne und hielt sich dabei am Waschbecken fest. Mühsam trocknete er sich ab und machte einen Schritt zur Seite. Erschrocken blickte er nach unten, als sein Fuß gegen etwas Hartes stieß, das klimpernd zur Seite rollte. Die leere Wodkaflasche kullerte durchs Bad. Als sie gegen den Toilettentopf stieß, schien es ihm, als ob der scheppernde Ton sein Erinnerungsvermögen wieder in Gang setzte.

Es hatte alles am Vorabend im Imbiss angefangen. Erst ein paar Bier zur Currywurst, die er nie ganz aufaß, aber etwas musste er ja essen. Danach drei kleine Jägermeister, dann wieder Bier und weiter in die Kneipe. Dort der klägliche Versuch, sein Selbstmitleid in Bier und Schnaps zu ertränken. Langsam aber sicher waren die anderen Gäste von ihm abgerückt. Aber das kannte er, das machten sie immer, wenn er begann, ihnen seine Leidensgeschichte zu erzählen. Es interessierte keinen.

Wütend und enttäuscht hatte er die Kneipe verlassen und war nach Hause gewankt. Hier hatte er die Flasche Wodka gefunden. Woher er die hatte, wusste er nicht mehr. Aber es war gut, dass sie da war. Wenigstens ein Trost, den brauchte er. Und mit der Flasche musste er dann irgendwann in der Wanne gelandet sein. Er wollte sich gerade danach bücken, als sich sein Telefon mit schepperndem Klang bemerkbar machte.

Mühsam wankte er ins Wohnzimmer und griff nach dem am Boden liegenden Apparat. Das Bücken sorgte dafür, dass ihm fast der Schädel platzte. Er nuschelte seinen Namen derart gepresst in den Hörer, dass der Anrufer erneut nachfragen musste, wer am Telefon sei.

„Naumann!“ flüsterte er, um sich mit einer zu lauten Stimme nicht selbst zu quälen. „Mit wem spreche ich?“

„Mein Name ist Gaus, Johannes Gaus. Ich bin vom Auswärtigen Amt in Berlin. Ich spreche doch mit Herrn Martin Naumann aus Oerlinghausen, oder?“

Naumann glaubte im ersten Moment, sich verhört zu haben, daher fragte er noch einmal nach.

„Herr Naumann, ich habe eine persönliche Nachricht für Sie. Es geht um einen seit Langem verschollenen Familienangehörigen. Aus unseren Unterlagen geht hervor, dass sie vermutlich sein letzter Angehöriger sein dürften.“

„Angehöriger? Ich verstehe überhaupt nichts. Wovon reden Sie?“ Martin Naumann fuhr sich mit der freien Hand durchs Haar. Auch so eine Angewohnheit, die er nach dem Saufen besser lassen sollte, denn es schien, als ob jede Haarwurzel die Berührung sofort in den Kopf weiterleitete.

„Vielleicht sollten wir das nicht am Telefon besprechen, Herr Naumann. Sie könnten zu uns nach Berlin zum Werderscher Markt kommen oder in unsere Dienststelle nach Bonn. Alternativ würde ich auch bei Ihnen vorbeikommen. Manche Dinge bespricht man vielleicht besser persönlich."

Martin Naumann kniff die Augen zusammen. Der Schmerz, der wie ein Messer durch sein Gehirn schnitt, schien ihn am Denken hindern zu wollen. „Nicht so schnell, Sie sagten gerade etwas von einem Angehörigen, ich weiß von keinem Angehörigen, der vermisst wird, ich …" Der Rest ging in einem heftigen Hustenanfall unter.

Sein Gesprächspartner wartete geduldig, bis der Anfall vorbei war. „Es geht um einen gewissen Horst Bärwald. Nach unseren Unterlagen, ist das Ihr Großvater gewesen."

Ohne erneuten Hustenanfall schaffte er es zwar bis in die Küche, aber er brauchte dringend etwas, um den Hustenreiz zu lindern. Gierig stürzte er sich auf die halbvolle und lauwarme Flasche Bier, die auf der Spüle stand. Die Plörre schmeckte allerdings wie Laternenpfahl ganz unten. Er konnte sich nicht erinnern, wie lange die Flasche hier schon stand. Angewidert goss er den Rest in den Ausguss.

„Herr Naumann, sind Sie noch dran?"

„Jaja, ich habe mich nur verschluckt." Was hatte der Typ gesagt? Horst Bärwald? Seine Mutter war eine geborene Bärwald. Aber die war auch schon ein paar Jahre unter der Erde. Seinen Großvater hatte er nie kennengelernt. Angeblich war der im Krieg verschollen. Wie kamen die jetzt plötzlich darauf, ihn deswegen anzurufen? „Wer hat denn die Vermisstenanzeige aufgegeben?"

Er konnte hören, wie Gaus in seinen Unterlagen blätterte. „Eine Hildegard Bärwald. Sie hat sich 1946 beim Suchdienst des Roten Kreuzes gemeldet. So ist der Name Horst Bärwald in die Zentrale Namenskartei gelangt." Erneut hörte er Gaus blättern. „Diese Hildegard Bärwald ist die Gattin des Vermissten gewesen, zumindest anhand unserer Unterlagen."

Er erinnerte sich nur sehr schwach. Hildegard, das war seine Oma gewesen. Eine Oma, an die er sich kaum erinnern konnte, weil sie starb, als er gerade einmal sechs Jahre alt war. Er kannte sie nur von alten Fotos. Die Art von Fotos, auf denen junge Menschen älter aussehen als manch ein Achtzigjähriger. Er erinnerte sich vor allem an einen grauen Haarknoten und einen kleinen, verschrumpelten Mund. Der rührte, nach Aussage seiner Mutter, daher, dass sie sich standhaft geweigert hatte, ihr Gebiss zu tragen.

Er hatte ihr Bild oft in der Hand gehabt, war aber seltsamerweise nie traurig gewesen, dass er sie nicht richtig kennengelernt hatte. Er mochte sie nicht, und es war für ihn fast so, als ob sie nie existiert hätte.

Aber dann gab es da noch dieses Bild, auf dem sie neben einem jungen Mann in Wehrmachtsuniform stand und auf dessen Rückseite jemand in Sütterlin die Worte *Hochzeit 1943* geschrieben hatte. Ja, damals hatte sie noch ganz anders ausgesehen. Besser und jünger. Die beiden hatten zwar mit todernsten Gesichtern in die Kamera geblickt, aber man sah, dass sie sich zärtlich bei ihm eingehakt hatte.

Wieder machte Gaus sich bemerkbar. „Herr Naumann?"

„Äh, was? Entschuldigung, ich war gerade in Gedanken. Ja, also, wie gesagt, meine Mutter war eine geborene Bärwald. Und meine Großmutter hieß Hilde, oder genauer gesagt Hildegard. Und mein Großvater hieß tatsächlich Horst, aber ..." Er blickte sich in der Küche nach anderen Getränken um. Doch hier war Ebbe, ebenso wie im Kühlschrank, in dem nur ein paar verschrumpelte Lebensmittel lagen. Ohne sich allzu hastig zu bewegen, drehte er sich um und ging zurück ins Wohnzimmer.

„Und warum rufen Sie jetzt genau an?" Das Denken fiel ihm immer noch schwer. „Soll die Akte jetzt geschlossen werden oder was?“ Er fluchte lautlos. Auch hier gab es nichts mehr zu trinken.

„Nein, Herr Naumann, ich rufe wegen Ihres Großvater an.“ Gaus Stimme war leiser geworden und klang jetzt pietätvoll wie die eines Bestatters.

Naumann lachte bitter auf und verschluckte sich dabei. „Ich vermute mal, Sie sind gerade dabei, Ihre Karteileichen zu begraben, oder?“

Eine Sekunde lang herrschte Schweigen am anderen Ende der Leitung. „Nein, Herr Naumann. Es geht nicht um eine Karteileiche. Man hat die echte Leiche Ihres Großvaters in den österreichischen Alpen gefunden.“

Martin Naumann hätte später nicht mehr sagen können, ob er aufgrund seines Alkoholkonsums oder aufgrund des Schrecks ins Taumeln geraten war. Auf jeden Fall hatte er sich umgehend auf dem Wohnzimmertisch niedergelassen.

„Sagen Sie das noch mal!“

Gaus räusperte sich. „Die österreichische Bergwacht hat im *Göll-Massiv* bei der Suche nach zwei vermissten Bergsteigern eine Leiche gefunden. Sie trug Reste einer Wehrmachtuniform und um den Hals eine Erkennungsmarke. Demnach handelte es sich bei dem Toten um Horst Bärwald, Ihren Großvater.“

Naumann hielt sich mit der freien Hand an der Tischplatte fest. Ihm war, als drehte sich die Wohnung plötzlich um ihn. Keuchend schnappte er nach Luft.

„Herr Naumann, geht es Ihnen nicht gut?“ Gaus’ Stimme klang besorgt.

„Nein, nein, alles in Ordnung. Das kommt alles nur so überraschend. An meine Großeltern habe ich schon ewig nicht mehr gedacht. Vor allem nicht an meinen Großvater, und jetzt das. Wie geht es jetzt weiter? Was muss ich jetzt machen?“

„Es geht darum, dass die österreichischen Behörden die Leiche gerne der Familie zur Bestattung übergeben würden, und da wir Sie als letzten Angehörigen ausfindig machen konnten, würden wir Sie bitten, sich mit der Staatsanwaltschaft in Salzburg in Verbindung zu setzen."

„Staatsanwaltschaft? Ist mein Großvater denn ermordet worden?"

„Das kann ich Ihnen nicht sagen, Herr Naumann. Es ist aber üblich, dass solche Fälle wie der Fund der Leiche ihres Großvaters von der Staatsanwaltschaft bearbeitet werden, und nur die kann die Leiche zur Überführung oder Bestattung freigeben. Ich würde Ihnen gerne eine Telefonnummer und einen Ansprechpartner nennen. Haben Sie etwas zu schreiben?"

Naumann blickte sich um. In dem Chaos, das er Wohnung nannte, fand er zunächst weder Stift noch Papier. Erst als er hektisch ein paar alte Zeitungen zur Seite warf, fand er das Gesuchte und dabei unter dem Couchtisch eine weitere angefangene Flasche Bier. Umständlich versuchte er sie zu greifen und stieß sie dabei um. Bevor sie ganz auslaufen konnte, griff er rasch wieder zu. Angewidert blickte er auf den abgestandenen Rest und schüttelte den Kopf. Doch bevor er die Nummer aufschrieb, setzte er sie an und stürzte den Rest in einem Schluck hinunter.

Kapitel 5

Die Hochebene zwischen dem südlichen Schwarzwald und der Schwäbischen Alb nannte man die „Baar“. Auf dieser Hochebene befand sich unter anderem das Städtchen Bad Dürrheim mit seinen knapp 13.000 Einwohnern. Es ist das höchstgelegene Solebad Europas und liegt unweit von Donau- und Neckarquelle.

Neben den historischen Bohrtürmen war Bad Dürrheim auch für das Wellness- und Gesundheitszentrum *Solemar* bekannt, das sich zwischen Kurpark und Huberstraße befand. In dessen unmittelbarer Nähe gab es ein altes Gebäude, das früher mal ein Schwesternheim beherbergt hatte. Vor etlichen Jahren wurde das dreigeschossige Gebäude mit dem Walmdach zwar in ein Pflegeheim für Senioren umgewandelt, doch langsam aber sicher begann das Gebäude zu verfallen, da sein Besitzer kein Geld mehr investierte. So kam es, dass das Haus nur deshalb noch nicht abgerissen worden war, weil darin noch zwei letzte Bewohner lebten, die von einer einzelnen Pflegekraft betreut wurden.

Einer dieser Bewohner war wegen eines Herzanfalls vor zwei Tagen nach Villingen-Schwenningen ins Krankenhaus gekommen. Daher hielt sich der letzte Bewohner am heutigen Abend allein im Haus auf. Die Betreuerin hatte dem alten Mann das Abendessen ans Bett gebracht und noch einmal nach dem Rechten gesehen.

Wie bereits seit Tagen hatte der Alte sein Essen auch heute weder eines Blickes gewürdigt noch angerührt. Als sie das Zimmer betrat, hatte er nicht reagiert, sondern vollkommen apathisch dagelegen. Seine Augen waren zur Decke gerichtet, und von einem Toten war er kaum noch zu unterscheiden. In ihrer Gegenwart hatte er noch nie ein Wort gesprochen, und sie wusste so gut wie nichts über ihn. Weder, wo er herkam, noch, was er früher einmal gemacht hatte. In seiner Akte gab es weder den Namen eines Angehörigen noch einer anderen Kontaktperson, und hinter seinem stand nicht einmal sein Geburtsort.

Irgendeine ihr unbekannte Stiftung bezahlte regelmäßig die Kosten für seinen Heimplatz. Das Geld dafür kam aus der Schweiz, wie ihr der Verwalter einmal verraten hatte. Es schien so, als hätte man aus seiner Akte alles getilgt, was auf seine Identität hinwies. Vielleicht sollte oder wollte er nicht gefunden werden, und sie vermutete, dass selbst der Name in der Patientenakte nicht sein richtiger Name war.

Der Mann im Bett war zwar alt und kraftlos, ihr aber dennoch unheimlich. Sie fürchtete sich vor allem vor seinen kalten, eisgrauen Augen. Als sie heute das Tablett an sich nahm, war sie froh, dass sein Blick an die Decke gerichtet blieb.

Erleichtert darüber, dass sie das Zimmer wieder verlassen konnte, drückte sie mit dem Ellbogen die Türklinke herunter und balancierte das Tablett auf den Flur hinaus. Der alte Mann rief bei ihr zwar Unbehagen hervor, aber ein bisschen tat er ihr auch leid, denn die Diagnose nach dem letzten Arztbesuch lautete auf Krebs. Der Doktor gab ihm nur noch wenige Wochen.

Noch trauriger fand sie es, dass der nun fast hundertjährige Mann, falls wenigstens das Geburtsdatum stimmte, ohne familiären Beistand sterben würde. Sie vermutete, dass er nicht aus dieser Gegend kam, denn als gebürtige Dürrheimerin kannte sie viele Menschen, sowohl aus der Stadt als auch aus der Umgebung. Und auch seinem Namen nach schien der letzte Bewohner eher aus einer anderen Gegend Deutschlands zu kommen als aus Baden oder Württemberg. Sie stellte das Tablett auf die Treppe und kehrte noch einmal in den Raum zurück.

Hier gab es weder Bilder noch Fotos. Keine Erinnerungsstücke, keine persönliche Korrespondenz, nicht einmal Bücher. Das Zimmer in der dritten Etage hatte man mit ein paar Möbeln aus dem Bestand des Heims spartanisch eingerichtet, und es wurde von dem großen, weißen Krankenbett dominiert.

Als sie vorhin das Abendbrot serviert hatte, hatte sie das mittlere der drei Erkerfenster geöffnet, denn sie fand, dass der Geruch des Todes schon im Zimmer hing. Nachdem sie es nun geschlossen hatte, zog sie auch die schweren Vorhänge zu. Dann knipste sie das kleine Notlicht auf dem Nachttisch an. Jetzt beherrschte neben der Stille auch die Dunkelheit den Raum. Von dem Mann im Bett kam immer noch keine Reaktion. Die Notfallklingel lag zwar, wie immer, neben seinem Kopfkissen, aber das war überflüssig, denn er hatte sie noch nie benutzt.

Seufzend zuckte sie mit den Schultern, verließ den Raum und trug das Tablett nach unten. Das Geschirr stellte sie in der Küche auf die Spüle und warf die Brote in den Abfall. Dann löschte sie das Licht und griff im Flur nach ihrem Mantel. Es war traurig, aber hier wartete alles nur noch auf seinen Tod. Sie, der Verwalter, das Haus – und auch er selbst.

Sobald er gestorben war, würde das Haus geräumt und abgerissen werden. Man sprach davon, dass hier ein Hotel mit 90 Zimmern entstehen sollte. Seinen Zimmernachbarn, sollte er überhaupt jemals wieder aus dem Krankenhaus kommen, würde man in ein anderes Heim verlegen und damit wäre sie dann endgültig arbeitslos. Aber das war nicht schlimm, denn mit fast achtundsechzig Jahren sehnte sie sich ohnehin langsam nach dem wohlverdienten Ruhestand. Der Job hier war nur ein kleines finanzielles Zubrot zu ihrer Rente gewesen.

Sie lauschte noch einmal ins Treppenhaus, hörte aber kein Geräusch. Leise zog sie die Haustür hinter sich zu und schloss ab. Vor dem Haus, noch auf dem Podest stehend, sog sie gierig die frische Luft in ihre Lungen und knöpfte sich den Mantel zu.

In letzter Zeit hatte sie das Haus mit immer mehr Unbehagen betreten. Es schien sie zu erdrücken, und sie würde erleichtert sein, wenn sie hier nicht mehr hinmusste.

„Nun komm schon!" Sie gab sich einen Ruck und stieg die Treppen hinunter. Es wurde Zeit, dass sie nach Hause kam, denn sie musste sich noch umziehen. Heute Abend wollte sie unbedingt mit ihrem Mann ins *Waldeck Spa Resort*. Dort trat die einheimische Schlagersängerin Elke auf, und sie war einer ihrer größten Fans. Aber auch wenn die Show erst um 20.30 Uhr begann, so wollten sie doch rechtzeitig im Hotel sein, um gute Plätze zu bekommen.

Vermutlich lag es an ihrer Eile, dass sie den Mann auf der anderen Straßenseite nicht bemerkte, der in einem dunklen Wagen saß und das alte Haus aufmerksam beobachtete.

***

Das alte Türschloss bereitete ihm keine Mühe. Er überwand es in wenigen Sekunden, denn schließlich war er einmal für so etwas ausgebildet worden. Sichernd sah er sich noch einmal um, dann schlüpfte er ins Haus. Er wusste, dass er ungestört war, denn er observierte es nicht erst seit heute. Er war zwar überrascht gewesen, als einer der Bewohner vor zwei Tagen von einem Krankenwagen abgeholt wurde, aber mit einem Telefonanruf im Krankenhaus in Schwenningen hatte er sich schnell davon überzeugt, dass der Mann, den er suchte, noch im Haus war, und nur an dem war er interessiert.

Er setzte einen Fuß auf die Treppe und lauschte. Totenstille. Langsam und bedächtig stieg er die hölzerne Treppe hinauf. Er wusste nicht nur, dass er in den dritten Stock musste, sondern auch in welches Zimmer. Dabei hatte er keine Eile, denn sein Opfer würde ihm nicht mehr davonlaufen können.

Vor der Zimmertür blieb er stehen, streifte sich ein Paar Latexhandschuhe über und legte dann seine Hand auf die Klinke. Auf einen unbeteiligten Beobachter musste es wirken, als ob er Skrupel hätte hineinzugehen, doch er überdachte lediglich noch einmal kurz sein Vorgehen. Dann drückte er die Klinke herunter, betrat den Raum, der im Halbdunklen lag, und musste seinen Augen einen Moment Zeit gönnen, sich an die veränderten Lichtverhältnisse zu gewöhnen. Die schweren Vorhänge waren zugezogen, lediglich das kleine Notlicht am Bett verbreitete einen schwachen, rötlichen Schimmer.

Mit der Tür im Rücken blieb er stehen und hielt den Blick auf die dürre Gestalt im Bett gerichtet. Ein stoppeliges, graues Kinn in einem alten, eingefallen Gesicht, das sich durch seine Blässe kaum noch vom weißen Kopfkissen abhob. Der Mann an der Tür trat einen Schritt nach vorne, ohne die Person aus dem Blick zu lassen, denn der alte Mann hatte ihm bereits beim Eintreten den Kopf zugewandt. Auf seinem Gesicht lag ein Ausdruck, der zu sagen schien: *Da bist du ja endlich.* Seine grauen Augen blickten ihn dabei mit einer Mischung aus Angst und Erlösung an.

Nur mit großer Mühe gelang es dem Mann, dem Blick des Alten standzuhalten, dann stieß er sich von der Tür ab und trat neben das Bett. Wieder folgten die Augen seinen Bewegungen, als er nach der Bettdecke griff. Er erwartete zwar keine Gegenwehr, aber sie hätte ihn auch nicht daran gehindert die Bettdecke zurückzuschlagen.

Es war nur noch eine letzte Überprüfung erforderlich, dann würde er endgültig wissen, ob er den richtigen Mann gefunden hatte. Er griff über den eingefallenen Körper nach dem spindeldürren Arm des Mannes und vermied es, ihm dabei ins Gesicht zu sehen. Langsam zog er den Arm zu sich und drehte ihn so, dass er dessen Innenseite untersuchen konnte.

Die Tätowierung lag etwa zwanzig Zentimeter über dem linken Ellenbogen auf der Innenseite des Oberarms und war ungefähr sieben sieben Millimeter groß. Sie bestand aus einem *A*, das für die Blutgruppe stand. Die stimmte mit seinen Informationen überein.

Der Mann, den er suchte, war ein Mitglied der SS Verfügungstruppe gewesen, die 1934 auf Anordnung Adolf Hitlers in der Größe von drei Regimentern für Sonderaufgaben gegründet worden war. Neben der SS-Leibstandarte Adolf Hitler und den SS-Totenkopfverbänden stellte sie den Kern der späteren Waffen-SS.

Der Alte gab keinen Laut von sich, als der Mann seinen Arm auf die Bettdecke fallen ließ und die Schublade des Nachttisches aufzog. Routiniert durchsuchte er sie und fand den Personalbogen des Heims mit einem Namen darauf. Franz Langner.

Dieser Name stand auch in seinen Unterlagen, doch er wusste, dass er falsch war. Der Mann vor ihm im Bett war niemand anderes als Josef Schneider.

Er wusste, dass Schneider in den letzten Kriegstagen mit den Resten des 18. SS-Panzerkorps versucht hatte, den immer näher rückenden Franzosen Widerstand zu organisieren. Zuerst hatten sie es in Freudenstadt versucht. Als sie dort scheiterten, setzten sie sich über Schramberg und Schwenningen nach Bad Dürrheim ab. Statt mit LKW und Panzern waren sie jetzt jedoch mit abgemagerten, blutenden Pferden und hölzernen Bauernwagen unterwegs gewesen. Schneider trieb die hungrigen und frierenden Männer an, mit letzter Kraft an einem Hang östlich der Stadt noch einmal Schützenlöcher auszuheben und dort auf die anrückenden französischen Truppen zu warten.

Und die kamen.

Aber auch dieser Widerstand hielt nicht lange. Die Männer verließ der Mut, und die Truppe löste sich immer mehr auf. Dabei setzte sich dann auch Schneider ab und versteckte sich eine Zeitlang in der Gegend von Hochemmingen. Von dort aus flüchtete er weiter in Richtung Schweiz, bis er Kontakt zu einer Hilfsorganisation bekam, die sich um ehemalige SS-Angehörige kümmerte. Er erhielt gut gemachte, falsche Papiere, und sie schafften ihn über die Schweiz nach

Südamerika. Doch bereits ein paar Jahre später konnte er, wieder über die Schweiz, nach Deutschland zurückkehren und kam, vermutlich aus sentimentalen Gründen zurück nach Bad Dürrheim.

Diese Organisation gab es immer noch. Mittlerweile jedoch befand sie sich im Stadium der Auflösung, denn langsam, aber sicher starben auch die letzten Angehörigen der ehemaligen SS-Verbände.

Schneider war einer dieser Letzten. Nach seinem Tod würde die Organisation nur noch die entsprechende Summe für die Bestattung an das Heim in Bad Dürrheim überweisen, damit wäre dann auch der Fall Schneider abgeschlossen.

Sein Blick blieb auch an ihm haften, als er sich umdrehte und begann, sich mit dem alten, klapprigen Kleiderschrank zu beschäftigen. Dabei behielt er Schneider die ganze Zeit genau im Auge, denn er hatte gemerkt, wie unruhig der geworden war, als er sich dem Kleiderschrank näherte. Er war also auf dem richtigen Weg und brauchte nur noch wenige Minuten, bis er das Geheimfach gefunden hatte.

Da waren sie! Die Unterlagen, die er so dringend suchte.

Er blätterte sie kurz durch und nickte bestätigend. Sie waren zwar durch einen Code verschlüsselt, den er nicht lesen konnte, aber er wusste auch so, dass er fündig geworden war. Schneider besaß nichts anderes mehr. Außerdem hatte sein Informant sie ihm genau beschrieben und ihm gesagt, dass Schneider sich nie von ihnen trennen würde.

„Das hat er dreiundsiebzig Jahre lang nicht getan." Heute wurden sie ihm zum Verhängnis.

Schneider unternahm einen letzten verzweifelten Versuch, sein Eigentum zu schützen. Ächzend schob er einen Fuß unter der Bettdecke hervor, doch weiter kam er nicht.

Der Mann am Schrank blickte sich nur kurz zu ihm um, denn ihm war klar, dass das alte Wrack hinter ihm keine Gefahr mehr darstellte. Seelenruhig beseitigte er alle Spuren.

Als er mit seiner Arbeit fertig war, trat er einen Schritt zurück und betrachtete sein Werk. Niemandem würde auffallen, dass der Schrank durchsucht worden war, und selbst wenn; aufgrund der Latexhandschuhe würde man keine Fingerabdrücke finden.

Er drehte sich zum Bett und betrachtete den Alten. Der versuchte etwas zu sagen, doch was über seine Lippen kam, war nur noch ein heiseres, unverständliches Krächzen. Der Blick seiner kalten Augen verriet jedoch, dass es nichts Freundliches war. Einen Moment lang blieben sie noch am Gesicht des Mannes hängen, dann wanderten sie angsterfüllt zu der Plastiktüte, die dieser aus der Jackentasche zog. Schneiders zuvor trotziger Blick schlug plötzlich in Angst um.

Hilflos musste er ertragen, dass der Mann eine Hand unter seinen Nacken schob und seinen Kopf leicht anhob. Mit einer schnellen Bewegung stülpte er die Plastiktüte darüber. Der alte Mann hatte keine Kraft, sich dagegen zu wehren. Er wusste, was nun auf ihn zukam, und er bemühte sich krampfhaft, nach Luft zu schnappen. Bereits nach wenigen Atemzügen sog er dabei die Tüte vor den Mund. Sein Henker schlug die Bettdecke wieder zu und dichtete so die Tüte ab. Mit einer Hand drückte er Schneiders mageren Brustkorb herunter, mit der anderen stopfte er die Bettdecke an beiden Seiten stramm unter dessen Körper.

Teilnahmslos sah sein Mörder zu, wie Schneider immer krampfhafter versuchte, frische Luft zu bekommen, denn ihm blieb nichts anderes übrig als seine eigene verbrauchte Atemluft einzuatmen. Da der Mensch bei der aeroben Atmung einen Teil des in der Atemluft enthaltenen Sauerstoffs in Kohlenstoffdioxid umsetzt, atmete Schneider nun eine in ihrer Zusammensetzung immer schlechter werdende Mischung aus Stickstoff, Sauerstoff und Kohlenstoffdioxid ein. Diese gefährliche Mischung würde unweigerlich zu baldigem Herz- und Atemstillstand führen.

Schneiders Gesicht hatte sich zu einer hässlichen Fratze aus Angst und Hass verwandelt. Unter der durchsichtigen Plastiktüte wirkte es geradezu dämonisch. Er, der ohne Skrupel getötet hatte, wurde nun selber zum Opfer. Langsam aber sicher schwanden ihm die Sinne.

Es würde ein langsamer Tod werden, aber der Mann neben dem Bett hatte genügend Zeit und Geduld mitgebracht. Natürlich hätte er ihn einfach erdrosseln können, aber das wäre aufgrund der Würgemale und anderer Indizien nachzuweisen. Nein, diese Todesart hier war viel unauffälliger. War der Tod erst einmal eingetreten, brauchte er lediglich die Plastiktüte zu entfernen und die Bettdecke zurückschlagen, damit sie zusammen mit Schneiders Schlafanzug, auf dem sich das Kondenswasser gesammelt hatte, trocknen konnte.

Die Symptome, die ein Arzt bei einer Leichenschau feststellen würde, würden ihn, verbunden mit dem Alter und der Krankengeschichte des Mannes, auf einen Herztod schließen lassen. Schneider war alt und schwach, da kam sein Tod nicht unerwartet. Daher würde der Doktor auf dem Totenschein das Kreuz auch bei *Natürlicher Tod* machen. Von der Krebsdiagnose wusste sein Mörder nicht einmal.

Schon nach wenigen Minuten hörte Schneiders Brustkorb auf, sich zu heben. Sein Mörder wartete noch einen Moment, dann tastete er sicherheitshalber noch mal nach der Halsschlagader. Er konnte aber keinen Puls mehr feststellen, sein Auftrag war erfüllt.

Er zog die Plastiktüte vom Kopf des Toten und steckte sie wieder in die Tasche. Die Bettdecke drückte er dem Toten in die Hand und schob sie dann so weit nach unten, dass es aussah als hätte Schneider noch versucht, sie wegzuschieben. So konnte das nasse Oberteil des Schlafanzuges schnell und ungehindert trocknen. Der Mörder trat einen Schritt zurück und betrachtete zufrieden sein Werk.

Niemand würde auf die Idee kommen, dass hier ein Mord geschehen war. Ein alter Mann war in seiner ärmlichen Umgebung gestorben. Nichts Besonderes. Nichts Unerwartetes. Außerdem kannte niemand Schneiders Geheimnis und hätte aus diesem Grund skeptisch werden können.

Leise ging er aus dem Zimmer und stieg ebenso leise die Treppe hinunter. Das Haus verließ er durch den Hintereingang. Niemand sah ihn.

Das Leben von Josef Schneider war zwar gerade abrupt beendet worden, doch sein Vermächtnis, das sich in der Tasche seines Mörders befand, würde weiterleben.

Kapitel 6

Wilma Erfkamp sagte kein Wort und bemühte sich auch sonst, kein Geräusch zu machen. Sie wollte Koslowski nicht stören, der den Brief entgegengenommen und geöffnet hatte. Sie sah zu, wie er zwei Bögen Papier herausholte und die ersten Zeilen überflog. Seine Stirn legte sich in Falten, und er stützte sie mit der linken Hand ab, während er weiterlas.

Mein lieber Koslowski!

Wenn du diesen Brief liest, bin ich vermutlich bereits tot und begraben. Ich hoffe aber, daß du noch am Leben bist und daß es dir gut geht.

Ich habe ein langes und erfülltes Leben hinter mir und dafür danke ich meinem Schöpfer. Ich weiß bereits, daß ich nicht mehr lange zu leben habe, und daher sitze ich nun über diesem Brief. Du wirst ihn zu schätzen wissen, da du ja weißt, daß ich lieber den ganzen Tag mit der Maurerkelle arbeiten würde als eine Stunde mit Papier und Bleistift.

Aber mir bleibt keine andere Wahl. Du warst plötzlich aus Lippe verschwunden und keiner konnte mir sagen, wo du abgeblieben warst. Also habe ich mich entschlossen, dir meine letzte Bitte auf diesem Weg zu übermitteln.

Wie du weißt, war unsere Familie nie sehr groß. Mein Vater ist relativ früh gestorben, und ich musste mich bis zu ihrem Tod um meine kranke Mutter kümmern. Das war eine Zeit, in der ich am Leben gezweifelt habe, aber dann trat Hannelore in mein Leben und es bekam für mich wieder einen Sinn. Du wirst dich daran erinnern, daß ich dir nicht nur diese Geschichte schon einmal erzählt habe, sondern auch auf welch tragische Weise ich sie und das Ungeborene verloren habe. Ebenso weißt du, daß wir damals das Haus meiner Eltern übernommen hatten und ich mich nur schlecht von Sachen trennen kann.

Letztendlich konnte ich mich sogar erst nach langer Zeit dazu entschließen, die Sachen meines Vaters überhaupt zu sichten. Dabei habe ich seine Tagebücher gefunden, die jetzt vermutlich vor dir liegen.

Mir hat er sie zu Lebzeiten nie gezeigt, ich habe nicht einmal gewusst, daß es sie gab. Es hat dann noch ein paar Monate gedauert, bis ich mich endlich durchringen konnte, sie zu lesen. Ihr Inhalt hat mich sehr traurig gemacht, denn von all dem, was meinem Vater im Krieg zugestoßen ist, habe ich nichts gewusst, und er hat nie darüber gesprochen. Es gab viele Tage, an denen er sich mit einer Flasche Schnaps im Schuppen eingeschlossen hat und erst am nächsten Tag wieder aufgetaucht ist. Damals habe ich ihn dafür gehasst, heute weiß ich, daß es seine Art von Vergangenheitsbewältigung war.

Erst durch die Lektüre seiner Tagebücher ist mir einiges klargeworden. Vor allem, daß er an einer Aktion beteiligt gewesen ist, die streng geheim war und über die er niemals gesprochen hätte. Das alles wirst du besser verstehen, wenn du die Bücher gelesen und dir dein eigenes Bild gemacht hast. Und wie ich dich kenne, wird dich das Geheimnis darin sehr neugierig machen. Ich habe bisher mit niemandem darüber geredet und denke, daß das im Sinne meines Vaters gewesen wäre. Erst beim Lesen seiner Aufzeichnungen ist mir klargeworden, was er damit meinte, als er einmal sagte, daß es Gold gibt, das man nicht anfassen kann, weil es rot von Blut ist.

Als er nach Ende seiner Kriegsgefangenschaft nach Hause zurückkam, hat er geschworen, daß er seine Familie und seine geliebte lippische Heimat niemals wieder verlassen würde, und ich wüsste auch nicht, daß er diesen Schwur jemals gebrochen hätte.

Worüber er ab und zu gesprochen hat, war ein Kamerad, den er im Krieg verloren hat. Sein Name war Horst Bärwald, und er muss aus Oerlinghausen gewesen sein. Die beiden sind damals zusammen getürmt, und Bärwald ist später ums Leben gekommen. Mein Vater hat aber nie Anstalten gemacht, die Familie dieses Mannes zu finden, und ich muss zugeben, daß ich nicht wußte, wie ich es anstellen müsste. Aber vielleicht hatte ich auch nur Angst davor. Jetzt wo es zu Ende geht, habe ich das Gefühl, daß ich der Familie schuldig bin, ihnen zu sagen, was damals passiert ist.

Ich weiß, das alles ist schon lange her und vielleicht erreichst auch du nichts mehr, aber glaube mir, ich ruhe ruhiger in der heimatlichen Erde, wenn ich weiß, daß du es zumindest versucht hast. Vielleicht bekommst du ja auch raus, was aus den geheimnisvollen Kisten geworden ist, von denen du noch lesen wirst.

Vermutlich kann ich mich nicht mal mehr persönlich bei dir bedanken und weiß auch nicht, ob wir uns in diesem Leben noch einmal sehen werden oder in einem anderen, hoffentlich besseren.

Leb wohl, du alter Beutelipper

Dein Friedrich

PS Obwohl ich, genau wie alle anderen, nicht weiß, wie viel Geld du hast, habe ich mich dennoch entschlossen, dir ein paar Scheine zukommen zu lassen. Nur für den Fall, daß du Auslagen haben solltest. Ich möchte ungerne mit Schulden von dieser Welt gehen. Sollte am Ende noch etwas davon übrigbleiben, dann spende es bitte dem Tierschutzverein.

***

Koslowski ließ den Brief sinken und bemerkte, dass ihm Tränen in die Augen stiegen. Letztendlich hatten sie sich doch noch einmal gesehen und Krameike hatte seine Bitte zwar noch persönlich vortragen können, aber hier hatte er es weitaus umfangreicher erläutern können, als auf dem

Sterbebett. Koslowski blickte in den Briefumschlag und sah zehn Fünfhundert-Euro-Scheine. Dann glitt sein Blick über Tagebücher und Blechkiste und nur langsam wurde ihm wieder bewusst, dass er nicht allein in Krameikes Küche saß.

Wilma saß schweigend neben ihm, die Hände um den Kaffeebecher geschlungen. Sie blickte ihn interessiert an und wartete, bis er von sich aus wieder zu reden begann. Behutsam legte er den Brief auf den Tisch.

„Das ist Friedrichs Vermächtnis an mich." Koslowski seufzte und griff nach seinem Becher. „Er hat mir schon im Krankenhaus Andeutungen gemacht, aber hieraus", er wies auf den Brief und die Tagebücher, „geht nun genau hervor, was ich für ihn tun soll."

Wilma betrachtete den Brief und bemerkte Koslowskis Betroffenheit. „Und?", fragte sie ein wenig zögerlich. „Werden Sie seinem Wunsch nachkommen?"

Koslowski seufzte. „Hätten Sie Friedrich einen letzten Wunsch abschlagen können?"

Wilma schüttelte den Kopf. „Friedrich war jemand, der einen nur sehr, sehr selten um einen Gefallen bat, und auch dann schien es ihm noch peinlich zu sein. Er selber war aber jederzeit für einen da. Manchmal schien er zu ahnen, dass man sich nicht zu fragen traute, und kam einem dann oft zuvor." Sie trank einen Schluck Kaffee. „Nein, auch ich könnte ihm seinen letzten Wunsch nicht abschlagen."

„Geht mir genauso", bestätigte Koslowski. „Auch wenn ich denke, dass es keine leichte Aufgabe wird. Aber mal sehen, was sich machen lässt."

„Ich bin ja, wie gesagt, neugierig", bekannte Wilma, „darf ich fragen, was Sie machen sollen?"

Koslowski faltete den Brief zusammen und steckte ihn zurück in den Umschlag. „Ich soll Ermittlungen über einen Kriegskameraden seines Vaters anstellen." Er packte den Brief zusammen mit den Tagebüchern zurück in die Kiste.

„Ein Kriegskamerad von Friedrichs Vater? Mein Gott, wie lange ist das denn schon her?“

Koslowski schloss den Deckel der Kiste. „Eine gefühlte Ewigkeit, aber manchmal lässt uns die Vergangenheit eben nicht ruhen. Es sind jedoch nur ein paar Nachforschungen, nichts Gefährliches.“ Von den geheimnisvollen Kisten sagte er ihr lieber nichts. „Vielen Dank für den Kaffee und die Unterhaltung.“ Er stand auf und reichte ihr die Hand.

„Keine Ursache. Ich wünsche Ihnen viel Glück. Wir sehen uns ja bestimmt mal wieder, dann können Sie mir ja erzählen, was Sie erreicht haben.“ Sie erhob sich ebenfalls und nahm die Kaffeebecher vom Tisch. „Ich räume nur noch schnell auf und schließe dann ab. Friedrichs Reserveschlüssel habe ich ja noch.“

Koslowski schüttelte ihr die Hand. „Den sollten Sie auch noch behalten. Ich melde mich wieder, versprochen.“

Beladen mit der Vergangenheit der Familie Krameike verließ er das Haus im Schling.

Kapitel 7

Schneiders Mörder hatte Baden-Württemberg bereits am Vortag verlassen und befand sich nun in einem Hotel in der Nähe von Würzburg. Er hatte sich auf das Bett gesetzt und lehnte am Kopfteil. Er hielt sein Handy in der Hand und hatte bereits gewählt.

Neben ihm – unsichtbar, aber griffbereit – lag unter dem Kopfkissen eine Pistole versteckt. Die Aufzeichnungen, die er im Geheimfach des Kleiderschranks von Josef Schneider gefunden hatte, lagen auf dem Bett verstreut. Er hatte sie nur grob gesichtet und festgestellt, dass er aufgrund des Codes nichts damit anfangen konnte. Nun wartete er darauf, dass sich sein Auftraggeber am anderen Ende der Leitung meldete. Persönlich hatte er ihn noch nie zu Gesicht bekommen, selbst seine echte Stimme kannte er nicht, da sie durch ein entsprechendes Programm so verzerrt wurde, dass er noch nicht einmal hätte sagen können, ob es ein junger oder ein alter Mann war, mit dem er ab und zu sprach.

Nach dem zweiten Klingelton hörte er ein Knacken in der Leitung. Seine langjährige Erfahrung sagte ihm, dass sein Gespräch nun an eine andere Stelle weitergeleitet wurde. Nach dem vierten Klingelton geschah dies erneut. Er war sich sicher, dass niemand in der Lage sein würde, das Gespräch zurückzuverfolgen. Ihm selber war es egal, wo sich sein Auftraggeber aufhielt, solange er sein Geld bekam – und bis jetzt war er immer korrekt bezahlt worden.

Er hörte, wie das Gespräch endlich angenommen wurde.

Wieder die verzerrte Stimme. „Ja?"

„Ich bin es. Ich habe Ihren Auftrag erledigt. Sie hatten recht, er hatte noch all seine Aufzeichnungen." Unaufgefordert schilderte er seinem Gesprächspartner, wo Schneider die Papiere versteckt hatte.

Eine Sekunde lang herrschte Stille in der Leitung.

„Ist er tot?“ Die verzerrte Stimme verhinderte, dass Emotionen erkennbar wurden.

„Ja, genau so, wie Sie es angeordnet haben. Sein Ableben wird als natürlicher Tod durchgehen. Außerdem war er ja auch schon ziemlich alt.“

Erst ein Knacken, dann ein Husten. „Ich sagte Ihnen ja, dass er sich niemals von diesen Unterlagen trennen würde. Er war eben bis zum Schluss ein mieser, alter Nazi. Einer von denen, die sich nie ändern würden, und einer, der bis zum Schluss hoffte, dass diese dunkle Zeit noch einmal wiederkommen würde. Gut, dass das Schwein endlich tot ist.“

Der Mann auf dem Hotelbett hatte ohne Gefühlsregung zugehört. „Was soll ich mit den Unterlagen machen?“

Die Antwort kam ohne zu zögern. „Haben Sie etwas zum Schreiben zur Hand?“

„Schießen Sie los!“

Er bekam die Postfachnummer eines Hamburger Postfachs durchgegeben.

„Packen Sie die Unterlagen neutral ein und schicken Sie sie an diese Adresse. Das alles in einem versicherten Paket per Einschreiben.“

Er hörte, wie sich sein Gesprächspartner räusperte. Selbst das klang durch die Verzerrung sonderbar. Sie verhinderte auch, dass er dessen Alter oder Nationalität hätte bestimmen können. Seine Grammatik war einwandfrei, also vermutlich kein Ausländer, und wenn, dann einer, der sehr gut Deutsch konnte.

„Sobald ich die Unterlagen habe, bekommen Sie eine Nachricht auf ihr Handy, dann rufen Sie mich wieder an. Verstanden?“

Der Mann auf dem Bett legte den Kugelschreiber weg und schob die Papiere zusammen. „Ich habe verstanden. Alles andere wird so laufen, wie jedes Mal?“ Er hatte schon zwei andere Aufträge erledigt. Das allerdings waren Ermittlungen gewesen, keine Morde.

„Jawohl. Morgen haben sie Ihr Geld für den Auftrag in Bad Dürrheim. Die nächste Zahlung erfolgt nach Ihrem nächsten Einsatz.“

„Wissen Sie schon, wo es hingeht?“ Nicht, dass es ihn wirklich interessierte, es war mehr eine logistische Frage. Würde er jetzt eine Antwort bekommen, konnte er sich bereits mit Planungen beginnen.

„Nein, ich muss erst die Unterlagen sichten.“ Ein schepperndes Lachen ertönte. „Ich vermute mal, Sie haben versucht Sie zu lesen, nicht wahr?“

Eine Sekunde lang sprach niemand. Dann hörte man die Stimme wieder lachen.

„Machen Sie sich keine Sorgen, es wäre mir auch egal. Selbst wenn Sie sie entziffert hätten, könnten sie damit immer noch nichts anfangen.“

Der Mann auf dem Bett war sich keiner Schuld bewusst. „Ich habe sie nur grob durchgesehen, ob es wirklich das ist, was Sie suchen.“

„Ich weiß, dass es das ist“, erklärte die verzerrte Stimme ein wenig ungehalten. „Schneider hätte sich eher von seiner rechten Hand als von diesen Aufzeichnungen getrennt. Er wollte sie für den Endsieg aufbewahren.“ Der Sprecher lachte wieder und machte dann eine kurze Pause. Es klang, als ob er etwas trinken würde. „Aber nun ist er endlich tot, was auch Zeit wurde. Er hat schon viel zu lange gelebt und viel zu viele Menschen auf dem Gewissen. Eigentlich ist es schade, dass er so ruhig hinübergegangen ist. Wenn es nach mir gegangen wäre, hätte ich ihn an einer Klaviersaite aufgehängt, so wie Hitler es damals für die Attentäter vom 20. Juni bei deren Hinrichtung in Plötzensee angeordnet hat.“

Der Mann auf dem Bett hatte schon etliche Menschen getötet, seinen Job aber immer kurz und schmerzlos erledigt. Er war Auftragsmörder, kein Folterknecht, aber er wusste, wovon der Mann sprach. Hitler hatte damals diese unmenschliche Art der Hinrichtung aus Hass angeordnet, und Hass war auch ein wesentlicher Beweggrund für seinen Auftraggeber gewesen. Aber nicht nur Hass, sondern auch die Gier nach diesen Papieren.

Er wollte noch etwas erwidern, doch sein Gegenüber hatte das Gespräch bereits beendet. Die Leitung war so tot wie Josef Schneider.

Kapitel 8

März 1945

„Mein lieber Junge!

Seit unserer Flucht sind nun mehrere Tage vergangen und ich komme erst jetzt dazu alles niederzuschreiben. Bitte verzeih mir, wenn ich kein genaues Datum schreiben kann, denn ich habe jegliches Zeitgefühl verloren. Ich weiß nicht, ob und wann du all das einmal lesen wirst, vielleicht sogar erst, wenn ich tot bin. Ich bin kein schlechter Mensch, mein Sohn. Als der Krieg ausbrach, habe ich es als meine Pflicht angesehen, meinem Vaterland zu helfen. Glaube mir, es ist mir damals nicht leichtgefallen, deine Mutter zu verlassen, vor allem nicht in den anderen Umständen, in denen sie war. Uns ist ja nicht einmal vergönnt gewesen zu heiraten, wobei ich bezweifle, daß ihre Eltern uns überhaupt das Ja-Wort gegeben hätten. Sie stammen aus Paderborn und sind sehr katholisch erzogen worden. Wenn ihr Vater herausgefunden hätte, daß sie mit dir schwanger war, ich glaube, er hätte sie totgeschlagen. Deswegen ist sie ja auch weggelaufen und wir sind bei Tante Hilde auf dem Bent untergekrochen. Aber dann begann der Krieg. Ich war hin- und hergerissen, zwischen Pflichterfüllung für das Vaterland und Sorge um dich und deine Mutter. Erst viel später habe ich erfahren, daß du auf der Welt bist, daß man dich Friedrich getauft hat und daß du mir sehr ähnlich sehen sollst. Ich denke oft an euch.

Wenn jemand an die Front geht, weiß man nie, ob er jemals zurückkommt. Ich befinde mich zur Zeit in einer Situation, die vielleicht noch viel gefährlicher als die Front ist, denn wir werden nun von unseren eigenen Leuten gejagt.“

***

Koslowski legte das Tagebuch beiseite und wischte sich mit der Hand über das Gesicht. Was dort geschrieben stand, war unglaublich. Er hatte die ersten Seiten nur überflogen, da sie Krameikes Reise an die Front und ein paar Berichte über Einsätze enthielten, doch seit er die Geschichte des sonderbaren Transports und der Geschehnisse rund um die Höhle gelesen hatte, ließen ihn die Tagebücher nicht mehr los. Zuhause hatte er sie auf dem Küchentisch ausgebreitet und nach Datum sortiert. Dann hatte er begonnen, sie chronologisch zu lesen. Je tiefer er in die Erlebnisse Wilhelm Krameikes eintauchte, umso mehr verließ ihn sein Zeitgefühl. Heftiges Magenknurren erinnerte ihn daran, dass er schon länger nichts gegessen hatte, und ein Blick in den Kühlschrank sagte ihm, dass er bald mal wieder einkaufen gehen musste. Außerdem stand ihm ohnehin nicht der Sinn nach kalter Küche. Er griff zum Telefon und wählte Britta Cravens Nummer. In der Kanzlei lief nur noch der Anrufbeantworter, und auch ihr Handy leitete ihn an die Mailbox weiter.

Er hinterließ ihr die Nachricht, dass er zum Essen ins *Bistro Knispel* gehe und große Neuigkeiten für sie habe. Dann schnappte er sich einen Stoffbeutel, stopfte die Tagebücher hinein und machte sich auf den Weg.

In der gemütlichen Hiddeser Eckkneipe war noch recht wenig los, und so konnte er sich an einen der Tische auf der Empore setzen: Hier würde er sich ungestört seiner Lektüre widmen können.

Die Bedienung hatte seinen Getränkewunsch aufgenommen, und wenige Augenblicke später begrüßte ihn der Mann, der Wirt und Küchenchef in einer Person war.

„Na, was treibt dich denn her? Hunger, Durst oder beides?"

Koslowski blickte ihn lächelnd an. „Gegen das zweite sind schon Maßnahmen in die Wege geleitet", er deutete in Richtung Theke, „gegen das erste könntest du nachher etwas in Form eines Rumpsteaks machen, aber bitte so, wie ich es mag."

Der Küchenchef löste seine rote Kochschürze, rückte sie zurecht und band sie dann erneut zu. „Also mit einer Zwiebelsenfkruste."

„Ja, aber warte noch ein bisschen. Ich sage dir Bescheid, wenn du loslegen kannst. Es kann nämlich sein, dass Britta noch kommt und auch etwas essen will."

„Hat Britta immer noch nicht genug von dir?" Der Wirt lachte und knotete die Schürze zu. Dann zeigte er auf die Tagebücher. „Da hast du dir aber eine Menge Arbeit mitgebracht. Willst du ein Buch über dein Leben schreiben?"

Koslowski lachte auf. „Na, da gäbe es ja nicht viel zu erzählen, oder?" Koslowski gab sich bescheiden.

Der Wirt grinste nur. „Ich wette, alleine mit dem, was ich so von dir weiß, könnte man schon eine Menge Bücher füllen." Die Bedienung erschien und scheuchte ihren Chef in die Küche. „Ran an den Herd, andere Gäste haben auch Hunger!"

Koslowski nahm dankbar sein Bier entgegen, trank einen Schluck und zog dann das Tagebuch zu sich heran, in dem er gelesen hatte. Wenige Augenblicke später war er schon wieder ganz in die Geschichte vertieft.

März 1945

... und ich weiß nicht, was passiert wäre, wenn dieser Unfall nicht gewesen wäre. Die Fahrt zurück aus dem Tal hatte schon über eine Stunde gedauert. Ich war entschlossen zu türmen, aber Bärwald hatte Angst. Unsere Kameraden, die auf dem anderen LKW saßen, waren mir in den Sinn gekommen. Ich hatte krampfhaft überlegt, ob es eine Möglichkeit gab, sie zu warnen, und ich überlegte auch, ob meine Befürchtung überhaupt stimmte? Trotzdem habe ich das Messer an der Plane angesetzt und sie tatsächlich durchstechen können.

Zuvor hatten wir überlegt, ob wir es riskieren konnten, während der Fahrt abzuspringen, aber dann war Horst da-

gegen, weil hinter uns noch ein Fahrzeug fuhr und man uns gesehen hätte. Also warteten wir auf einen passenden Moment – und das war der Unfall.

Wir hörten einen Knall und unser Lastwagen machte plötzlich eine Vollbremsung. Kurz darauf hörte man den Leutnant brüllen und Wagentüren klappen. Es schien etwas Unerwartetes passiert zu sein. Ich wußte, daß wir keine bessere Gelegenheit für eine Flucht bekommen würden. Also rammte ich das Messer in die Plane und schnitt sie auf, dann rollte ich mich über die Bordwand des Lastwagens ins Freie. Neben dem Hinterrad ging ich in die Hocke und wartete auf Horst, der gleich darauf unter der Plane hervorkam. Unser Glück war, daß der Zusammenstoß in einer Linkskurve passierte. Dadurch stand unser LKW so, daß die Besatzung des hinteren Fahrzeuges uns nicht sehen konnte. Ich deutete auf den Graben neben der Straße und sprang hinein. Horst folgte mir. Wir blieben regungslos auf dem Grund des Grabens liegen und warteten mit Herzklopfen darauf, daß sich die Kolonne wieder in Bewegung setzte. Nach schier endloser Zeit fuhren sie endlich los und wir krochen zurück auf die Straße. Wo wir uns befanden, wußten wir nicht, nur daß wir vorerst in Sicherheit waren.

März 1945

Später hätten wir nicht türmen dürfen. Bei unserer Flucht stellte sich heraus, daß wir kurz vor Erreichen des Sperrgebietes rund um den Obersalzberg aus dem Lastwagen entkommen waren. Hätten wir erst einmal eines der Tore passiert, hätten wir wie Ratten in der Falle gesessen.

Ich war froh, daß wir es noch geschafft hatten, aber Horst war vollkommen nervös. Angstvoll hat er mir zugeflüstert, daß wir nun Deserteure seien und daß wir, wenn sie uns erwischten, auf jeden Fall erschossen würden. Davor hatte ich natürlich auch Angst, versuchte aber, sie mir nicht anmerken zu lassen. Wir durften eben nicht erwischt werden. Aber wohin sollen wir uns wenden?

Krameikes Tagebuch – März 1945

Es ist verdammt kalt, und ich kann kaum schreiben. Wir hocken in den Bergen fest. Uns war klar, daß sie sofort Suchtrupps einsetzen würden, wenn sie unsere Flucht bemerken. Aus diesem Grund schlug ich vor, daß wir nicht ins Tal, sondern in die Berge flüchten sollten. Horst hat zunächst protestiert. Er wollte unbedingt ins Tal. Einfach nach Berchtesgaden laufen und versuchen, sich in irgendeinen Zug zu schmuggeln. Ich konnte ihn jedoch davon überzeugen, daß sie dort als Erstes nach uns suchen würden. Ich war mir sicher, daß sie so vorgehen würden wie immer. Alle Straßen sperren, die Bahnhöfe abriegeln und jede Herberge, jeden Gasthof und jeden Heuschober durchsuchen.

Uns blieb also keine andere Wahl, als rauf in die Berge zu flüchten. Ich hatte vor einiger Zeit einmal eine Karte in der Hand gehabt und sie mir wieder ins Gedächtnis gerufen. Wenn wir es schaffen, über die Berge zu entkommen, werden wir auf der anderen Seite ein kleines Tal in Österreich erreichen. Dort können wir uns dann entweder verstecken oder aber weiter in Richtung Süden fliehen.

Wenn nur die Kälte nicht wäre. Tagsüber geht es ja, aber die Nächte sind noch empfindlich kalt, und unsere Uniformen wärmen nicht sonderlich. Kein Wunder, denn wir sind ja auch für diesen Sonderauftrag und nicht für einen längeren Aufenthalt im Gebirge ausgerüstet. Unseren Durst löschen wir an kleinen Quellen, die es hier überall gibt, und mit Wurzeln stillen wir zwar unseren größten Hunger, aber lange geht das nicht mehr gut. Horst wird immer kraftloser, und wenn ich so nach oben sehe, dann weiß ich auch nicht, ob sich das Wetter weiter hält. Hoffentlich bekommen wir keinen Schnee. Wir müssen noch über ein paar Anhöhen, und ich habe keine Ahnung, wo wir auf der anderen Sei-

te wieder runterkommen werden. Hoffentlich laufen wir keinem Gendarm oder der Feldpolizei in die Arme. Auch ich habe Angst vor dem, was uns dann blühen würde, sage davon aber nichts zu Horst, denn mir scheint, er wird immer labiler. Der Hunger und die Kälte machen ihm deutlich mehr zu schaffen als mir.

In der Ferne höre ich gerade ein Flugzeug brummen und näherkommen. Sollten sie uns jetzt auch von oben suchen? Wir müssen uns verstecken!

Kapitel 9

In einer anderen Stadt las ein anderer Mann ebenfalls alte Aufzeichnungen. Doch im Gegensatz zu Koslowski musste er sie zunächst entschlüsseln, denn Josef Schneider hatte nicht ein Wort in Klartext aufgeschrieben. Die Entschlüsselung jedoch war nicht besonders schwierig, da er Schneiders Code kannte. Es war eine einfach nachzuvollziehende Mischung aus Zahlen und Buchstaben. Aber es dauerte dennoch einige Stunden, bis er alles entziffert hatte und lesen konnte. Das war zwar lästig, hatte aber den Vorteil, dass er der Einzige war, der Schneiders Unterlagen lesen konnte.

Er hasste diesen Mann, und er wusste bereits jetzt, dass er auch dessen Aufzeichnungen hassen würde. Deswegen hätte er sie am liebsten verbrannt, aber er musste unbedingt wissen, was darinstand. Es hing viel davon ab, was Schneider aufgeschrieben hatte. Er goss sich ein Glas Wein ein und zog dann widerwillig den entschlüsselten Text zu sich heran.

***

Nach ein paar Stunden streckte er sich so gut es ging. Durch das konzentrierte Lesen hatten sich seine Schultermuskeln verspannt. Leichte Kopfschmerzen machten sich bemerkbar. Da er mehrere Stunden in die Lektüre vertieft gewesen war, hatte er gar nicht bemerkte, dass es draußen mittlerweile dämmerte. Er schaltete die kleine Schreibtischlampe ein und blickte aus dem Fenster. Sein Gesicht spiegelte sich in der Scheibe, und vor seinem inneren Auge lief eine der Situationen, die Schneider in seinen Unterlagen beschrieben hatte, wie ein alter Schwarzweißfilm ab.

Schneider hatte seine Aufzeichnungen in einer typisch soldatischen Art verfasst. Kurz, knapp und vollkommen emotionslos berichtete er darin sowohl über die ihm zugeteilte Sonderaufgabe als auch über die anschließenden Vorgänge:

Die mir unterstellte Einheit sollte nach erfülltem Sonderauftrag zu unserer Unterkunft auf dem Berghof zurückkehren. Kurz vor dem Sperrgebiet Obersalzberg passierte dann ein Verkehrsunfall, durch den es zu einem unplanmäßigen Stopp kam. Der Fahrer des zweiten LKW hatte eine Kollision verursacht. (Siehe dazu gesondert gefertigten Unfallbericht des Gefreiten Wagner). Diese Gelegenheit müssen die Gefreiten:

Krameike, Wilhelm, weitere Personalien bekannt,

und

Bärwald, Horst, weitere Personalien ebenfalls bekannt,

genutzt haben, um fahnenflüchtig zu werden. Bedingt durch die Notwendigkeit, den Unfallsachverhalt zu klären, war ich nicht in der Lage, alle Männer im Auge zu behalten. Begünstigt wurde die Flucht noch dadurch, daß sie sich alleine mit der Leiche des Verunglückten

Heine, Hugo, weitere Personalien bekannt,

auf einem LKW befanden. So bemerkte auch keiner der anderen Männer, daß die beiden abgängig wurden. Warum sie geflohen sind, kann ich mir nicht erklären. Außer mir kannte niemand den Geheimauftrag in vollem Umfang, also auch nicht das geplante weitere Vorgehen. Daher gehe ich davon aus, daß jemand die Männer gewarnt haben muß, und hegte zu diesem Zeitpunkt bereits einen Verdacht.

Dann ging Schneider dazu über, die Ankunft auf dem Berghof zu schildern. Die LKWs fuhren nicht, wie sonst üblich, zu den Unterkünften, sondern weiter zum hinteren Teil des Geländes. Er ließ die Kolonne in zirka zehn Metern Abstand parallel zu dem Schutzzaun anhalten, der das Gelände einfriedete.

Dann erteilte er Huber den Befehl, die Männer einschließlich aller Fahrer und dem Begleitkommando absitzen und in einer Reihe antreten zu lassen. Weisungsgemäß verteilte Huber Zigaretten an die Männer und trat dann wieder neben Schneider. Beim Zählappell sei dann aufgefallen, dass zwei Männer fehlten. Bei genauerer Untersuchung stellte man dann fest, dass die Plane des zweiten LKW aufgeschlitzt worden war.

Ich wußte, daß die Flucht Ärger und Probleme verursachen würde, aber darum konnte ich mich in dem Moment nicht kümmern. Ich mußte erst den Sonderauftrag zu Ende bringen. Nachdem die Männer ihre Zigaretten geraucht hatten, wies ich Huber an, sie erneut antreten zu lassen. Wiederum in einer Reihe.

Ich verkündete, daß der Führer auf dem Weg sei, um ihnen persönlich für den Einsatz zu danken. Keine drei Minuten später erschien dann ein weiterer LKW, der parallel zu den Männern anhielt. Mit einem Ruck wurde die Seitenplane hochgeklappt, und bevor einer der Männer registrieren konnte, was geschah, waren sie bereits von mehreren Salven aus zwei auf der Ladefläche montierten MG 42 eliminiert worden.

Die Schützen verdienen höchstes Lob, denn sie führten ihren Auftrag überaus akkurat und präzise aus. Mit relativ wenig Munitionsverbrauch exekutierten sie sowohl die Männer, wie auch die Fahrer und sämtliche Mitglieder des Begleitkommandos. Mir war klar, daß diese Maßnahme erforderlich war, um die Geheimhaltung unseres Auftrages zu gewährleisten.

Nachdem die letzten Schüsse verklungen waren, schritt ich zusammen mit Huber die Reihe der Exekutierten ab und gab ihm den Befehl, den einen oder anderen, der noch lebte, durch einen Kopfschuß endgültig zu liquidieren. Beim letzten Mann erteilte ich ihm den Auftrag, ihn noch einmal genau zu untersuchen. Dazu mußte Huber sich hinknien, sodaß ich auch ihn aus sicherem Stand heraus mit einem Genickschuß erlösen konnte. Damit waren, bis auf die beiden Flüchtigen, weisungsgemäß alle Männer liquidiert worden, die an diesem Unternehmen beteiligt gewesen waren. Ich möchte in diesem Zusammenhang noch darauf hinwei-

sen, daß ich Feldwebel Huber auch in Verdacht hatte, die beiden Männer gewarnt zu haben.

Dem Mann vor dem dunklen Fenster lief ein kalter Schauer über den Rücken, als er die Formulierungen Schneiders las. Dieser Mörder hatte tatsächlich *Erlösung* geschrieben. Erlösung! Höhnischer ging es wohl kaum noch.

Ihm war kalt, er schlang die Arme um den Oberkörper und sah einer Frau zu, die draußen auf der Straße ihren fetten Rauhaardackel hinter sich herschleifte. Das arme Vieh. Erst war es übergefüttert worden, und nun hatte es darunter zu leiden. Vermutlich würde seine Besitzerin demnächst auch ihn mit einer Spritze erlösen lassen. Erlösen!

Der Mensch war doch das größte und rücksichtsloseste aller Raubtiere. Dann dachte er wieder an Schneider. Auch so ein Raubtier. Aber der war nicht gnädig eingeschläfert, sondern grausam erstickt worden. Ein längerer und weit qualvollerer Tod als ein Genickschuss. Und das war gut so!

Seine Gedanken gingen wieder zu den Aufzeichnungen zurück. Schneider beschrieb darin, wie er den MG-Schützen den Auftrag erteilt hatte, die Leichen bei Einbruch der Dunkelheit abzuholen und an einer geeigneten Stelle zu verbrennen. Vorher hatte er sich alle Erkennungsmarken geben lassen und mit seiner Liste verglichen. Als er damit fertig war, wusste er, wie die beiden Männer hießen, die fehlten.

Er gab ihre Namen umgehend an die Militärpolizei weiter und ließ sie auch durch die Polizei ausschreiben. Dort behauptete er, dass die beiden Männer versucht hätten, auf dem Berghof einen Sabotageakt zu begehen. Schneider fügte hinzu, dass sie sehr gefährlich seien, und befahl den Fahndern, bei ihrem Antreffen erst zu schießen und dann zu fragen. Sollte man sie jedoch lebend erwischen, dann seien sie sofort zu isolieren und er unverzüglich zu benachrichtigen. Jegliches Gespräch mit den Männern sei, auf ausdrücklichen Befehl des Führers, strikt untersagt. Bereits kurze Zeit später waren sie die meistgesuchtesten Männer im Reich.

Dann hatte Schneider sich auf den Weg zu seinem Vorgesetzten gemacht, um ihm sein Versagen einzugestehen. Der hatte ihn zwar gerügt, ihn dann aber mit der weiteren Fahndung beauftragt, da er über die Vorgänge am besten informiert war.

„Das Schwein kam also auch damals schon ungeschoren davon“, knurrte der Mann. Er wurde langsam müde, das Lesen hatte ihn angestrengt. Nun war Schneider also auch tot und aus den Reihen der damals eingesetzten Soldaten gab es nur noch zwei Leute, die das Geheimnis kannten. Vorausgesetzt sie waren noch am Leben. Dank Schneiders akribischer Aufzeichnungen kannte er nun auch ihre Namen: Wilhelm Krameike und Horst Bärwald.

Kapitel 10

Krameikes Tagebuch – März 1945

Der Wind kommt jetzt schneidend und von der Seite. Im Tal haben wir wieder Schüsse gehört, aber sie galten nicht uns, dafür waren sie zu weit weg. Ich tippe auf eine Schmeisser-Maschinenpistole, der Klang ist unverkennbar. Die Schüsse, die an dem Tag fielen, als wir abgehauen sind, kamen aber eindeutig von Maschinengewehren. Danach hörten wir noch vereinzelte Pistolenschüsse, aber das heute war der unverwechselbare Klang einer Schmeisser.

Ich kann mir vorstellen, daß sie sehr nervös sind, seit sie wissen, daß wir abgehauen sind. Ich habe zwar immer noch Angst, aber insgeheim freut es mich auch, daß wir ihnen ein Schnippchen schlagen konnten. Ich weiß aber auch, daß sie alles daransetzen werden, uns zu schnappen und umzulegen. Die Schüsse deuten darauf hin, daß vermutlich jemand die Nerven verloren hat.

Vor uns liegt ein steiler Weg, und ich würde viel darum geben, wenn ich ein Seil hätte, mit dem ich Horst sichern kann. Ihm geht langsam die Kraft aus. Die Kälte macht ihm mehr zu schaffen als mir. Vielleicht bin ich abgehärteter, weil ich schon als Junge den Waldarbeitern des Fürsten zur Lippe bei den winterlichen Holzarbeiten habe helfen müssen.

Vorhin hat Horst mich gefragt, ob ich überhaupt wüßte, wohin wir gehen. Genauer gesagt, hat er mich gefragt, ob ich weiß, wohin ich gehen würde. Er trottet nur hinterher, und ich glaube, es tut ihm mittlerweile schon leid, daß wir überhaupt abgehauen sind. Wenn ich ganz ehrlich bin, dann ist er mir schon fast ein Klotz am Bein. Als wir uns gestern Abend unter einem Felsüberhang für die Nacht zusammengerollt haben, hat er sich wieder beklagt, daß wir nichts zu essen hätten. Dabei hungere ich doch genauso wie er. Dann fing er wieder davon an, daß er langsam daran zweifle, ob unsere Flucht überhaupt nötig gewesen sei.

Als ich ihn daran erinnert habe, daß er noch vor Kurzem gesagt hat, daß wir nun Fahnenflüchtige seien und vor einem Erschießungskommando enden würden, hat er mich nur böse angesehen und nichts mehr gesagt.

Am frühen Morgen ist wieder mal ein Flugzeug in geringer Höhe über uns hinweggeflogen. Gut, daß wir noch unter dem Felsvorsprung lagen, sonst hätte die uns bestimmt entdeckt. Ich bin erst vom Lärm der Motoren aufgeweckt worden und habe mich nicht gerührt. Horst war schon wach, verhielt sich aber zum Glück ruhig.

Erst als das Flugzeug wieder weg war, sind wir aus der Deckung gekrochen und hatten das Glück, nach ein paar hundert Metern eine Quelle zu finden. So konnten wir wenigstens unseren Durst stillen. Horst fing wieder an zu jammern, weil er Hunger hatte. Ohne ihn käme ich vermutlich schneller voran, aber wenn er gefaßt oder sich stellen würde, wären sie sofort auf meiner Spur.

Es nutzt also nichts, wir müssen gemeinsam weiter. Gott schütze dich, mein Sohn!

Kapitel 11

Krameikes Tagebuch – März 1945

Mein Junge, wir haben es endlich geschafft!

Wir sind erstaunlich gut vorangekommen. Horst hat sich tapfer gehalten, nur der Hunger wird immer schlimmer. Aber die Hoffnung ist groß, denn nachdem wir weit unter uns einen Wasserfall passiert haben, sahen wir endlich die Häuser eines Dorfes. Über ihnen erhoben sich eine Burg und eine Kirche. Ich hoffe, daß wir bereits in Österreich sind und mußte Horst zurückhalten, weil er sonst sofort dorthin gelaufen wäre und um Essen gebettelt hätte. In unseren verdreckten und abgerissenen Uniformen wären wir aber sofort aufgefallen. Nein, wir müssen bis zum Abend warten und es dann versuchen.

Nur mit Mühe konnte ich ihn überreden, mir weiter zu folgen. Wir liefen am Berg entlang, der wie ein Zuckerhut aussah und kamen in ein kleines Tal, durch das sich ein kleiner Bach schlängelte. Da es zu Beginn sehr offen war, schleifte ich Horst mehr als zwei Stunden hinter mir her. Sicher ist sicher, wer weiß, wer alles in dieses Tal kommt. Zwischen großen, mannshohen Felsstücken fanden wir dann ein passendes Versteck, das uns ausreichend Schutz bot. Diese Felsbrocken sahen aus, als ob ein Riese sie wie Murmeln im Tal verstreut hätte, aber sie waren aus den Felswänden gebrochen und herabgefallen. Irgendwie erinnerten sie mich wieder an unsere gefährliche Kletterpartie. Wie lange liegt die nun eigentlich schon zurück?

Krameikes Tagebuch – März 1945

Woher der Mann kam, kann ich nicht sagen. Er stand uns plötzlich einfach gegenüber. Seinem Aussehen nach handelte es sich um einen Jäger. Über seiner rechten Schulter hing ein Karabiner. Er stützte sich auf einen langen Bergstock ab und rührte sich nicht. Horst bemerkte ihn als Erster. Da der Mann in seiner grauen Lodenjacke mit dem Rücken zur Felswand stand, hob er sich farblich kaum davon ab.

Horst winkte ihm zu, doch der Mann reagierte nicht. Er fixierte uns die ganze Zeit nur. Auch ich konnte meinen Blick nicht von ihm lassen, da ich jeden Augenblick damit rechnete, daß er das Gewehr von der Schulter nahm und auf uns anlegte.

Ich habe Horst zugeraunt, daß er langsam weitergehen und so tun solle, als ob wir hier sein dürften, doch der reagierte nicht. Stattdessen hat er dem Mann weiter zugewinkt. Dann hat er die Hände vor dem Mund zu einem Trichter geformt und ihm zugerufen, ob er uns nicht helfen könne. Er behauptete, daß wir uns verlaufen hätten.

Der Mann rührte sich aber immer noch nicht. Erst als Horst seine Bitte noch einmal wiederholte, kam Bewegung in die Gestalt. Langsam und ohne uns aus den Augen zu lassen, kam er näher. Bis dahin hätte ich sein Alter nicht schätzen können, der lange Bart und der tief in die Stirn gezogene Hut standen dem entgegen, doch als er näherkam sah ich, daß er wohl kaum älter war als wir. Ein paar Meter vor uns blieb er stehen, den Karabiner zwar immer noch am Riemen über der Schulter, doch die herabhängende Hand an der Waffe. Man spürte förmlich sein Misstrauen.

Dann hat Horst einen Schritt auf ihn zugemacht, worauf der Mann augenblicklich einen Schritt zurückgewichen ist.

Horst hat sofort beschwichtigende Handbewegungen gemacht und noch einmal gesagt, daß wir uns verlaufen hätten. Wir seien auf einem Orientierungsmarsch gewesen und hätten wohl irgendwo den falschen Abzweig genommen. Außerdem fragte er scheinheilig, ob der Mann unsere Kameraden nicht gesehen hätte. Ich war erstaunt, wie geschickt Horst plötzlich log. Der Mann hat allerdings nur den Kopf geschüttelt.

Dann fragten wir ihn, wo wir seien und ob das hier schon Österreich sei.

Abermals nickte der Mann, sprach aber immer noch nicht.

Als auch ich einen Schritt nach vorne machte, erfolgte seine Reaktion sofort. Wieder wich er zurück, immer darauf bedacht, den Abstand zu uns gleichzuhalten. Ich entschuldigte mich und breitete die Arme aus. Dann erklärte ich ihm, daß wir seit Tagen nichts gegessen hätten und sehr durstig seien. Dann fragte ich ihn, ob er wisse, wo wir hier etwas zu essen bekommen könnten.

Ich bin mir nicht sicher, ob der Mann erkannt hat, daß wir Fahnenflüchtige sind. Denn es kann auch sein, daß es noch nicht bekannt ist, sondern nur die betreffenden Dienststellen Bescheid wissen. Es ist ja auch zu peinlich, daß zwei Soldaten ausgerechnet vom Berghof desertiert sind. Vermutlich sind wir sogar die ersten.

Der Mann hat von einem zum anderen gesehen. Dann hat er den Gewehrriemen ergriffen und langsam den Karabiner vom Rücken genommen. Einen Augenblick lang stockte mir der Atem, doch dann lehnte er ihn an einen der Felsblöcke und ist aus den Schultergurten seines Rucksacks geschlüpft. Er ließ ihn zu Boden gleiten und öffnete ihn, ohne uns dabei aus dem Auge zu lassen. Die Waffe dabei aber immer in greifbarer Nähe. Als seine Hand wieder aus dem Rucksack zum Vorschein kam, hielt sie eine Speckseite, die er auf den Boden legte. Beim zweiten Mal förderte er ein Stück Brot zutage. Es sah aus wie der Teil eines großen Laibes. Das Brot legte er neben die Speckseite, dann trat er zurück, hängte sich behände den Rucksack wieder um und nahm die Waffe auf.

Horst wollte schon auf Speck und Brot losstürmen, doch ich hielt ihn am Arm zurück. Der Mann blickte uns noch einmal an, dann nickte er uns zu und drehte sich um. Nach ein paar Schritten war er hinter dem Felsbrocken verschwunden.

Dann ging alles sehr schnell. Kaum war der Mann weg, stürzte Horst sich auf das Brot, riss es auseinander und warf mir ein Stück davon zu. Dann begann er seines gierig zu verschlingen, dabei hielt er gleichzeitig die Speckseite hoch, roch daran und verdrehte die Augen.

Ich hätte den Mann gerne noch gefragt, wie das Dorf hieß, das wir kurz zuvor gesehen hatten, bevor wir ins Tal abgebogen waren, aber dazu war ebenso wenig Zeit gewesen wie dafür, sich zu bedanken.

Horst hatte den Mund so voll, daß ich ihn kaum verstehen konnte. Erst beim zweiten Versuch verstand ich, daß er fragte, ob ich glaubte, daß uns der Mann verraten würde.

Ich habe nur mit den Schultern gezuckt, da ich es nicht weiß, aber ich bin mir sicher, daß, wenn er das vorgehabt hätte, uns sofort mit der Waffe bedroht und ins Tal gebracht hätte.

Ich kaute andächtig auf dem geräucherten Speck, von dem ich mir mit meinem Taschenmesser ein Stück abgeschnitten hatte. Noch nie habe ich etwas so Köstliches gegessen.

Das hat Horst dann beruhigt, und er schlug vor, daß wir erst in Ruhe essen und dann hier unser Nachtlager aufschlagen sollten. Es würde ja auch noch eine Weile dauern, bis es so dunkel sei, daß wir uns ungesehen ins Dorf schleichen konnten.

Ich nickte, denn auch ich spürte plötzlich die bleierne Müdigkeit, die sich bis in die Knochen erstreckte. Ich gab auch zu bedenken, daß wir überlegen müßten, ob wir uns überhaupt ins Dorf begeben können. Die Gendarmerie weiß sicher bereits, daß wir getürmt sind, und Schneider hat garantiert bereits alle Bluthunde von der Leine gelassen.

Horst hat zustimmend genickt und sich dann mit dem Rücken an einen Felsblock gelehnt. Er gab mir in allem recht und machte dann seinerseits den Vorschlag, daß wir auf jeden Fall erst ein bisschen schlafen sollten. Heute Nacht könnten wir dann ja weitersehen. Freundlicherweise übernimmt er auch die erste Wache, denn es kann ja sein, daß unser Gönner doch noch mal zurückkommt.

Jetzt verspeise ich den Rest dieses wunderbaren Mahls und werde mich dann auf dem Boden zusammenrollen.

Kapitel 12

Koslowski hatte nun schon viele der Tagebücher gelesen, und ihr Inhalt hatte ihn immer mehr gefesselt. Es waren historische Dokumente und zugleich Zeugnisse einer düsteren Zeit. Schon oft hatte er sich die Frage gestellt, ob auch er damals mitgemacht hätte. Ob auch er in die Partei eingetreten wäre? Ob auch er sich freiwillig für den Krieg gemeldet hätte? All das konnte man heute leicht verneinen, aber damals hatten ganz andere Zustände geherrscht.

Was ihn ebenfalls faszinierte, war die Geschichte mit den Kisten, die Krameike und seine Kameraden in diese Höhle hatten transportieren müssen. In keinem der Tagebücher hatte er bis jetzt einen Hinweis darauf gefunden, ob man sie dort jemals wieder herausgeholt hatte. Und wenn, dann war das sicherlich klammheimlich geschehen. Denn hätte irgendjemand die Kisten offiziell geborgen, wäre das garantiert durch die Presse gegangen. Er erinnerte sich daran, dass er einmal etwas über einen legendären Goldschatz der Nazis gelesen hatte, der im österreichischen Toplitzsee versenkt worden sein sollte. Doch nach Kriegsende hatte man dort nur Kisten mit gefälschten Pfund-Banknoten geborgen, mit denen die britische Wirtschaft hätte geschwächt werden sollen. Gerüchteweise sollten zu Kriegsende im See auch Goldschätze und Kunstgegenstände versenkt worden sein, doch zahlreiche Tauchgänge förderten nur die Falschgeldkisten, Kriegsrelikte und eine Kiste voller Kronkorken zutage, die irgendwelche einheimischen Witzbolde dort versenkt hatten.

Vor einiger Zeit war dann plötzlich ein Goldzug der Nazis durch die Medien gegeistert. Es war die Rede davon, dass er in einem verschütteten Tunnel in Polen stehen sollte. Aber auch dort war kein geheimer Schatz gefunden worden.

Koslowski fuhr sich mit der Zunge über die trockenen Lippen. Konnte es sein, dass das sagenumwobene Nazigold nicht in einem See und nicht in einem Tunnel, sondern in einer Höhle in den österreichischen Alpen lag?

Aber selbst wenn man, so wie Krameike in seinen Aufzeichnungen vermutete, alle getötet hatte, die an der Aktion beteiligt gewesen waren, dann blieben immer noch die Leute übrig, die diese Operation angeordnet hatten. Er wollte zwar nicht so richtig daran glauben, dass der Schatz noch immer in dieser Höhle lag, aber warum eigentlich nicht?

Das legendäre Bernsteinzimmer war ja bis heute auch nicht gefunden worden.

Nachdenklich nippte er an seinem Pils. Einerseits war seine Neugier geweckt, und es juckte ihm in den Fingern, nach dieser Höhle zu suchen. Andererseits hatte er in den letzten Jahren genug erlebt, sodass seine Lust auf Abenteuer eigentlich gestillt sein sollte. Außerdem hatte Friedrich ihn in seinem Brief nicht darum gebeten, den Schatz zu suchen, sondern den Versuch zu unternehmen herauszufinden, ob es noch lebende Angehörige von Horst Bärwald gab.

Friedrich selber hatte sich ja nie dazu durchringen können, und vermutlich hätte er auch gar nicht gewusst, wie man so etwas anfing. Vielleicht war es ihm aber auch einfach peinlich gewesen, sodass er sich bis zu seinem Tode gescheut hatte darüber zu sprechen. Das aber würde Koslowski nie mehr erfahren.

Hier saß er also und wurde wieder mal vor eine Entscheidung gestellt. Die jedoch brauchte er im Augenblick nicht zu treffen, denn Britta Craven betrat das Lokal. Sie sah sich um, grüßte einige Stammgäste an der Theke und kam dann auf Koslowski zu. Der lehnte sich zurück und betrachtete seine Freundin. Britta war eine Frau mit Stil und einem Auge für dezente, aber elegante Kleidung. Sie war Ende vierzig, schlank und hatte blondes, lockiges Haar, das sie schulterlang trug und das ihr ausdrucksvolles Gesicht umrahmte. Koslowski war immer aufs Neue von ihren strahlend blauen Augen beeindruckt. Wie fast immer trug sie auch heute ein

Kostüm und dazu Nylonstrümpfe, sowie zur Kleidung passende High Heels.

Koslowski erhob sich, als sie vor seinem Tisch stehen blieb und auf die Tagebücher deutete. „Willst du ein Antiquariat eröffnen?“

Bevor er ihr behilflich sein konnte, war sie bereits aus ihrem Mantel geschlüpft. Dann gab sie ihm einen Kuss. Koslowski registrierte ein wohliges Kribbeln im Nacken, als sie ihn dabei mit der Hand leicht zu sich heranzog.

Als ihre Lippen sich wieder lösten, lächelte sie ihn an und ließ sich neben ihm nieder.

„Ich habe einen Mordshunger und einen Riesendurst“, verkündete sie. Die Bedienung erschien bereits am Tisch.

„Hallo Britta, was darf es denn sein?“ Die Bielefelder Rechtsanwältin überlegte nur kurz, dann bestellte sie *Penne Arrabiata* und dazu ein Glas Rotwein.

„Ich sage Thomas Bescheid, dass er auch mit deinem Rumpsteak anfangen soll, dann könnt Ihr zusammen essen.“ Mit diesen Worten verschwand sie in Richtung Küche.

Britta legte Koslowski den Arm um die Schultern. „Also, was ist das hier nun alles?“ Sie deutete auf die Tagebücher.

„Das ist Friedrichs Vermächtnis, oder besser gesagt, das seines Vaters.“ Koslowski schob ihr die Tagebücher zu. „Wenn du möchtest kannst du gerne einen Blick hineinwerfen. Ich habe die wichtigen Stellen bereits markiert. Britta nahm eines der Tagebücher und klappte es dort auf, wo Koslowski einen Papierstreifen eingelegt hatte. Sie begann zu lesen, setzte das Tagebuch aber schon nach kurzer Zeit ab.

„Ich gebe auf. Mit dieser alten Handschrift komme ich nicht klar. Wann ist das geschrieben worden?“

Koslowski nahm das Tagebuch wieder zurück.

„Die meisten Aufzeichnungen stammen aus den Jahren 1939 bis 1945. Es geht hauptsächlich um die Kriegszeiten. Friedrichs Vater war Soldat und damals in eine sehr sonderbare Sache verwickelt.“

Der Rotwein kam und Britta nahm ihn dankbar entgegen. „Da du dich anscheinend schon eingelesen hast, wäre es einfacher, wenn du es mir erzählst.“ Britta lehnte sich zurück und lauschte seinem Bericht.

Zwischendurch kam ihr Essen, doch Koslowski berichtete weiter. Als er endete, lächelte Britta ihn an. „Und nun würdest du gerne losziehen und herausfinden, ob es diese Kisten noch gibt, nicht wahr?“

„Wie kommst du darauf?“ Koslowski legte sein Besteck auf dem leeren Teller zusammen.

Britta wischte sich den Mund ab. „Deine Augen verraten dich. Wenn du für etwas Feuer und Flamme bist, strahlen deine Augen, und im Moment könnten sie sogar mit Diamanten wetteifern.“

Koslowski musste lachen. „Nun ja, in erster Linie geht es mir darum, Friedrichs letzten Wunsch zu erfüllen.“ Er trank sein Bier aus und winkte der Bedienung. „Dabei könntest du mir eigentlich helfen.“

„Und wie?“

„Als Rechtsanwältin bekommst du beim Einwohnermeldeamt in Oerlinghausen doch sicherlich schneller Auskunft als ich, oder?“

„Das kann schon sein. Nach wem soll ich denn suchen?“ Britta angelte sich eines der Tagebücher und blätterte darin.

„Es geht um eine Familie Bärwald. Ich weiß ja nicht, wie weit die Unterlagen in Oerlinghausen zurückreichen, aber versuchen könnte man es immerhin.“

Britta blickte ihn an und strich ihm dabei über die Haare. „Und wenn du diese Familie gefunden hast, was willst du ihnen dann über ihren Verwandten erzählen?“

Koslowski seufzte. „Dass er schon lange tot ist und sein Leichnam oder das, was davon übrig ist, irgendwo in den österreichischen Alpen liegt.“

Sie sah ihn fragend an. „Woher weißt du das?“

Koslowski wedelte mit dem Tagebuch. „Das steht hier drin, denn Friedrichs Vater war dabei, als Horst Bärwald starb.“ Er begann vorzulesen.

Krameikes Tagebuch - März 1945

„Ich weiß nicht, wie lange ich geschlafen habe. Aufgeweckt hat mich erst der Schuss. Im ersten Moment habe ich gar nicht gewusst, wo ich bin. Dann habe ich mich mühsam aufgerappelt und mich umgesehen. Da bemerkte ich erst, daß Horst weg war.

Im selben Moment schoss mir der Gedanke durch den Kopf, daß er vermutlich dem Jäger nachgegangen ist. Ich konnte mir nicht vorstellen, daß er mich verlassen hatte, um allein ins Dorf zu laufen.

Ich muss sagen, daß ich bereits zu diesem Zeitpunkt ein ungutes Gefühl hatte. Hoffentlich macht Horst keinen Unsinn, habe ich noch gedacht. Der Mann hat uns ja nichts getan, nein, er hat uns sogar geholfen. Einen Moment lang wußte ich nicht, was ich tun sollte. Dann raffte ich mich auf und marschierte mit steifen Gliedern in die Richtung, aus der der Schuss gekommen war.

Ich kann nicht mehr sagen, wie lange ich gelaufen bin, aber es ging eine geraume Zeit bergauf. Durch die Bäume habe ich ab und zu einen Weg gesehen, mich aber vorsichtshalber davon entfernt gehalten. Immer weiter lief ich in das Tal hinein, durch das der kleine Gebirgsbach plätschert, den ich kaum sah. Er befand sich auf der anderen Seite des Weges, und nur selten schimmerte sein Wasser zu mir herüber.

Dann sah ich einen Wehrmachtsstiefel im Gebüsch liegen, und plötzlich stand ich vor ihm!

Horst lag auf dem Gesicht. Die Arme seitlich neben dem Körper ausgestreckt und ein Bein angewinkelt. Noch bevor ich bei ihm war, wußte ich, daß er tot war. Das Loch in seinem Hinterkopf war kaum zu übersehen.

Als ich ihn dann umdrehte, hätte ich mich fast übergeben. Das ganze Gesicht fehlte.

Erschrocken ließ ich ihn los und er fiel zurück auf das Gesicht, das nicht mehr da war. Da Horst von hinten erschossen worden ist, hat die Kugel eine kleine Eintritts- dafür aber eine sehr große Austrittswunde erzeugt und ihm so das Gesicht weggerissen.

Ich taumelte zurück, stolperte über einen Stein und fand mich auf dem Boden wieder. Was ist hier geschehen? Der einzige Mensch, dem wir begegnet sind, ist dieser Jäger, und der hat auch eine Waffe besessen. Wer soll also sonst geschossen haben?

Ich weiß aus Erfahrung, welche zerstörerische Kraft die Kugel aus einem 98er Karabiner hat.

Haben die beiden sich gestritten? Hat Horst ihn angegriffen? Hat der Jäger sich bedroht gefühlt? Aber dann hätte er Horst nicht in den Hinterkopf geschossen. Lauter ungeklärte Fragen.

Mit einem Mal überkam es mich eiskalt, als mir klar wurde, daß ich ab jetzt auf mich allein gestellt bin. Keiner mehr, mit dem ich sprechen, keiner mehr, mit dem ich meine Sorgen teilen kann. Immer noch ungläubig habe ich noch eine Zeitlang auf die Leiche gestarrt, bis mir klar wurde, daß ich hier schnellstens wegmusste. Womöglich war dieser Kerl noch in der Nähe und würde mich auch noch abknallen.

Ich rappelte mich also auf und blickte ein letztes Mal auf Horsts Leiche. Du musst ihn beerdigen!, schoss es mir noch durch den Kopf, aber sofort meldete sich mein Verstand. Dazu war keine Zeit, denn hier war es viel zu gefährlich.

Dann knackte es plötzlich rechts von mir! Ich habe mich sofort herumgeworfen, nach oben geschaut – und ihn in diesem Moment wiedererkannt. Diese Form ist unverkennbar. Welch ein Zufall, daß ich ausgerechnet hier gelandet bin.

Aber mir über diesen Zufall Gedanken zu machen, dafür blieb in dem Moment keine Zeit. So schnell ich konnte, rannte ich in die Richtung, aus der ich gekommen bin."

***

Koslowski legte das Tagebuch fast andächtig zur Seite. „Ich vermute, dass davon niemals jemand erfahren hat, weil der alte Krameike es zunächst keinem erzählen konnte und später keinem mehr erzählen wollte. Du hast ja gehört, welche Vorwürfe er sich gemacht hat."

„Wieso konnte er nicht?", hakte Britta nach.

„Weil er alleine weiter geflohen ist und sich noch längere Zeit in den Wäldern Österreichs versteckt hat." Koslowski deutete auf ein anderes Tagebuch. „Er ist dann in der Nähe von St. Johann den Amerikanern in die Hände gelaufen und wurde für ein Jahr in einem Kriegsgefangenenlager eingesperrt." Er schob die Tagebücher zusammen und stapelte sie auf. „Im Lager hat er mit keinem gesprochen, weil er immer Angst hatte, dass ihn jemand erkennen und verraten könnte."

Britta griff wieder nach dem Weinglas. „Ich wäre froh, wenn ich dort einen Landsmann treffen würde. Zu zweit hält man so eine Gefangenschaft doch sicher besser aus, man kann sich gegenseitig Mut machen und helfen."

Koslowski schüttelte den Kopf. „Er schreibt, dass er sich seiner Uniformabzeichen entledigt hatte. Ihm war klar, dass niemand herausfinden durfte, dass er bei der SS gewesen war, denn dann wären die Amerikaner garantiert anders mit ihm umgesprungen."

Brittas Stirn legte sich in Falten. „Aber wenn ich mich recht erinnere, dann waren die Leute von der SS doch tätowiert, oder? Und was war mit seinem Ausweis? Soldaten haben doch auch so was, oder?"

Koslowski trank sein Bierglas leer. „Du meinst sein Soldbuch? Darüber hat er auch etwas geschrieben", sagte er und deutete erneut auf den Stapel Tagebücher. „Er hat sich damals lange versteckt und abgewartet, bis die Amerikaner kamen. Eines Nachts wurde er Zeuge eines Feuergefechtes zwischen ihnen und einigen versprengten Deutschen. Diese hatten sich in Richtung Süden durchschlagen wollen, waren dabei einer amerikanischen Patrouille aber direkt in die Arme gelaufen. Einer der Männer flüchtete schwer verletzt in den Wald und starb dort. Krameike hat ihn dort gefunden, ihm sein Soldbuch abgenommen und das Foto etwas bearbeitet."

„Bearbeitet?" Britta sah ihn verständnislos an.

„Heute würde man es Urkundenfälschung nennen, wenn man das Soldbuch so bearbeitet, dass es aussieht, als wäre man damit durch einen Fluss geschwommen, und sich dann damit ausweist und einen falschen Namen angibt."

„Und damit ist er durchgekommen?"

„Ja, vermutlich hatten die Amerikaner damals mehr damit zu tun, in Richtung Berghof vorzurücken, als jeden versprengten Landser auf Herz und Nieren zu überprüfen." Er winkte der Bedienung und bestellte ein neues Glas Bier. „Möchtest du noch Wein?"

Britta lächelte ihn an. „Gerne, aber nur wenn du mir auch ein Nachtlager anbietest. Den Wagen kann ich ja stehen lassen."

„Das muss ich mir noch überlegen", grinste Koslowski frech und bestellte dann.

„Aber um noch einmal auf Friedrichs Vater zu sprechen zu kommen. Die Amerikaner brauchten zu diesem Zeitpunkt auch keine Zeit dafür aufwenden, denn in den Kriegsgefangenenlagern wurde ohnehin jeder noch einmal auf seine Vergangenheit hin überprüft. *Are you a Nazi?*, war damals eine sehr häufig gestellte Frage."

„Wie ist es ihm denn gelungen, im Kriegsgefangenenlager mit seiner, sagen wir mal, Notlüge durchzukommen?"

Koslowski zuckte mit den Schultern. „Keine Ahnung, über die Zeit im Lager schreibt er so gut wie nichts. Aus den Tagebüchern geht nicht einmal hervor, in welchem Lager er war, und dort enden auch seine Aufzeichnungen." Er seufzte. „Sei's drum, auf jeden Fall hat er den Krieg und das Lager überlebt."

Britta spielte mit ihrem leeren Weinglas.

„Du glaubst also, dass diese Kisten immer noch in dieser Höhle sind?"

„Ich weiß es nicht", gab Koslowski zu. „Aber wenn man sie gefunden hätte, wäre das doch sicher bekannt geworden. So etwas bleibt doch nicht geheim."

„Wer weiß?", gab Britta zu bedenken, „es soll auch Leute geben, die so etwas nicht an die große Glocke hängen. Manch einer kann eben seinen Mund halten."

Koslowski fuhr sich nachdenklich mit dem Zeigefinger über die Lippen. „Wer weiß schon, ob sie noch da sind? Man kann es nur herausfinden, wenn man nachschauen geht."

„Und wie ich dich kenne, willst du genau das tun, nicht wahr?" Britta lächelte ihn an, doch der leichte Spott in ihrer Stimme war dabei nicht zu überhören. „Komm schon, ich kenne dich doch, wenn du von so einem Geheimnis hörst, juckt es dich doch in den Fingern."

„Bin ich wirklich so leicht zu durchschauen?" Koslowski legte seine Hand auf ihre. „Und eigentlich bin ich mit Ende fünfzig auch langsam zu alt für solche Abenteuer, aber was bietet das Leben einem Tattergreis wie mir sonst noch?"

Britta lachte auf. „Du und Tattergreis, da lachen ja die Hühner, aber deine Abenteuer der letzten Jahre sollten dich dringend davor warnen, dich wieder in so eine Sache zu stürzen." Dann strich sie ihm zärtlich über die Wange. „Aber bei so einem Fall bist du garantiert auf diesem Ohr taub, denn dafür reizt dich diese Geschichte viel zu sehr."

Koslowski hob abwehrend die Hände.

„Ertappt! Ich gebe zu, dass mich die Geschichte reizt und ich ihr gern auf den Grund gehen würde. Was soll dabei schon passieren? Ich fahre nach Österreich, sehe mich ein wenig in den Bergen um – und wenn ich Glück habe, finde ich die Höhle."

Britta entzog ihm ihre Hand und setzte sich aufrecht hin. „Erstens, mein Lieber, muss es heißen: Wir fahren nach Österreich! Und zweitens: Wir finden die Höhle!"

Koslowski hob amüsiert die Augenbrauen. „Oh, Madame ist abenteuerlustig?"

Britta küsste ihn auf die Wange. „Na klar. Außerdem ist in der Kanzlei momentan wenig zu tun, und ich muss mal ein paar Tage raus." Sie hakte sich unternehmungslustig bei ihm ein. „Aber du weißt noch nicht, wo sich diese Höhe befindet, oder?"

Koslowski schüttelte den Kopf. „Nein, noch nicht, aber ich denke, anhand der Wegbeschreibungen müsste sie zu finden sein. Einen Versuch ist es sicherlich wert."

Britta bedankte sich bei der Bedienung, die den neuen Wein brachte. „Na. dann mal los, lass uns auf Schatzsuche gehen!"

„Darf es sonst noch etwas sein?"

„Lass uns auf unser Österreich-Abenteuer mal was Passendes trinken", schlug Koslowski vor und wandte sich der Bedienung zu. „Silke, schau doch bitte mal nach, ob ihr nicht einen leckeren Obstler habt."

Kapitel 13

Oberleutnant Franz-Josef Stangassinger bog von der Ignaz-Harrer-Straße auf den Parkplatz der Christian-Doppler-Klinik ab und suchte nach einem freien Parkplatz. Ein Blick zur Uhr zeigte ihm, dass er noch zirka zehn Minuten Zeit bis zu seinem Termin mit Prof. Dr. Kirchleitner hatte.

Nachdem er eine Parklücke gefunden hatte, drückte er auf den Knopf, um das Dach seines Audi Cabriolet zu schließen. Auf Termine in der Gerichtsmedizin war er noch nie besonders scharf gewesen, aber sein Beruf als Ermittler beim Landeskriminalamt Salzburg erforderte sie nun mal.

Stangassinger hätte ebenso gut aus einem Modemagazin wie aus seinem Auto steigen können. Er war Ende vierzig, groß, schlank und hatte eine sportliche Figur. Aufgrund seiner leicht gelockten und tiefschwarzen Haare, in Kombination mit seiner sonnengebräunten Haut, würde er auch als Südländer durchgehen. Wobei der Salzburger Damenwelt seine Nationalität egal war. Doch noch hatte der Oberleutnant allen Versuchen, unter die Haube gebracht zu werden, widerstanden. Er war mit Herz und Seele Junggeselle und hatte auch nicht vor, diesen Umstand in absehbarer Zeit zu ändern.

Im Weggehen drückte er auf die Fernbedienung und verriegelte den Audi. Dann schloss er den obersten Knopf seines Jacketts, steckte lässig eine Hand in die Tasche und marschierte auf das Klinikgebäude zu.

Wenige Minuten später betrat er das Büro von Professor Doktor August Kirchleitner. Der Leiter der Gerichtsmedizin saß an seinem Schreibtisch und war in eine Akte vertieft. Dadurch strahlte Stangassinger Kirchleitners glänzende Glatze entgegen.

„Grüß Gott, Herr Professor!“ Er blieb hinter einem der schwarzledernen Besucherstühle stehen.

„Äh, was?“ August Kirchleitner blickte verdutzt auf und blinzelte Stangassinger durch seine runde Brille an. Dann huschte ein Schatten der Erkenntnis über sein Gesicht, und er lächelte. „Ah, der Herr Oberleutnant, nehmen Sie Platz, ich bin gleich soweit. Werde mich gleich mit Ihnen beschäftigen."

Stangassinger ließ sich lässig auf dem Besucherstuhl nieder und schlug ein Bein über das andere. An den Bügelfalten seiner grauen Hose hätte man sich schneiden und in den blankgeputzten Schuhen spiegeln können. Der Oberleutnant legte großen Wert auf sein Aussehen. Ungepflegtes Äußeres kam für ihn nicht infrage, und selbst bei anderen war es ihm ein Gräuel.

Während er wartete, betrachtete er sein Gegenüber. Der sah aus, wie man sich einen Professor vorstellte. Der schüttere, graue Haarkranz rund um die Glatze, die runde Nickelbrille, die blau-rote Fliege über dem weißen Hemd und nicht zuletzt der weiße Kittel trugen ihren Teil dazu bei. Kirchleitner war zwar nur knapp 1,70 Meter groß, aber anscheinend genauso breit.

Der Professor klappte die Akte zu und rückte dann seine Brille zurecht. Seinen Filzschreiber legte er exakt parallel zur Schreibtischunterlage ab und richtete die Akte an ihrer Vorderkante aus.

Zwangsneurose, dachte der Oberleutnant. Kirchleitner war über die Grenzen Salzburgs hinaus für seine übertriebene Genauigkeit und seine zwanghaften Handlungen bekannt. Das konnte fürchterlich nerven. Zum Beispiel dann, wenn man mit ihm essen ging und er ständig Teller und Besteck ausrichtete. Bei seiner Arbeit war es jedoch von Vorteil, denn er überprüfte alles mehrfach, bevor er ein Urteil fällte oder ein Gutachten sein Büro verließ.

Jetzt faltete er seine Hände über dem stattlichen Bauch. „Wann haben wir uns das letzte Mal gesehen, Herr Oberleutnant?"

Stangassinger zuckte mit den Schultern. „Das mag schon ein paar Wochen her sein. Ich denke mal, es war bei der Geschichte mit diesem Sexualmord."

Kirchleitner nickte. „Genau, mein Lieber. Diese Sache am See. Die Leiche, die lange Zeit im Wasser lag."

Stangassinger verzog keine Miene, dachte aber an die aufgedunsene Frauenleiche, die damals hier, nur ein paar Räume entfernt, obduziert worden war. Zu seinem Leidwesen hatte er daran teilnehmen müssen, weil niemand anderes aus seiner Abteilung abkömmlich gewesen war.

„Ist es nicht sonderbar, lieber Oberleutnant, dass es immer wieder die Toten sind, die uns zusammenbringen?" Kirchleitners Aussehen und sein Lächeln erinnerten Stangassinger eher an einen Mönch oder einen Abt als an einen Gerichtsmediziner.

„Das liegt vermutlich daran, dass unsere beiden Berufe ab und zu mal mit Leichen zu tun haben." Er richtete sich im Stuhl auf und deutete auf die Akte. „Geht es darum?"

Kirchleitner schaute kurz auf die Akte, so als ob er sich noch einmal vergewissern müsste, schüttelte dann jedoch den Kopf. „Nein, nein, mein Lieber. Das hier ist nur ein vergifteter Ehemann." Er beugte sich nach vorne und legte die Akte beiseite. Nicht, ohne sie dabei wieder exakt auszurichten, diesmal parallel zur Seitenkante der Schreibtischplatte. „Nein, es geht um etwas anderes. Wir haben eine Leiche bekommen, die vermutlich schon über siebzig Jahre tot sein dürfte."

Stangassinger konnte sich nicht erklären, warum der Fund einer so alten Leiche ein Fall für das Landeskriminalamt Salzburg sein sollte. Über siebzig Jahre – also musste es sich um die letzten Kriegsjahre oder die unmittelbarer Nachkriegszeit handeln. „Dann gibt es sicherlich einen Grund, warum Sie uns informiert haben."

Kirchleitner nickte bedächtig. Dann stand er auf und schloss sorgsam die Knöpfe an seinem weißen Kittel. Eine Aufgabe, die nicht ganz einfach war, denn er spannte über dem Bauch.

„Ich würde Sie niemals ohne Grund anrufen, mein lieber Oberleutnant, ich weiß doch, wie viel Sie zu tun haben.

Aber der Tote hat mich geradezu aufgefordert, Sie anzurufen.“ Er machte ein paar Schritte und deutete zum Ausgang. „Die weiteren Einzelheiten würde ich Ihnen gerne im Sektionsraum erläutern“, schlug er vor und öffnete einladend die Bürotür.

Stangassinger biss die Zähne zusammen. Jetzt kam der unangenehme Teil, bei dem es meist nicht sehr angenehm roch und der meist auch ein sehr unappetitlicher Anblick war. Leicht widerwillig erhob er sich und drückte sich am Bauch des Professors vorbei durch die Tür. Im Flur drehte er sich um und lächelte spöttisch. „Auf welcher Art und Weise hat Ihnen der Tote denn den Auftrag erteilt uns anzurufen?“, fragte er mit einem sarkastischen Unterton in der Stimme.

Kirchleitner verschloss hinter ihm seine Bürotür und rüttelte sicherheitshalber noch einmal an der Klinke. „Das war ganz einfach, mein Lieber, er hat es getan, indem er sich vor langer, langer Zeit hat erschießen lassen.“ Nun war es am Professor zu lächeln. Er genoss den überraschten Gesichtsausdruck des Kriminalbeamten. „Hier entlang, bitte!“

***

Knapp drei Stunden später stand der Oberleutnant im Büro von Oberregierungsrat Neuwohner. Dieser hatte seine Räumlichkeiten im Schloss Mirabell, welches in der Rechten Altstadt von Salzburgs historischem Stadtkern lag. Aus seinem Bürofenster im Schloss blickte er über den Mirabellplatz hinweg auf die neugotische St.-Andrä-Kirche mit ihren beiden gedrungenen Glockentürmen. Die Stadt Salzburg hatte dem Innenministerium hier mehrere Räume zur Verfügung gestellt. Neuwohner nutzte daher so manche Mittagspause, um sich an der Parklandschaft des Mirabellgartens zu erfreuen.

Der Oberregierungsrat begrüßte Stangassinger und bot ihm dann einen Platz in der Sitzgrupe des Büros an. Auf dem niedrigen Glastisch lag ein Stapel mit Tageszeitungen, ganz als oberste die *Salzburger Nachrichten*.

Der Oberregierungsrat kam ohne Umschweife zur Sache. „Mein Wunsch nach diskretem Umgang mit der Leiche und ihrer Vergangenheit deckt sich mit dem des Ministers", dabei deutete er auf den Zeitungsstapel. „Zum Glück hat die Presse noch nicht erfahren, dass es sich bei dem Toten um einen ehemaligen Wehrmachtssoldaten handelt. Ich glaube, wir sind uns alle einig, dass es Zeit wird, dass wir diesen schrecklichen Krieg und seine Folgen langsam aber sicher hinter uns bringen sollten. Die Geschichtsschreibung wird schon dafür sorgen, dass er nie vergessen wird – und das soll er auch gar nicht. Aber es wäre schön, wenn wir alle alten, noch offenen Akten nach und nach schließen könnten." Neuwohner war aufgestanden und zum Fenster gegangen. Er blickte hinaus und hatte dabei die Hände auf dem Rücken verschränkt. Der große, sehnige, grauhaarige Mann wippte leicht auf den Zehenspitzen, während er sprach. „Außerdem wollen wir vermeiden, dass es deswegen möglicherweise zu Irritationen mit den deutschen Behörden kommt. Manchmal ist es besser, wenn solche Sachen gar nicht an die Öffentlichkeit gelangen. Die Leute interpretieren da oft viel zu viel hinein, Gerüchte entstehen ... Sie wissen schon."

Langsam drehte er sich um und schaute den Oberleutnant an. Neuwohners Gesicht mit der Hakennase erinnerte Stangassinger an einen Greifvogel, dazu passten auch die klaren, eisgrauen Augen. „Der Herr Minister war sichtlich irritiert, als man ihm von dem Leichenfund berichtet hat." Er trat wieder hinter den Schreibtisch und drückte einen Knopf an der Gegensprechanlage. „Frau Oberndorfer, bringen Sie uns bitte etwas Kaffee." Er schaute Stangassinger fragend an. „Sie trinken doch ein Haferl mit mir, oder?"

Stangassinger nickte und schlug die Beine übereinander. Langsam aber sicher begann die Bügelfalte seiner Hose darunter zu leiden.

„Hat Kirchleitner denn etwas Neues herausgefunden?“, begehrte Neuwohner zu wissen.

„Nichts, was wir nicht schon wussten. Der Tote ist vor vielen Jahren erschossen worden und hat dabei sein Gesicht eingebüßt. Die lange Liegezeit der Leiche hat ihren Teil dazu beigetragen, dass er nicht mehr zu erkennen ist. Einzig und allein seine ‚Hundemarke‘ gibt Auskunft über Namen und Geburtsdatum.“

Neuwohner ließ sich hinter seinen Schreibtisch nieder. „Diese Daten haben wir bereits an das Auswärtige Amt in Berlin übermittelt. Wie ich gehört habe, hat man auch schon einen Angehörigen ausfindig gemacht. Der soll jetzt nach Salzburg kommen, damit die Gerichtsmedizin mittels eines DNA-Tests letzte Gewissheit über die Identität des Toten bekommt.“

Stangassinger war immer noch nicht klar, was er mit der Sache zu tun hatte. Ein lange verschollener Toter, der vor mehr als siebzig Jahren ermordet wurde. Erwartete man jetzt, dass er diesen Fall wiederaufnahm und wohlmöglich auch noch aufklärte? Wenn es eine Spur gab, die kalt war, dann doch wohl diese. „Herr Oberregierungsrat, ich wäre Ihnen sehr verbunden, wenn Sie mir sagen würden, was ich für Sie tun kann.“ Stangassinger begleitete diesen Satz mit einem charmanten Lächeln. Mit Leuten vom Innenministerium sollte man es sich möglichst nicht verscherzen. Ihren Einfluss zu unterschätzen, konnte sich negativ auf die Karriere auswirken.

Neuwohner zog eine Schublade auf und entnahm ihr einen roten Aktendeckel. „Haben Sie schon einmal etwas vom sogenannten ‚Führergold‘ gehört?“ Er beugte sich vor und ließ den Aktendeckel vor Stangassinger auf die Schreibtischplatte fallen.

Der Oberleutnant griff danach und klappte ihn auf. „Nein, als zusammengesetztes Hauptwort habe ich diesen Begriff noch nie gehört, aber die Begriffe ‚Führer‘ und ‚Gold‘ lassen vermuten, dass es sich dahinter mal wieder um einen angeblichen und geheimnisvollen Schatz Adolf Hitlers handeln könnte."

Neuwohner nickte. „Genau. Gerüchteweise geht es dabei um Hitlers persönliche Goldreserve. Sie werden jetzt sicher noch besser verstehen, warum wir bemüht sind, jedwedes Aufsehen zu vermeiden. Denken Sie nur mal den Rummel, als der *Stern* damals Hitlers Tagebücher präsentierte."

Stangassinger erinnerte sich vor allem an den Skandal, als aufflog, dass es sich dabei um Fälschungen eines gewissen Konrad Kujau handelte.

Neuwohner sprach weiter. „Wie wir herausgefunden haben, soll der Tote, wie hieß er doch gleich ...?"

Stangassinger brauchte nicht nachzusehen, um Antwort geben zu können. „Horst Bärwald."

„Ach ja, danke. Also dieser Bärwald soll zu einer Sondereinheit gehört haben, von der das Gerücht geht, dass sie kurz vor Kriegsende wertvolle Dinge aus dem Besitz des Führers beiseitegeschafft und irgendwo versteckt haben sollen. Aber entweder sind alle Unterlagen zu diesem Sonderauftrag bei der Erstürmung des Berghofes in Rauch aufgegangen oder die Deutschen haben sie vorher selber vernichtet."

Es klopfte und eine junge, hübsche Sekretärin brachte ein Tablett mit zwei dampfenden Kaffeebechern herein. Als sie sich bückte, um es auf einem kleinen Couchtisch abzustellen, genoss Stangassinger für ein paar Sekunden den Anblick ihres knackigen Hinterteils.

Neuwohner war seinem Blick gefolgt und schmunzelte. „Ich würde vorschlagen, dass Sie Ihren Blick wieder der Akte zuwenden, Herr Oberleutnant."

Stangassinger war schon zu lange in dem Job, um deswegen noch zu erröten. „Was ist denn aus den anderen Mitgliedern dieser Sondereinheit geworden?" Dankbar nahm er seinen Kaffee entgegen.

„Ihre Spur verliert sich nach dem Einsatz. Es gibt allerdings einen Hinweis darauf, dass damals zwei Männer geflohen sind. Einer von ihnen soll der jetzt aufgefundene Tote gewesen sein. Der Name des anderen ist uns nicht bekannt."

Stangassinger rührte in seinem Kaffee. „Und warum ist man der Sache nicht schon unmittelbar nach dem Krieg nachgegangen?"

„Es hat niemand davon gewusst. Erst vor ein paar Monaten sind bei einer Auktion in Amerika mal wieder Schriftstücke aus dem Besitz des Führers aufgetaucht. Allem Anschein nach stammten sie vom Berghof, und darin enthalten war ein Hinweis auf eine Operation mit dem Decknamen *Führergold*."

Stangassinger horchte auf. „Und wie haben wir letztendlich davon erfahren?"

„Derjenige, der die Papiere ersteigert hat, wandte sich neben den Deutschen auch an uns, um Näheres darüber zu erfahren. Freundlicherweise hat er uns auch einen Blick darauf werfen lassen. Bei dem teilweise verbrannten Schriftstück handelt sich wohl um den Teil eines Berichtes, den ein gewisser Leutnant Josef Schneider damals angefertigt hat. Leider fehlen aber wesentliche Teile dieses Berichts. Unter anderem alles, was uns den möglichen Lagerort des Goldes verraten könnte. Dafür bekamen wir aber nun den Namen des zweiten geflüchteten Mannes. Doch wie wir bereits herausgefunden haben, ist auch der schon tot. Als nun die Leiche von Horst Bärwald auftauchte, wurde man von Seiten der Regierung natürlich hellhörig."

„Und dieser Leutnant Schneider? Was ist mit dem?" Stangassinger hatte aufmerksam zugehört.

„Keine Spur!" Oberregierungsrat Neuwohner nippte vorsichtig an seinem Kaffee und nickte dann anerkennend. „So mag ich ihn, schwarz und heiß."

Er stellte die Kaffeetasse auf den Tisch.

„Und nun wünscht der Herr Minister, dass diese Sache möglichst schnell und ohne großes Aufsehen beendet wird. Herausgabe der Leiche an den Angehörigen, vielleicht noch ein kurzes Gespräch, ob er uns noch etwas sagen kann, was ich bezweifle, und dann: Deckel zu, Haken dran und ab ins Archiv. Wie gesagt, wir sind vor allem nicht an einem großen Presserummel interessiert und nach über siebzig Jahren dürfte die Chance dieses geheimnisvolle Gold des Führers zu finden, ohnehin gen Null tendieren." Er deutete auf den Aktendeckel. „Daher wünsche ich, dass Sie sich der Sache annehmen. Kümmern Sie sich um diesen Angehörigen, und bringen Sie die Sache ohne viel Aufsehen zu Ende. Sollten Sie aber entgegen allen Erwartungen doch noch etwas ermitteln können, informieren Sie mich bitte umgehend." Er nahm seine Tasse wieder auf. „Der Herr Finanzminister wäre sicherlich sehr angetan, wenn Sie ihm ein paar Barren Gold bringen, Sie wissen ja wie leer die Staatskasse ist." Neuwohner konnte sich dabei ein Schmunzeln nicht verkneifen.

Stangassinger nickte zustimmend. Dieser Auftrag dürfte ihm keine großen Probleme bereiten. Aber auf irgendeine Art klang diese uralte Geschichte immer noch sehr interessant. „Herr Oberregierungsrat, Sie können sich auf mich verlassen", beteuerte er und widmete sich wieder seinem Kaffee.

Kapitel 14

Das gesuchte Haus befand sich an der Hauptstraße in Oerlinghausen. Da Koslowski nicht wusste, wo sich die entsprechende Hausnummer genau befand, fuhr er einfach über die Detmolder Straße in die City der lippischen Bergstadt. Dann folgte er den aufsteigenden Hausnummern und hatte keine Schwierigkeit, zu der Adresse zu gelangen, die Britta ihm mitgeteilt hatte. Es war ihr nicht nur gelungen herauszufinden, dass Krameikes Kriegskamerad, Horst Bärwald, noch einen Angehörigen hatte, sondern sie hatte auch gleich die Anschrift mitgeliefert.

Koslowski fuhr an der gesuchten Hausnummer vorbei und suchte nach einem Parkplatz. Obwohl es kurz vor Geschäftsschluss war, war die Innenstadt immer noch gut besucht. Erst vor der Alexanderkirche wurde er fündig. Er verschloss seinen Wagen und schlenderte langsam zurück. Dabei erinnerte er sich, dass er auch hier in Oerlinghausen schon mal um sein Leben hatte bangen müssen. Damals hatten ihn drei Mountainbiker durch die Straßen und engen Tweten gejagt. Aber das war lange her.

Der Eingang befand sich seitlich am Haus und Naumanns Namen fand Koslowski erst ganz oben auf der Klingelleiste. Er drückte auf den Knopf und wartete. Eine Zeitlang tat sich nichts. Gerade als er es noch einmal probieren wollte, summte der Türöffner. Koslowski drückte die massive Holztür auf und befand sich in einem alten Treppenhaus. Über ausgetretene Steinstufen, die von einem schmiedeeisernen Geländer gesäumt wurden, stieg er nach oben. Anhand der Anordnung der Klingeln musste sich die Wohnung in der obersten Etage befinden. Als er hinaufblickte und die schräge Decke des Treppenhauses sah, wusste er bereits, dass es sich dabei um eine Mansardenwohnung handelte.

Als er auf dem obersten Treppenabsatz ankam, war die alte, hölzerne Wohnungstür mit ihren zwei Milchglasscheiben noch geschlossen. Wieder wartete er eine Weile, aber als er schon klopfen wollte, kam ihm der Wohnungseigentümer zuvor. Er öffnete die Tür und ein Schwall verbrauchter Luft, vermischt mit dem Geruch von Alkohol und kaltem Zigarettenrauch, wehte Koslowski entgegen. Bereits in diesem Augenblick ahnte er, was ihn hier erwartete.

„Herr Naumann? Martin Naumann?" Koslowski musterte sein Gegenüber aufmerksam.

Der Mann hatte mit 1,80 Meter etwa die gleiche Größe wie er, war aber deutlich schlanker, um nicht zu sagen dünn. Die blonden Haare waren strähnig und ungepflegt, ebenso wie der Bart, bei dem es sich garantiert nicht um die modische Drei-Tages-Variante handelte.

Die Kleidung schien schon länger nicht gewaschen worden zu sein und sah aus, als ob der Mann darin geschlafen hätte. Koslowski roch neben kaltem Schweiß und Nikotin auch eine deutliche Fahne.

„Ich bezahle nächste Woche. Ganz sicher!", versicherte der Mann sofort hastig. „Ich kriege nächste Woche Geld vom Amt, dann komme ich sofort vorbei." Er blickte Koslowski flehentlich aus trüben Augen an. Das Weiß der Augäpfel hatte einen deutlichen Gelbstich.

„Ich vermute, Sie verwechseln mich mit jemandem, Herr Naumann. Ich bin nicht wegen irgendwelcher Schulden hier. Ich komme wegen Ihres Großvaters."

Britta Craven hatte wirklich gute Arbeit geleistet.

Erleichtert atmete der Mann auf. „Gott sei Dank." Nervös kratzte er sich an der Brust. „Sie kommen auch wegen meines Großvaters?" Plötzlich lachte er meckernd auf. „Seltsam, siebzig Jahre hört man nichts von ihm, und nun sind Sie schon der Zweite, der sich nach ihm erkundigt."

Koslowski deutete auf die Wohnungstür. „Sollten wir das nicht besser drinnen besprechen?"

„Was?“ Der Mann erschrak. „Tja, wie soll ich sagen, ich habe nicht aufgeräumt, ich wusste ja nicht, dass noch Besuch kommt, außerdem bin ich Junggeselle. Sie wissen ja …“

Amüsiert überlegte Koslowski, ob Schlamperei zwingend mit Junggesellentum einhergehen musste. Er wiegelte ab. „Ach, das macht mir nichts, ich bin so etwas gewohnt. Ich bin auch Junggeselle.“ Wieder deutete er auf die Wohnungstür. „Aber ich denke, familiäre Angelegenheiten sollten man nicht im Flur besprechen.“

Widerwillig machte Naumann Platz und ließ ihm den Vortritt in die Wohnung. „Geradeaus durch ins Wohnzimmer“, wies er Koslowski ein.

Gut, dass Naumann gesagt hatte, dass dieser Raum das Wohnzimmer war, denn man hätte es auch leicht mit einer Müllhalde verwechseln können. Schmuddelige Gardinen, vergilbte Tapeten, ein Teppichboden, von dem man kaum noch die Farbe erkennen konnte und überall Müll, überquellende Aschenbecher und leere Flaschen. Auf dem schmuddeligen Sofa eine ebenso schmuddelige Decke und ein Kissen, dessen Grundfarbe vielleicht einmal Gelb gewesen sein könnte. Sicher war sich Koslowski dabei aber nicht.

An dem altdeutschen Wohnzimmerschrank fehlte eine Tür, in seinen offenen Teilen lagen Papiere, ungeöffnete Briefe und leere Zigarettenschachteln. Das altmodische Barfach mit dem gesprungenen Spiegel an der Rückwand diente nur noch zur Aufbewahrung leerer und zum Teil umgestürzter Schnapsflaschen. In dem ehemals zwölfflammigen Kronleuchter brannten noch drei Birnen und überall lag Schmutzwäsche verstreut.

Wenn Naumann hier jemals aufgeräumt hatte, dann musste das zu einer Zeit gewesen sein, als Konrad Adenauer noch Bundeskanzler war. Solche Wohnungen kannte Koslowski aus seiner Zeit als Polizeibeamter.

Das hier war die Wohnung eines Alkoholikers. Eines Menschen, der mit seinem Leben nicht mehr fertig wurde und den die Sucht fest im Griff hatte. Er konnte sich schon denken, wem Naumann Geld schuldete.

Koslowski war stehen geblieben und versuchte, möglichst nicht durch die Nase zu atmen. Der Geruch der Wohnung hatte ihn ebenso wieder in seine Vergangenheit katapultiert wie ihr Aussehen. Er erinnerte sich, dass er auch mal auf dem Weg in so ein Leben gewesen war. Aber er hatte damals gute Freunde und viel Glück gehabt.

Naumann drückte sich an ihm vorbei, raffte Schmutzwäsche von einem Sessel und warf sie achtlos zu Boden. Dann wedelte er sporadisch mit der Hand über die Sitzfläche und trat zur Seite. „Bitte, nehmen Sie doch Platz. Ich würde Ihnen gerne was zu trinken anbieten, aber leider bin ich noch nicht zum Einkaufen gekommen.“

Das Letzte, was Koslowski vorhatte, war, sich auf dem Sessel niederzulassen. „Zugegebenermaßen habe ich Sie ja auch etwas überrumpelt. Ich hätte mich natürlich auch telefonisch anmelden können. Ach, wissen Sie, wie wäre es, wenn ich es dadurch wieder gut machen würde, dass ich Sie einlade? Wir könnten zum Beispiel in die *Klappe 30* gehen, das ist ja nicht weit von hier.“

Naumann stutzte zuerst, griff aber dann sofort nach dem rettenden Strohhalm. „Oh, ja sehr gerne, das ist aber sehr nett.“

Er sah sich um und suchte nach seiner Jacke. Koslowski war bereits in den Flur zurückgegangen und nahm eine schmuddelige Jeansjacke von der Garderobe. „Suchen Sie die hier?“ Er hielt sie Naumann hin.

„Haha, Sie kennen sich in meiner Wohnung ja schon besser aus als ich“, lachte er gekünstelt und grapschte ein Schlüsselbund von der Kommode. „Bitte nach Ihnen!“

Koslowski war froh, als er wieder im Treppenhaus war, und noch besser ging es ihm, als ihm auf der Hauptstraße wieder frische Luft um die Nase wehte. Gemeinsam schlenderten sie in Richtung Amtsgarten. Auf dem Weg in die gemütliche Gaststätte überließ Koslowski Naumann den Vortritt. Sie hatten gerade das eiserne Tor passiert, als Naumann plötzlich stehen blieb. Er schlug sich mit der Hand vor die Stirn.

„So ein Mist, jetzt habe ich doch tatsächlich mein Portmonee zu Hause liegen lassen. Ich laufe noch mal kurz zurück", schlug er vor, wartete aber augenscheinlich darauf, dass Koslowski ihn zurückhielt.

„Nein, schon gut, ich hatte doch bereits gesagt, dass ich Sie einlade." Koslowski kannte Menschen in solchen Situationen, und Naumann tat ihm leid. Die ständige Jagd nach Geld, um den Sprit zu bezahlen, den der süchtige Körper braucht, machte aus ihnen armselige Schauspieler. Schauspieler, die vor allem sich selber etwas vorspielten – und Naumann kannte seinen Part.

„Dann müssen Sie mir aber versprechen, dass ich mich mal revanchieren darf", antwortete er getreu seiner Rolle.

„Darauf bestehe ich sogar", spielte Koslowski mit und bewunderte, wie geschickt Naumann den Zeitpunkt für die Erklärung seiner Zahlungsunfähigkeit gewählt hatte. Dann betraten sie die Gaststätte.

Koslowski begrüßte die Bedienung hinter der Theke und deutete auf einen Tisch in der Ecke. „Dürfen wir uns darüber setzen?"

Die Frau mit den blonden, kurzen Haaren lächelte ihn an und erblickte dann Martin Naumann. Schlagartig verdunkelte sich ihre Miene.

Koslowski hätte sofort sagen können, was sie dachte, aber das war auch nicht schwer. Mit nur einem Satz entschärfte er die ganze Situation. „Ich habe den jungen Mann eingeladen", er deutete auf Naumann, „und es wäre nett, wenn Sie alles auf meinen Deckel schreiben."

Das Lächeln kehrte in das Gesicht der Bedienung zurück, und sie begleitete die beiden bis zum Tisch. Nachdem sie sich niedergelassen hatten, fragte sie nach ihren Getränkewünschen. Ohne lange zu überlegen bestellte Koslowski ein Bier. Naumann zierte sich und murmelte etwas von Apfelschorle, doch dann tat er so, als ob er sich ganz plötzlich anders entschieden hätte. „Wissen Sie was, zur Feier des Tages nehme ich heute auch mal ein Bier."

Koslowski schloss für eine Sekunde die Augen. Es war gemein, aber er konnte der Versuchung nicht widerstehen. „Wie wäre es dazu mit einem Schnaps?", fragte er.

Naumann schluckte, doch er hatte sich im Griff. „Nein, danke. Wissen Sie, ich muss morgen früh wieder raus und da möchte ich einen klaren Kopf behalten."

Alkoholiker, dachte Koslowski. Er wusste, wie gerne Naumann etwas Hochprozentiges getrunken hätte, aber um den Schein zu wahren, musste er ausgerechnet in einer Kneipe darauf verzichten.

„Sie haben recht, dann verzichte ich auch. Ein Bierchen tut's ja genauso."

Naumann lächelte ihm mit leicht verkrampftem Gesicht an und blickte dann der Bedienung hinterher. „Sie sagten, Sie wollten mich wegen meines Großvaters sprechen." Er hatte die Hände vor sich auf dem Tisch liegen und die Finger gefaltet. So sah man ihnen nicht an, dass sie zitterten.

Koslowski seufzte. „Ja wissen Sie, das ist eine etwas seltsame Geschichte. Sie fängt damit an, dass jemand auf dem Sterbebett einen letzten Wunsch geäußert hat." Er schilderte Naumann, was er bisher erlebt und herausgefunden hatte. Dieser hörte schweigend zu. Sie wurden nur von der Getränkelieferung unterbrochen.

„Tja, und so kommt es, dass ich Ihnen mitteilen soll, dass Ihr Großvater irgendwo in den österreichischen Alpen erschossen worden ist und vermutlich niemand weiß, ob und wo er begraben wurde."

Naumann trank sein Bier und blickte Koslowski über den Glasrand hinweg mit einem schelmischen Lächeln an. „Ich weiß aber, wo er ist", sagte er beim Abstellen des Glases.

„Wie bitte?“ Koslowski glaubte, sich verhört zu haben. „Sie wissen, wo der Leichnam ihres Großvaters ist?“

Naumann nickte leicht. „Ja, er liegt in Salzburg. In der Gerichtsmedizin.“ Nun war es an ihm, Koslowski seine Geschichte zu erzählen, ihm vom Anruf des Auswärtigen Amtes zu berichten. „Und jetzt wollen die, dass ich dahinkomme und mich um die Leiche kümmere“, beendete er seinen Bericht. „Dabei habe ich doch gar keinen Wagen.“

Koslowski war von der plötzlichen Wendung des Falles immer noch überrascht. „Gerichtsmedizin Salzburg …“, wiederholte er daher nachdenklich.

Naumann wurde etwas lebhafter. „Ja, genau und die sind ganz schön lustig, diese Amtsschimmel in Berlin. Ich weiß doch gar nicht, wie ich die Leiche nach Deutschland bekommen soll. Außerdem …“ Er brach mitten im Satz ab.

 weißt du nicht, wie du es bezahlen sollst, vollendete Koslowski den Satz in Gedanken. Laut hingegen sagte er: „Was halten Sie davon, wenn ich Sie hinfahre?“

„Sie?“ Naumann verschluckte sich fast an seinem Bier. „Warum sollten Sie das tun?“

Ja, warum sollte ich das tun? Das fragte Koslowski sich auch.

„Ach, wissen Sie, es ist so, dass mich die ganze Geschichte fasziniert. Außerdem glaube ich, dass es im Sinne meines Auftraggebers gewesen wäre.“ Er gab der Bedienung mit seinem leeren Glas ein Zeichen und nahm aus den Augenwinkeln wahr, dass Naumann sich beeilte auch seines auszutrinken. „Und dann gibt es da noch einen dritten Grund.“

Naumann wischte sich mit dem Handrücken die Lippen trocken. „Und der wäre?“

„Ich war schon ewig nicht mehr Österreich.“ Von der Höhle erzählte er vorsichtshalber nichts.

Naumann schüttelte kurz den Kopf. „Eigentlich habe ich gar keine Zeit, vielleicht könnten Sie ja alleine ...?“

Koslowski lachte trocken auf. „Na, sie sind ja lustig. Wessen Opa liegt denn da in Salzburg auf Eis?“

„Ich habe aber gar kein Geld für so eine Reise.“ Traurig blickte er dem nächsten Bier entgegen. Man merkte ihm an, dass er mit sich kämpfte. „Wenn ich ganz ehrlich bin, habe ich überhaupt kein Geld.“ Sein Blick blieb an Koslowskis Augen hängen. „Aber das haben Sie sicher schon gemerkt, oder?“

Statt einer Antwort nickte Koslowski nur. Dann stieß er Naumanns Glas mit seinem an und nahm einen tiefen Schluck. „Lassen Sie das Geld mal meine Sorge sein. Das ist kein Hinderungsgrund. Ob ich nun allein fahre oder noch jemand mitnehme, das macht den Kohl nicht fett.“

Naumann musste dieses Angebot wie ein Lottogewinn vorkommen. Raus aus seiner dreckigen Bude, in ein anderes Land – und alles kostenlos.

Koslowski blickte ihn ernst an. „Allerdings habe ich eine Bedingung.“

Naumann horchte auf. Ohne sie überhaupt zu kennen, nickte er sofort zustimmend.

„Wir werden ein paar Tage unterwegs sein, und ich habe nichts gegen einen gelegentlichen Schluck, aber sollten Sie sich zuschütten, lasse ich Sie liegen, wo sie umfallen. Kein Schnaps! Kein Rausch! Kein Eklat! Haben wir uns verstanden?“

Naumann nickte erst sehr vorsichtig, dann immer schneller. „Alles klar, alles klar. Ich reiße mich zusammen. Sind ja nur ein paar Tage“, versuchte er sich selber Mut zu machen.

Koslowski war bei seiner Ansage gar nicht wohl gewesen. Seine eigenen Alkoholexzesse waren ihm dabei noch in guter Erinnerung. Ihn hatte damals der Tod seiner Freundin aus der Bahn geworfen und in den Suff getrieben. Er hatte keine Ahnung, was der Auslöser für Naumanns Verhalten war, aber er war der Letzte, der es verurteilen durfte.

Aber die Ansprache war nötig gewesen, denn er wusste, wie schwankend man als Alkoholiker sein konnte. Es würde zwar kein gefährlicher Trip, aber trotzdem wäre es schön, wenn er ohne Exzesse über die Bühne ging. Dass aber nicht nur seinetwegen, sondern weil er vorhatte, noch jemand anderes mitzunehmen.

Kapitel 15

„Wenn ich es Ihnen doch sage", flüsterte er. „Ich habe die Hundemarke selber gesehen. Der war bei der SS."

Angestrengt lauschte er in den Hörer.

„Ja, Bärwald. Ja, Horst Bärwald."

Wieder hörte er zu, was am anderen Ende der Leitung gefragt wurde.

„Natürlich bin ich sicher, ich habe doch die Akten gelesen. Sie haben ihn über das Suchregister des Roten Kreuzes identifiziert." Erneutes Lauschen in den Hörer. „Tätowierung? Nein, wir konnten keine Tätowierung am linken Arm feststellen. Warum nicht?" Er seufzte. „Weil es keinen linken Arm mehr gibt."

Er sah sich vorsichtig um, immer darauf bedacht, von niemanden gehört oder gesehen zu werden. Währenddessen wurde ihm eine weitere Frage gestellt.

„Was weiß denn ich, wo sein Arm ist? Die Leiche ist hier schon ohne Arm angeliefert worden. Vermutlich liegt der noch irgendwo in den Bergen, oder irgendein Viech hat ihn gefressen. Außerdem muss ich jetzt Schluss machen. Was …?"

Er hörte die nächsten Sekunden nur zu, und seine Miene verdunkelte sich. „Ja, ich bin mir bewusst, dass ich eine Menge Geld bekommen habe …"

Wieder lauschte er atemlos in den Hörer. „Aber Sie haben mir versprochen, dass Sie dafür sorgen, dass die Sache mit dem kleinen Mädchen nicht mehr angezeigt werden kann. Es war doch ein Unfall, ich wollte das nicht …"

Der Erpresser schien unbarmherzig zu sein, denn die Stimme des Mannes im Sektionssaal Nummer drei schlug ins Weinerliche um.

„Was wollen Sie denn noch? Ich kann Ihnen nur noch sagen, dass Kirchleitner veranlasst hat, dass man nach Angehörigen sucht. Übermorgen soll Bärwalds Enkel hier eintreffen und die Leiche nach Deutschland mitnehmen. Was …?“

Er verdrehte die Augen, hätte er sich doch bloß nicht zu diesen Spitzeldiensten herabgelassen. „Nein, mehr weiß ich auch nicht, außer, dass der Enkel nicht Martin Bärwald, sondern Martin Naumann heißt.“ Er hörte Schritte auf dem Flur. „Ich muss Schluss machen, ich höre was“, flüsterte er hastig. „Ach ja, da gibt es übrigens einen, der hier rumschnüffelt. Einer vom LKA, er heißt Stangassinger, ein seltsamer Typ. Ich traue ihm nicht.“

Ein weiteres Geräusch ließ ihn herumfahren. „Es kommt jemand“, sagte er hastig und legte den Telefonhörer geräuschlos auf. Dann drehte er sich schnell um, schnappte sich einen Lappen und putzte an einem Sektionstisch aus Edelstahl herum. Hinter ihm öffnete sich die Tür.

„Na, mein Lieber, so spät noch hier?“ Kirchleitner hatte die Hände in den Taschen seines Kittels vergraben. Sein Gesichtsausdruck war eine Mischung aus Zynismus und Spott. „Sind Sie alleine? Ich dachte, ich hätte gerade Stimmen gehört?“ Der Professor blickte sich aufmerksam um, so als suchte er etwas.

„Tja, Sie wissen ja, wie es ist, Herr Professor, wenn man hier so alleine putzt, dann spricht man manchmal schon mit sich selber. Unsere Kunden reden ja recht wenig.“ Er versuchte ein Lächeln, was ihm aber kläglich misslang.

„Weitermachen!“, kommandierte Kirchleitner mit einem süffisanten Lächeln und verließ den Raum.

Kapitel 16

„Muss das sein?“, hatte Britta ihn gefragt und Koslowski dabei enttäuscht angesehen. „Ich habe gedacht, wir beide fahren alleine nach Österreich.“

Er hatte die *Klappe 30* kaum verlassen und sich von Naumann verabschiedet, da hatte er sich bereits selber gefragt, ob er nicht ein wenig voreilig gehandelt hatte. Zumindest hätte er Britta vorher fragen sollen. Er konnte verstehen, dass sie von der Aussicht, dass sie zu dritt fahren würden, nicht begeistert war. Jetzt einen Tag später hätte er es noch viel lieber rückgängig gemacht.

„Ich muss zugeben, das war vermutlich ein Fehler, aber ich denke, die Sache in Salzburg wird nicht länger als ein oder zwei Tage dauern und dann schicke ich ihn mit dem Zug wieder nach Hause. Vielleicht kann er sogar im Leichenwagen zurückfahren.“

Britta hob skeptisch die Augenbrauen. „Und wenn nicht? Wenn alles länger dauert oder etwas Unvorhergesehenes geschieht?“

„Was soll schon geschehen?“, fragte Koslowski lakonisch. „Wir fahren nach Salzburg, er kümmert sich um den Papierkram und die Überführung und wir machen uns noch ein paar schöne Tage im Salzkammergut.“ Er lächelte sie mit einem Augenzwinkern an. „Vergiss nicht deine Wanderschuhe einzupacken!“

***

Gegen Mitternacht hielt Koslowski vor dem Haus in der Oerlinghauser Hauptstraße und schellte. Es dauerte fast zehn Minuten, bis Naumann erschien. Seine Haare waren noch feucht von der Dusche, und augenscheinlich hatte er versucht sich zu rasieren. Doch das billige Rasierwasser schaffte es nicht, seine Fahne komplett zu überdecken.

Unter dem Arm hatte er eine alte, kleine Sporttasche, an der der Schulterriemen abgerissen war. Er trug wieder die schmuddelige Jeansjacke und ein paar abgetretene Schuhe. Sein Blick war ein wenig glasig, doch er schwankte nicht und hielt sich gerade.

Als er auf den Wagen zukam, stieg Britta aus, um ihn zu begrüßen. Sie ließ sich zwar nichts anmerken, doch Koslowski war klar, dass sie sofort wusste, woran sie mit Naumann war. Sie hatte schließlich als Anwältin mit allen Schichten der Bevölkerung zu tun und im Laufe der Jahre eine Menge Erfahrungen gesammelt. Als Naumann ihr die Hand reichte, griff sie ohne Zögern zu. Dann ging sie zum Wagen und öffnete die Beifahrertür.

„Möchten Sie vorne oder hinten sitzen?“ Sie trat einen Schritt zurück, um ihm die Auswahl zu erleichtern.

Naumann schien ein wenig überrascht, fasste sich aber gleich wieder. „Wenn Sie nichts dagegen haben, dann würde ich lieber hinten sitzen.“ Er schob seine Tasche in den Wagen und kletterte hinterher.

„Haben Sie alles?“, wollte Koslowski wissen. „Ihren Ausweis und das Familienstammbuch?“

Naumann nickte. Zur Bestätigung griff er in die Tasche und holte beide Unterlagen heraus.

„Na, dann können wir ja starten.“ Koslowski schloss hinter Britta die Beifahrertür, umrundete den Nissan und schwang sich auf den Fahrersitz. „Wenn wir gut durchkommen, dürften wir morgen früh in Salzburg sein. Ich gehe mal davon aus, dass die Behörden in Österreich auch um acht Uhr mit der Arbeit beginnen. Unterwegs können wir ja noch frühstücken.“

Das passte, denn er hatte sich ausgerechnet, dass sie unterwegs auch noch einmal würden tanken müssen.

***

Die Fahrt verlief ohne große Zwischenfälle. Mal davon abgesehen, dass Naumann um drei Stopps bat, bei denen er vorgab, auf die Toilette zu müssen. Jedes Mal nahm er seine Sporttasche mit, und jedes Mal, wenn er zurückkam, hatte er eine deutlichere Fahne. Als er beim zweiten Stopp in den Waschräumen der Raststätte verschwand, blickte Britta Koslowski an. „Riechst du das auch? Das ist doch eine Schnapsfahne. Ich wette, der muss gar nicht auf die Toilette."

Koslowski nickte betrübt. „Ja, da hast du recht. Er muss zusehen, dass er seinen Alkoholpegel aufrechterhält." Zärtlich legte er eine Hand auf Brittas Knie.

Britta wollte gerade etwas erwidern, als Naumann aus der Raststätte zurückkehrte.

Am Rasthof Irschenberg frühstückten sie und passierten kurze Zeit später die deutsch-österreichische Grenze. Koslowski hatte die Adresse der Gerichtsmedizin ins Navi eingegeben, und um kurz nach acht bog er auf den Parkplatz der Ignaz-Harrer-Straße 79 ein.

Alle drei kletterten aus dem Auto und reckten sich.

„Willst du hier warten oder möchtest du in die Stadt fahren?" Koslowski hielt Britta die Wagenschlüssel hin.

„Nein, ich werde hier draußen auf euch warten und mir ein wenig die Beine vertreten. So lange wird es ja vermutlich nicht dauern."

„Na, dann wollen wir mal", forderte Koslowski Naumann auf und zog ihn am Ärmel zum Eingang.

Der ging erst ein Stück mit, riss sich dann aber los und lief zum Wagen zurück. „Die Papiere!" Er kramte sie aus der Sporttasche, dann folgte er Koslowski.

Im Eingang kam ihnen ein junger Mann entgegen. Koslowski erklärte ihm, warum sie hier waren, und der junge Mann erklärte ihm im Gegenzug, wo sie Professor Dr. Kirchleitners Büro fanden.

Als sie an seine Tür klopften, hörten sie von drinnen Richard Wagners *Walkürenritt*. Die Lautstärke war so hoch, dass sie das erste Klopfen übertönte. Erst als Koslowski ein zweites Mal und heftiger an die Tür schlug, kam eine Reaktion. Die Musik wurde augenblicklich leiser, und eine Stimme mit unverkennbar österreichischem Akzent rief: „Herein!“

Koslowski stellte sich vor und schob dann Naumann nach vorne. Der brachte jedoch kein Wort über die Lippen, sodass er auch Naumanns Vorstellung übernehmen musste.

„Ah, die Herrschaften aus Deutschland!“ Der Professor stellte die Musik ganz ab und kam um den Schreibtisch herum. „Ich muss jeden Tag mit Musik beginnen, dann geht mir die Arbeit besser von der Hand“, erklärte er und reichte sie Koslowski.

Der lächelte. „Wagner in Salzburg?“

„Ach, wissen Sie, immer nur Mozart wird auf die Dauer langweilig.“ Der Professor trat vor Naumann und blickte ihm in die Augen. Koslowski bemerkte ein kurzes Aufblitzen in den Augen des Professors. Er war sich sicher, dass ihm Naumanns gelbliche Augäpfel sofort verrieten, mit wem er es hier zu tun hatte. Als Pathologe kannte er sich sicherlich nicht nur mit den Toten aus.

„So so, Sie sind also der Enkel des Verstorbenen.“ Kirchleitner legte den Kopf schräg, ging dann um Naumann herum und betrachtete ihn eingehend. „Schade, wirklich schade, dass man ihre Gesichter nicht mehr vergleichen kann, ich hätte zu gern festgestellt, ob es da eine Ähnlichkeit gab.“

Naumann war die Begutachtung seiner Person durch den Professor merklich unangenehm. Er fuhr sich mit zwei Fingern in den Hemdkragen und weitete ihn. „Was ist denn mit seinem Gesicht?“, fragte er unsicher. Dass sein Großvater bereits über siebzig Jahre tot war und sich sein Antlitz in dieser Zeit nicht zum Besseren verändert haben dürfte, schien er dabei vollkommen zu vergessen.

„Sagen wir mal so“, begann Kirchleitner, „ich erspare Ihnen einmal die genaue Beschreibung, wie das Gesicht ihres

Großvaters aussieht. Ich würde Ihnen sogar ausdrücklich davon abraten, sich seine Leiche noch einmal ansehen zu wollen."

Naumann schluckte. Wahrscheinlich könnte er jetzt einen Schnaps vertragen, dachte Koslowski.

„Wie Sie sich denken können, ist es kein schöner Anblick, und die Identifizierung können wir auch anders erledigen."

Naumann zitterte. „Ich hätte ihn auch gar nicht erkannt, ich habe ihn ja nie gesehen." Die Nervosität war ihm deutlich anzumerken.

Professor Kirchleitner trat an einen Schrank und öffnete eine Glastür. Er nahm zwei Kunststoffröhrchen heraus und kam damit auf Naumann zu.

Der wich erschrocken zurück. „Was haben Sie vor?"

„Mein lieber Freund, die einfachste Methode festzustellen, ob ein Verwandtschaftsverhältnis zwischen zwei Menschen besteht, ist die Überprüfung ihrer DNA. Und dazu verwendet man diese Wattestäbchen hier." Er schüttelte die durchsichtigen Kunststoffröhren und legte sie dann auf den Schreibtisch. Nachdem er sich ein paar Einweghandschuhe übergezogen hatte, öffnete er eines der Röhrchen und entnahm ihm das Wattestäbchen.

„Mund auf!", kommandierte er und fuhr damit in Naumanns Mund herum. Bevor dieser wusste, wie ihm geschah, hatte Kirchleitner das Wattestäbchen bereits ausgetauscht und benetzte nun das zweite mit Naumanns Speichel. Kurze Zeit später steckten sie wieder in den Plastikröhrchen, die er mit Naumanns Personalien beschriftet hatte.

„In zwei bis drei Tagen haben wir Gewissheit, ob der Tote wirklich Ihr Großvater ist."

„Aber er ist doch schon so lange tot, gibt es denn da noch DNA?" Naumann blickte skeptisch von Kirchleitner zu Koslowski und wieder zurück. „Ich meine, wenn eine Leiche schon so lange tot ist."

Der Gerichtsmediziner winkte lässig ab. „Selbst wenn Sie mit Napoleon Bonaparte verwandt wären, würden wir das herausfinden. Glauben Sie mir, wir haben da so unsere Methoden, wie wir an entsprechendes DNA-Material herankommen. Haben Sie eine Telefonnummer, unter der ich Sie erreichen kann?"

Naumanns Augen weiteten sich. „Nein, wir haben ja auch noch kein Zimmer." Verlegen rieb er sich dabei die Hände. „Ach ja und ein Handy habe ich auch nicht", fügte er kleinlaut hinzu.

„Aber ich", warf Koslowski ein und reichte Kirchleitner seine Visitenkarte. „Wir werden so lange hierbleiben, bis Gewissheit besteht. Wenn das der Fall ist, können wir uns dann um die Überführung kümmern?"

Kirchleitner legte die beiden Kunststoffröhrchen auf ein silbernes Tablett und die Visitenkarte auf seinen Schreibtisch. „Aber selbstverständlich, es geht ja nur darum, dass Sie keine falsche Leiche mitnehmen. Auch in Österreich gilt: Ordnung muss sein." Er verzog das Gesicht zu einem leichten Lächeln. „Ich werde Sie anrufen und Ihnen sagen, wann der Bestatter kommen kann. Hier in Salzburg werden Sie keine Mühe haben, Herren dieses Gewerbes zu finden. Und nun, meine Herren, entschuldigen Sie mich, ich habe noch eine Autopsie zu tätigen, und ich gehe nicht davon aus, dass Sie mir dabei assistieren möchten, oder?"

Koslowski merkte Naumann deutlich an, wie froh er war, als sie wieder vor dem Gebäude standen.

Britta trat auf sie zu und blickte ihn fragend an. „Und? Was hat es ergeben? Ist es Ihr Großvater?"

Naumann zuckte hilflos mit den Schultern, und Koslowski übernahm das Antworten. „Das konnte man uns noch nicht sagen, sie machen einen DNA-Abgleich und in zwei bis drei Tagen wissen wir mehr. Ich würde vorschlagen, dass wir uns bis dahin ein Zimmer und einen Bestatter suchen."

Naumann schien mit allem einverstanden zu sein. Er war offenbar froh, dass er keine Entscheidungen treffen musste.

„Hast du denn schon eine Unterkunft im Auge?“, wollte Britta wissen.

Koslowski ging zum Wagen. „Ungefähr fünfunddreißig Kilometer von hier gibt es ein Dorf namens Golling, dort habe ich bereits vor unserer Abreise in einem Gasthof zwei Zimmer bestellt.“

Naumann blickte ihn entgeistert an. „Ich dachte, wir bleiben hier in Salzburg? Wieso denn nach Golling?“

Koslowski legte ihm beruhigend eine Hand auf die Schulter. „Dafür gibt es zwei Gründe. Erstens sind wir dort näher an den Bergen, und zweitens ist es dort bedeutend preiswerter als hier in Salzburg.“

„Hört, hört! Da kommt der Lipper durch“, schmunzelte Britta und warf Koslowski die Autoschlüssel zu.

Kapitel 17

Im türkisgrünen Wasser der beiden Bluntauseen spiegelten sich die die grünen Fichten und die darüber ansteigende graue Felswand. Das Ufer des Sees, an dem Koslowski und Britta auf einer Bank saßen, fiel zwar steil ab, doch das Wasser war so klar, dass man bis auf den Grund sehen konnte. Hier mitten im Bluntautal herrschte eine Stille wie in einer Kirche.

Britta hatte ihren Kopf an Koslowskis Schulter gelehnt und genoss die warmen Sonnenstrahlen. „Diese Ruhe ist schon fast unheimlich“, flüsterte sie, als wollte sie die Stille nicht stören.

Koslowski nickte nur. Sein Blick glitt an der Felswand entlang. Sie ragte fast senkrecht vor ihnen auf. Der glasklare See lag inmitten eines kleinen Tales, dessen Eingang in Richtung der kleinen Marktgemeinde Golling wies, während sein hinteres Ende stetig anstieg und in einer Höhe von 1736 Metern auf dem Torrener Joch endete. Koslowski hatte sich vor ihrer Abfahrt im Internet informiert und dort auch das Gasthaus *Göllhof* gefunden. Nachdem sie dort ihre Zimmer bezogen hatten, waren sie zu einem Spaziergang in das nahegelegene Bluntautal aufgebrochen.

Naumann hatte es abgelehnt sie zu begleiten. Er wolle sich lieber ausruhen, hatte er behauptet.

„Schön ist es hier“, seufzte Britta. „Aber ich wette, dass es einen Grund dafür gibt, dass wir genau hier sind.“ Sie blickte Koslowski an, der seinen Arm um ihre Schultern legte und sie eng an sich zog. Er schwieg noch eine Minute, bis sie eine Antwort bekam.

„Du erinnerst dich doch daran, dass Krameike von der Höhle gesprochen hat, in der die Kisten versteckt worden sind, oder?“

Britta nickte.

„Siehst du, ich habe mir seine Aufzeichnungen noch einmal besonders aufmerksam angesehen. Die, in denen er über diese geheimnisvolle Aktion geschrieben hat. Dann habe ich mal nachgerechnet, wie weit es vom Berghof bei Berchtesgaden bis hierher wäre. Das könnte zeitlich passen." Er richtete sich im Sitzen auf. „Irgendwie habe ich das Gefühl, dass Friedrichs Vater vielleicht schon einmal hier war. Das hier könnte das Tal sein, von dem er schrieb."

Britta setzte sich nun ebenfalls auf und blickte hinauf in die Felswand. „Du meinst, irgendwo da oben könnte das Gold von Adolf Hitler versteckt sein?" Trotz der Wärme lief ihr ein kalter Schauer über den Rücken.

„Möglich wäre es immerhin, aber es gibt zwei Dinge, die nicht so recht zu meiner These passen." Koslowski kaute nachdenklich auf seinem Daumennagel. „Das erste ist, dass Wilhelm Krameike nichts über diese beiden Seen hier geschrieben hat."

„Und das zweite?" Britta war ganz Ohr.

„Das zweite ist die Brücke. Die, auf der wir am Anfang des Tales den Bach überquert haben."

„Was ist damit? Sie ist doch breit genug für einen LKW."

„Das schon, aber in Krameikes Aufzeichnung handelt es sich um eine Steinbrücke. Es ist aber eine Holzbrücke."

Britta seufzte und schmiegte sich wieder an ihn. „Auch wenn ich mich wiederhole, glaubst du nicht, dass vor uns schon irgendjemand auf die Idee gekommen wäre, hier zu suchen? Vorausgesetzt, dass wir an der richtigen Stelle sind."

Koslowski rümpfte die Nase. „Ich weiß nicht ", begann er, hielt dann aber inne, als ob er sich noch einmal genau überlegen musste, was er ihr antworten wollte. „Krameike hat mit niemandem darüber gesprochen. Bärwald ist auf der Flucht erschossen worden. Gehen wir davon aus, dass Krameike mit seiner Vermutung recht hatte und dass alle diejenigen getötet worden sind, die den Auftrag ausgeführt haben, dann bleiben nicht mehr viele übrig. Und wenn die Unterlagen womöglich verloren gegangen sind oder zerstört wurden, dann könnte das der Grund sein, warum hier bis heute niemand nach dem Gold gesucht hat."

Die Bielefelder Rechtsanwältin nickte bedächtig. „Ja, möglich wäre es. Du sagtest, Wilhelm Krameike sei nie mehr hierhergekommen, um nach dem Gold zu suchen?"

„Wenn Friedrich sich nicht geirrt hat, dann war es so, ja. Dann ist sein Vater nie mehr aus Lippe herausgekommen. Außerdem bezweifele ich, ob er dieses Tal überhaupt wiedergefunden hätte. Überlegt doch mal: Sie saßen auf einem geschlossenen LKW, eine Leiche zu ihren Füßen und Todesangst im Nacken. Ich glaube kaum, dass sie da viel Gelegenheit hatten, auf die Wegstrecke oder die Umgebung zu achten."

Britta blickte auf ihre Armbanduhr. „Ich glaube, es wird Zeit, dass wir uns auf den Rückweg machen. Langsam bekomme ich Hunger, und außerdem sollten wir mal nach Naumann schauen. Dieser arme Kerl tut mir zwar irgendwie leid, aber ich bin auch froh, wenn wir schnell Nachricht aus Salzburg bekommen und er mit der Leiche nach Hause fährt."

Koslowski musste ihr recht geben. Mit Naumanns Anwesenheit im Nacken war das hier keine echte Erholung. Man musste stets auf der Hut sein, dass er nichts anstellte.

Er stand auf, hielt Britta eine Hand hin und zog sie auf die Beine. „Wie wäre es heute Abend mit einer frischen Forelle?", fragte er und deutete auf ein stattliches Exemplar, das gerade im klaren Wasser an ihnen vorbeischwamm.

Kapitel 18

„Herr Naumann?“ Die Wirtin vom *Göllhof* blickte Koslowski erstaunt an. „Nein, der ist nicht hier. Der wollte doch nach Salzburg fahren. Hat er Ihnen denn nicht Bescheid gesagt?“

Sie blickte in Koslowskis verdutztes Gesicht.

„Er hat sich hundert Euro bei mir geliehen und gesagt, dass er gegen Abend zurück sei. Ich dachte, Sie wüssten das. Ich soll das Geld auf Ihre Zimmerrechnung setzen.“ Mitten im Satz erschrak sie. „Ich hoffe doch, das war in Ordnung, oder?“

Koslowski nickte beruhigend. Die hundert Euro waren nicht das Problem, sondern, dass Naumann jetzt Geld hatte und ohne Aufsicht unterwegs war. Das war in seinem Zustand die schlimmste Konstellation, die Koslowski sich vorstellen konnte.

„Hat er auch gesagt, wie er nach Salzburg kommen wollte?“

„Mit dem Zug. Ich hab ihm gerade den Weg zum Bahnhof erklärt, dann kam der Huber Hannes vorbei, und weil der auch ins Dorf wollte, hat er ihn auf dem Traktor mitgenommen.“

Verärgert über Naumanns Eskapade zerquetschte Koslowski einen Fluch zwischen den Lippen. Er bedankte sich und ging zurück aufs Zimmer.

„Und? Hast du ihn gefunden?“ Britta kam gerade aus dem Bad und frottierte sich mit einem Handtuch die Haare.

„Er ist weg. Ich wette, der hat sich Schnaps besorgt und liegt besoffenen in irgendeinem Graben.“ Er erzählte ihr, was er von der Wirtin erfahren hatte.

„Und was willst du nun machen? Ihn suchen?“

Koslowski winkte resigniert ab. „Der kann jetzt überall und nirgends sein, vielleicht ist er ja wirklich in Richtung

Salzburg unterwegs. Außerdem kenne ich mich hier nicht aus, also wüsste ich gar nicht, wo ich suchen sollte. Außerdem", verärgert warf er die Autoschlüssel aufs Bett, „bin ich ja auch nicht sein Kindermädchen."

So langsam kamen ihm Zweifel, ob es richtig gewesen war, Naumann hierher mitzunehmen. Aber es war nun mal Friedrichs letzter Wunsch gewesen, dass er sich um diese Sache kümmerte.

„Jetzt reg dich nur nicht auf!", beschwichtigte ihn Britta. „Der taucht schon wieder auf. Ich würde jetzt gerne runtergehen und etwas essen. Ich habe einen Bärenhunger und aus der Küche roch es vorhin schon sehr lecker.

„Das machen wir", sagte Koslowski, „und zu deinem Bärenhunger und der Landschaft passt noch, dass ich Brand wie eine Bergziege habe."

Britta warf das Handtuch aufs Bett und lachte. „Allerdings vermute ich, dass du hier kein *Detmolder* bekommen wirst."

***

Das Essen war vorzüglich gewesen und hatte der österreichischen Küche alle Ehre gemacht. Koslowski schob den Teller von sich, auf dem ein Cordon Bleu serviert worden war. Auf Brittas Teller lagen nur noch die bleichen Gräten einer frischen Forelle. Was jetzt noch fehlte, war ein Verdauungsschnaps.

Als die Wirtin ihnen zwei Obstler serviert hatte, stießen sie an. In diesem Moment trat ein älterer Mann an den Tisch. Sein einheimischer Dialekt war unüberhörbar.

„Grüß Gott. Gehört ihnen der Wagen mit dem Lipper Kennzeichen da draußen?"

Koslowski und Britta waren gleichermaßen überrascht, dass man hier wusste, was LIP bedeutete. „Woher kennen Sie denn Lippe?", wollte Koslowski neugierig wissen.

Der große, hagere Mann mit dem wettergegerbten Gesicht und den grauen Haaren zog einen Stuhl vom Tisch ab. „Darf ich?"

Als Koslowski eine einladende Handbewegung machte, ließ er sich nieder. „Sie werden es nicht glauben, aber ich war sogar schon mal dort." Er hielt die vorbeigehende Wirtin am Ärmel fest und blickte Koslowski und Britta fragend an. „Sind's so frei und trinken Sie noch einen Obstler mit mir?"

Beide nickten. „Dann also noch zwei Obstler und für mich ein alkoholfreies Bier", orderte der Mann, der sich als Christian Seidler vorstellte. „Wir haben hier einen Bauernhof mit Pension, und eines Tages kamen Gäste aus Lippe. Wir haben schnell herausgefunden, dass der Mann, ebenso wie mein Sohn und ich, Jäger ist – und dann hat er uns nach Lippe zur Jagd eingeladen. Und Sie? Machen Sie hier Urlaub?"

„Ja, so etwas in der Art", antwortete Koslowski. Er schätzte sein Gegenüber auf zirka siebzig Jahre, und plötzlich kam ihm eine Idee. „Wir sind wegen einiger alter Tagebücher hier. Sie gehörten dem Vater eines Freundes, und ich wollte mir gerne mal die Gegend ansehen, die er darin beschrieben hat. Aber ich bin mir nicht sicher, ob wir hier überhaupt richtig sind. Immerhin sind die Tagebücher aus dem Zweiten Weltkrieg."

„Keine sehr gute Zeit", sagte Seidler traurig, „weder für Österreich noch für Deutschland." Er nahm der Bedienung die beiden Schnäpse vom Tablett und schob sie Koslowski und Britta zu. Dann prostete er ihnen mit seinem Bier zu. „Darauf, dass wir hier, im Herzen Europas, seit über siebzig Jahren keine Kriege mehr erdulden mussten."

Der Obstler rann Koslowski warm durch die Kehle. „Sagen Sie mal, diese beiden Seen im Bluntautal, gab es die schon immer?"

Seidler schüttelte den Kopf. „Nein, die sind in den siebziger Jahren künstlich entstanden. Man hatte dort Material für den Autobahnbau ausgehoben. Wollen Sie da angeln gehen?“

Koslowski winkte ab. „Nein, ich habe nur gefragt, weil sie in den Tagebüchern überhaupt keine Erwähnung finden. Darin kommt nur dieser kleine Bach vor, der durch das Tal fließt.“

„Wir nennen ihn den Bluntaubach. Er wird unter anderem von der ‚schwarzen Torren‘ und dem Fischbach gespeist und mündet in die Salzach“, informierte Seidler ihn.

„Und die Brücke am Eingang des Tales?“ Diese Frage kam von Britta. „Gab es die denn schon immer?“

„Ja, sie wurde im Jahre 1907 zusammen mit der Forststraße gebaut. Seidler sah, dass Koslowski sich fragend am Kopf kratzte. „Was stört Sie daran?“

„In den Tagebüchern ist von einer Steinbrücke die Rede, aber diese hier ist aus Holz.“

„Das Tagebuch täuscht sie nicht, die erste Brücke war eine Steinbrücke. Als sie baufällig wurde, hat man sie irgendwann gegen eine Holzbrücke ausgetauscht.“

Koslowski merkte, wie Britta seinen Arm drückte. Die Sache wurde immer spannender. „Gestatten Sie mir noch eine Frage?“, fragte sie.

Seidler nickte.

„Haben Sie schon mal von einer Höhle hier im Bluntautal gehört?“

„Sie meinen bestimmt die *Bärenhöhle*.“ Seidler trank erneut von seinem Bier und wischte sich dann den Mund an.

Doch die meinte Koslowski nicht. „Nein, darüber habe ich schon im Internet gelesen. Es muss eine Höhle sein, die sich höher im Berg befindet, und es muss sie bereits vor 1945 gegeben haben. Es kann allerdings sein, dass man ihren Eingang zurzeit nicht sieht.“ Er blickte den Gollinger Landwirt fragend an.

Nein, von so einer Höhle habe er noch nie gehört, antwortete er und fragte: „Wie kommen Sie darauf?“

„Der Vater meines Freundes hat darüber geschrieben, und ich wollte sie mir einmal ansehen. Aber wenn ich ganz ehrlich bin, kann es auch sein, dass wir hier an der ganz falschen Stelle sind."

Britta blickte Koslowski skeptisch an, sagte jedoch nichts.

„Sie wissen ja, wie das mit Kriegserinnerungen ist. Manchmal verblassen sie oder sie werden falsch wiedergegeben." Dann fiel Koslowski noch etwas ein. „Gab es damals hier im Tal eigentlich Truppenbewegungen?"

Seidler überlegte kurz, bevor er antwortete. „Nein, davon weiß ich nichts, aber ich bin ja auch erst nach dem Krieg geboren worden, und was ich über diese Zeit weiß, habe ich von den Alten, wenn sie sonntags nach dem Kirchgang am Stammtisch darüber gesprochen haben. Das waren dann meist immer dieselben wiederkehrenden Geschichten."

„Das klingt interessant", schaltete Britta sich erneut ein. „Was wurde denn da so erzählt?"

Seidler winkte gelassen ab. „Allerhand alter Kram. Zum Beispiel, dass der Hitler Angst vor den Bergen gehabt hat und dass er immer nur so getan hat, als wäre er ein Naturbursche."

Britta lächelte ihn auffordernd an, und Seidler sprach weiter. „Und dann haben sie immer viel von der Jagd erzählt und von diesem Sonderling, der immer im Bluntautal und in den Bergen herumgeistert ist und von dem niemand wusste, wer er war."

„Ein Sonderling?" Britta beugte sich vor und kicherte. „So etwas wie ein österreichischer Yeti?"

„Nein", lachte Seidler. „Es war ein junger Mann, der schon bei den erzherzoglichen Jagden aufgefallen war. Die Jäger sollen oft versucht haben, ihn zu fangen, haben ihn aber nie erwischt. Erzherzog Franz soll darüber sehr wütend gewesen sein."

Britta stutzte. „Ist das der Erzherzog Franz, der damals zusammen mit seiner Frau in Sarajevo erschossen wurde?"

„Ich sehe, Sie haben in Geschichte gut aufgepasst, meine Gnädigste. Genau der ist es, und das Attentat hat dann den Ersten Weltkrieg ausgelöst." Er wandte sich wieder Koslowski zu. „Wie gut die Jagd hier mal gewesen sein muss, können Sie unter anderem auch daran sehen, dass sie in der Zeit zwischen den Kriegen von der Familie Krupp gepachtet worden ist."

Tja, dachte Koslowski, mit Geld konnte man sich eben alles leisten. „Wie ging es denn mit diesem Sonderling weiter?", fragte er stattdessen.

„Eines Tages, es muss um 1950 gewesen sein, haben sie ihn dann im Tal gefunden. Er war schwerkrank und total heruntergekommen. Ich war damals zwar noch ein Bub, kann mich aber erinnern, dass die Leute von einem ‚Schlag' gesprochen haben." Als Seidler sah, dass Koslowski ihn erstaunt anblickte, berichtigte er sich sofort. „Also kein Schlag mit einem Knüppel, oder so. Ein Schlaganfall soll es gewesen sein. Auf jeden Fall hat er nicht mehr sprechen können, und so hat man auch nie seinen Namen erfahren."

„Und was ist dann mit ihm passiert?", fragte Britta und blickte Seidler fasziniert an.

„Sie haben ihn nach Golling ins Pfarrhaus gebracht, und der damalige Pfarrer hat ihn zusammen mit seiner Haushälterin gepflegt, bis er gestorben ist. Sein Grab ist auf dem Friedhof neben der Kirche. Aber das sind alte Geschichten und wie sie selber schon sagten: Wer weiß, was davon überhaupt wahr ist."

Koslowski nickte ihm dankbar zu. „Auf jeden Fall bin ich Ihnen für diese Auskünfte sehr dankbar."

Dann unterhielten sie sich noch eine Zeitlang. Unter anderem darüber, dass das dreißig Kilometer entfernte Sankt Johann im Pongau die Partnerstadt der lippischen Zuckerstadt Lage war. Als Seidler herzhaft gähnte und sich erhob, bat auch Koslowski um die Rechnung.

„Ich wünsch' Ihnen viel Glück bei Ihren Nachforschungen", verabschiedete sich der alte Landwirt und verließ das Gasthaus.

Als sie auf ihrem Zimmer ankamen, stellte Britta ihn sofort zur Rede. „Sag mal, da passt doch alles. Die Brücke, die Seen, die Entfernung zum Berghof, die du ausgerechnet hast, und plötzlich sagst du, dass wir hier falsch sind."

„Ich wollte ihn nicht neugierig machen. Je weniger Leute davon wissen, umso besser." Koslowski setzte sich auf die Bettkante. „Ich denke, wir sollten morgen mal einen Spaziergang machen."

„Wieder durch das Tal?" Britta begann sich auszuziehen.

„Ja. Die ganze Sache wird immer spannender." Dann seufzte er nachdenklich.

„Was ist denn?"

„Ich mache mir Gedanken über Naumann", gestand Koslowski.

Sie kletterte hinter ihm aufs Bett und legte ihm die Arme um den Hals. „Mach dir keine Sorgen, ich denke, der wird in Salzburg sein und sich dort betrinken. Wenn ihm was passiert wäre, hätte sich die Polizei bestimmt schon gemeldet." Sie fuhr ihm durch die Haare. „Du wirst sehen, morgen taucht er wieder auf, spätestens dann, wenn ihm das Geld ausgegangen ist."

Koslowski schüttelte zweifelnd den Kopf. „Ich hoffe nur, ihm ist nichts passiert, ich habe da so ein ganz komisches Gefühl."

Zärtlich strich sie ihm über den Nacken. „Wo du gerade von Gefühlen sprichst …"

Koslowski ließ sich nach hinten fallen und zog sie auf sich. „Ich weiß nicht, ob das so eine gute Idee ist", scherzte er. „Ich glaube, morgen werden wir all unsere Kraft brauchen."

Anstelle einer Antwort griff Britta über ihn hinweg und schaltete das Licht aus.

Kapitel 19

Der Mann, über den sich Koslowski Sorgen gemacht hatte, war jedoch nicht in Salzburg, sondern hatte sich bereits am Nachmittag von dem geborgten Geld zwei Flaschen achtzigprozentigen Rum und ein Sechserpack Bier gekauft. An der Kasse hatte er alles mit zitternden Händen in eine Plastiktüte gepackt und dabei versucht, den misstrauischen Blick der Kassiererin zu ignorieren. Das Wechselgeld hatte er dann, ohne es nachzuzählen, in seine Hosentasche gestopft und war froh gewesen, als er endlich wieder draußen war.

Als er an der Kasse hatte warten müssen, war sein Blick auf eine Postkarte gefallen. Darauf war ein kleiner See abgebildet. Auf der Rückseite stand der Name: *Der Egelsee in Golling.* Eher wohl ein Teich, dachte Naumann, aber der Anblick des kleinen Sees ließ ihn nicht mehr los. Er sah so friedlich und einsam aus. Dort würde er es sich bequem machen und sich dann seinem Einkauf widmen.

Vor dem Laden sprach er eine rundliche, ältere Dame an, die gerade von einem Elektrorad abstieg, und fragte sie nach dem Weg. Bis zum See schien es nicht weit zu sein, doch schon nach ein paar hundert Metern hielt er es nicht mehr aus und verdrückte sich in einen Hauseingang. Mit zitternden Fingern drehte er den Verschluss der Schnapsflasche ab und setzte sie an. Der hochprozentige Alkohol rann wie Feuer durch seine Kehle.

Keuchend setzte er die Flasche ab, schnappte nach Luft und wollte sie wieder zuschrauben. Doch dann besann er sich eines Besseren und trank ein zweites Mal.

Es klimperte, als er die Flasche wieder in die Tüte packte und seinen Weg fortsetzte. Es ging nun bergauf, und schon nach kurzer Zeit ging ihm die Luft aus. In Höhe der Parkplatzeinfahrt zum Freizeitbad *Aqua Salza* blieb er erneut stehen und kramte ein Bier aus der Tüte. Nach einem kräftigen

Schluck aus der Dose setzte er seinen Weg leicht schwankend fort und erreichte kurze Zeit später den Abzweig zum *Egelsee.*

Der sah genauso aus wie auf der Postkarte. Klein und rundherum von Hügeln umgeben. Ein idyllischer Ort, und ein Spaziergänger mit seinem Hund war der einzige andere Besucher.

Auf der anderen Seite des kleinen Sees entdeckte er ein paar Bänke, die vermutlich von Musikern bei einem Konzert benutzt wurden. Er trank den Rest aus der Dose und warf sie achtlos ins Gebüsch, während er auf die Bänke zusteuerte.

Es wurde langsam dunkel und er müde. Dieser komische Bauer hatte ihn mit seinem Traktor bis zum Bahnübergang am Feuerwehrhaus mitgenommen und ihm dann den Weg in Richtung Bahnhof gezeigt. Naumann hatte gewartet, bis er abgebogen und verschwunden war, dann hatte er sich auf die Suche nach einem Supermarkt gemacht. Zum Glück war Golling nur eine kleine Marktgemeinde, sodass er nicht lange laufen musste, dennoch hatten ihn die paar Meter und der Weg zum See müde gemacht. Hunger verspürte er keinen. Er konnte sich nicht erinnern, wann er das letzte Mal etwas Anständiges gegessen hatte. Sollte es tatsächlich das Frühstück auf der Raststätte Irschenberg gewesen sein?

Egal, das war jetzt auch nicht wichtig. Wichtig war, dass er einen guten Platz gefunden hatte und seine Hände nicht mehr zitterten.

Vorsichtig stellte er die Plastiktüte neben sich auf den Boden und starrte mit glasigen Augen auf die Seerosen des Teichs. Schöne Gegend, dachte er, aber was sollte er hier? Morgen früh würde er sich auf den Heimweg machen. Sollten sich doch andere darum kümmern, wie diese hässliche Leiche nach Deutschland kam. Er wollte nur noch zurück nach Oerlinghausen. Da würde er dann erst mal ein paar Sachen in Ordnung bringen, sich Arbeit suchen und die Miete bezahlen. Wäre doch gelacht, wenn er das nicht hinbekäme.

Wieder griff er zur Rumflasche und nahm den nächsten Schluck. Dass der hochprozentige Schnaps ihm dabei aus den Mundwinkeln lief, nahm er nicht wahr. Was er wahrnahm, war, dass die Flasche bereits halb leer war, als er sie absetzte. Er wollte sich schon ärgern, doch ein Lächeln huschte über sein Gesicht, als er an die zweite in der Tüte dachte.

Dann verlor er langsam Halt, rutschte von der Bank auf den Boden und lehnte sich an die Sitzfläche an, um nicht umzufallen. Mit gespreizten Beinen und der Flasche in der Hand legte er den Kopf zurück und starrte in den Himmel.

***

Vier Stunden später wachte er wieder auf. Erstaunt schaute er sich um. Wo war er? Ach ja, an diesem kleinen See. Ihm war kalt, und mittlerweile war es dunkel geworden. Der Boden unter ihm war nass und die Feuchtigkeit drang durch seine Hose. Es konnte aber auch sein, dass er sich vollgepinkelt hatte, es wäre nicht das erste Mal.

Sein nächster Blick suchte die Flasche und er stellte mit Erschrecken fest, dass sie ihm aus der Hand gerutscht war.

„Verdammt!"

Der größte Teil des Rums war ausgelaufen. Hastig hob er sie auf und stürzte den Rest gierig hinunter. Dann holte er aus und wollte die leere Flasche in den See werfen, doch sie flog nur einen Meter weit und landete auf dem Weg. Zum Glück hatte er ja noch die andere. Schaukelnd drehte sich sein Kopf zur Seite. Wo war sie nur?

Als er sich mühsam zur anderen Seite umdrehte, sah er sie. Sie stand auf der Sitzfläche der Bank und neben ihr, aufgereiht wie in einem Ladenregal, die fünf Dosen Bier.

Einen Moment lang war er irritiert. Er hatte dunkel in Erinnerung, dass alles in einer Plastiktüte gewesen war. Wann hatte er denn alles ausgepackt, und wo war die verdammte Tüte?

Die wurde ihm in diesem Moment von hinten über den Kopf gezogen …

Kapitel 20

„Sagen Sie mal, sind Sie etwa betrunken?" Aus der Stimme des Mannes war der Ärger deutlich herauszuhören. „Wo sind Sie jetzt?", wollte er in herrischem Ton wissen.

„Regen Sie sich nicht auf, ich hab die Sache voll im Griff." Er stellte seinen Bierkrug zur Seite und fischte in seiner Hemdtasche nach Zigaretten. Mist, die hatte er in seinem Spind in der Gerichtsmedizin vergessen. „Ich bin in Hallein, besser gesagt in Kaltenhausen, im *Hofbräu*."

„Sagen Sie mal, spinnen Sie jetzt komplett?" Dem Mann am anderen Ende der Leitung schien der Kragen zu platzen. „Am besten stellen Sie sich gleich mitten auf den Marktplatz. Ich habe Ihnen doch deutlich gesagt, dass Sie drauf achten sollen, dass niemand in der Nähe ist, wenn Sie mich anrufen."

„Es ist doch auch niemand in der Nähe, ich stehe draußen, vor dem Braugasthof, und bin ganz alleine." Blöder Scheißer, dachte er.

Einen Moment lang herrschte Schweigen, dann folgte eine Frage. Keine Entschuldigung. „Also, was haben Sie Neues für mich?"

Eigentlich sollte ich dir Arschloch überhaupt nichts mehr sagen, dachte der Mann aus der Gerichtsmedizin, doch dann fielen ihm die Umschläge mit dem Geld ein, die er nach jeder Information aus einem toten Briefkasten abholen konnte. Er biss die Zähne zusammen. Was tut man nicht alles für Geld, dachte er und nahm einen weiteren Schluck aus dem Krug.

„Da sind zwei Deutsche in der Gerichtsmedizin gewesen. Die haben sich nach dem Toten erkundigt. Einer von denen sollte der Enkel sein, aber es hat sich herausgestellt, dass er es doch nicht ist." Er hoffte, dass diese Information für seinen Geldgeber wichtig sei, und wartete auf eine entsprechende Reaktion. „Das ist durch einen DNA-Test rausgekommen."

„Gut und weiter?“ Der Mann am anderen Ende fand es nervig, seinem Informanten die Würmer einzeln aus der Nase ziehen zu müssen. „Haben Sie deren Namen? Wissen Sie, wo die wohnen?“

Er bemühte sich, möglichst schnell den kleinen Zettel aus der Hosentasche zu ziehen, auf dem er in einem unbeobachteten Moment die Daten der beiden Deutschen notiert hatte. Ihm waren nur wenige Sekunden geblieben, alle Informationen abzuschreiben, die er auf Kirchleitners Schreibtisch gefunden hatte. Inklusive der Visitenkarte eines gewissen Koslowski. Hastig gab er alles weiter.

„Noch was?“, bellte der Mann am anderen Ende der Leitung.

Leck mich doch, dachte er, sagte aber: „Nein, das ist alles, was ich weiß. Was ist mit meinem Geld?“

Es dauerte keine Sekunde, bis die Antwort kam. „Morgen! Dieselbe Stelle wie beim letzten Mal und derselbe Betrag. Halten Sie weiterhin die Augen auf und rufen Sie mich an, wenn es etwas Neues gibt. Und noch ein kleiner Tipp zum Schluss.“

„Aha, und welcher?“, kam die patzige Antwort.

„Saufen Sie nicht so viel und passen Sie auf, mit wem Sie reden, sonst könnte das schlimme Folgen für Sie haben.“

Du machst mir doch keine Angst, dachte der Mann. „Was sollten das denn für Folgen sein?“ Wieder klang er ziemlich patzig.

„Es könnte immerhin sein, dass sich doch noch jemand für den Unfall mit dem kleinen Mädchen interessiert oder sie plötzlich auf der anderen Seite der Schublade liegen, die Sie normalerweise aufziehen.“

Mit einem Knacken war das Gespräch beendet. Der Spruch hatte gar nicht lustig geklungen, und er war sich sicher, dass mit dem Mann nicht zu spaßen war. Aber egal! Jetzt würde er sich erst mal noch ein Bier gönnen, dann Zigaretten ziehen und morgen das Geld abholen. Leicht verdientes Geld. Insgeheim hoffte er, dass er von dem Mann möglichst lange nichts hörte. Am besten nie mehr.

Kapitel 21

„Guten Morgen, die Herrschaften. Und, haben wir gut geschlafen?" Die Wirtin vom *Göllhof* begrüßte sie vor dem Haus mit einem Lächeln.

Trotz der Sorge um Naumann hatte Koslowski gut geschlafen, und erst die Sonne, die durch die Vorhänge schien, hatte ihn geweckt. Britta hatte sich schlafend in seinen Arm gekuschelt, sodass er noch eine Zeitlang liegen bleiben und über alles nachdenken konnte.

Doch dann wurde es langsam Zeit für das Frühstück, denn sie hatten ja heute noch was vor.

Am offenen Fenster stehend genossen sie die frische Bergluft, doch dann stieg ihnen von unten der Duft von frisch gebrühtem Kaffee und gebratenem Speck in die Nase. Im Frühstücksraum wies ihnen die Wirtin den Weg zu ihrem Frühstückstisch. Bis auf einen anderen Gast war der Raum leer.

Gerade als er seinen Kaffee trinken wollte, meldete sich Koslowskis Handy. Er hörte aufmerksam zu, was ihm der Anrufer mitteilte, dann versprach er Martin Naumann zu informieren, sobald der wieder auftauchte.

Als er auflegte, blickte Britta ihn neugierig an. „Wer war das?"

Koslowski starrte immer noch auf das Handy in seiner Hand und versuchte zu verarbeiten, was er gerade gehört hatte. Erst als Britta ihn leicht am Arm berührte blickte er auf.

„Das war Professor Kirchleitner. Das Ergebnis der DNA-Analyse ist da. Der Tote in der Salzburger Gerichtsmedizin ist nicht Horst Bärwald und kann somit auch nicht der Großvater von Martin Naumann sein."

„Wer ist es dann?" Aber sie revidierte ihre Frage umgehend wieder. „Ach nein, das können sie ja nicht wissen."

Koslowski legte sein Handy auf den Tisch und griff geistesabwesend nach seiner Kaffeetasse. „Ich stelle mir gerade vor, wie Naumann reagieren wird."

„Vielleicht ist er erleichtert, dass es nicht sein Opa ist und er sich nicht um die Leiche und den ganzen Papierkram kümmern muss."

„Da könntest du recht haben." Das waren ja schöne Neuigkeiten am frühen Morgen.

„Reich mir doch bitte mal den Brötchenkorb." Koslowski angelte sich eine Kaisersemmel heraus und schnitt sie auf. „Auf jeden Fall werde ich ihn heute in den Zug setzen und nach Hause schicken. Und zwar sofort, wenn er wieder auftaucht."

Britta biss von ihrer Semmel ab. „Aber wir müssen doch wohl nicht den ganzen Tag hier sitzen und auf ihn warten, oder?"

„Nein, wir hinterlassen eine Nachricht, wo wir sind, und wenn er wieder da ist, sage ich ihm Bescheid." Er zeigte aus dem Fenster. „Ich würde gerne noch mal eine Wanderung durch das Bluntautal machen."

„Das klingt viel besser, als hier rumzusitzen. Außerdem wäre es eine Schande, das schöne Wetter nicht auszunutzen." Britta stand auf. „Ich frage mal unsere Wirtin, ob ich ein paar Scheiben Brot bekommen kann, dann mache ich uns etwas Proviant."

Als sie in die Küche verschwunden war, stand am Nachbartisch ein jüngerer Mann auf und kam zu Koslowski herüber. „Guten Morgen. Bitte entschuldigen Sie die Störung. Ich habe gerade unfreiwillig Ihre Unterhaltung mitgehört und dabei erfahren, dass Sie beide auch aus Deutschland stammen." Er reichte Koslowski die Hand. „Mein Name ist Jens Franke."

„Angenehm, Koslowski. Wir sind aus Lippe, und woher kommen Sie?" Er hatte aus Frankes Stimme keinerlei Dialekt heraushören können.

„Ich komme aus Berlin, stamme aber gebürtig aus der Nähe von Hannover, und Sie machen hier mit ihrer Frau Urlaub?" Franke stützte sich dabei auf der Rückenlehne eines Stuhles ab.

Koslowski nickte. „Könnte man so sagen."

Er musterte Franke. Ungefähr Mitte dreißig, nicht größer als einen 1,75 Meter, blonde Haare und blaugraue Augen. Ein unauffälliger Durchschnittstyp, aber ein sehr sportlicher, denn unter Frankes Hemd erkannte er kräftige Schulter- und Oberarmmuskeln. „Und sie? Machen Sie auch Urlaub?"

Franke lächelte gewinnend. „Ich bin aus zwei Gründen hier. Ich bin Sportlehrer und wollte mich hier mal umsehen, ob dieser Ort etwas für eine Klassenfahrt sein könnte, und bei dieser Gelegenheit kann ich auch gleich noch einem meiner Hobbies frönen, dem Klettern."

Koslowski war sich sicher, dass Franke auch noch in anderen schweißtreibenden Sportarten gut war, und er konnte sich vorstellen, dass es eine Menge Schülerinnen gab, die sich bereits in ihren Lehrer verguckt hatten. Dann kam ihm ein spontaner Gedanke.

„Sagen Sie mal, haben Sie hier schon Bergtouren gemacht?"

„Nein", Franke schüttelte den Kopf, „ich wollte morgen zum Stahlhaus hinauf. Kennen Sie das?"

„Nein, noch nicht, aber ich habe schon darüber gelesen. Ein schwieriger Aufstieg?"

Der Berliner Sportlehrer winkte ab. „Nein, wie ich gelesen habe, geht es eine ganze Zeitlang nur über Schotterpisten, erst später kann man dann zwischen einem Steig und der Schotterstraße wählen. Alles in allem soll es kein allzu schwerer Weg sein, eher eine gute Konditionsübung. Klettertechnik braucht man dafür keine, also eine reine Wandertour."

Koslowski trank seinen Kaffee aus. „Ich hoffe, ich überrumpele Sie mit meiner Frage nicht, aber hätten Sie etwas dagegen, wenn wir Sie morgen begleiten?"

Die Antwort kam prompt. „Nein, ich würde mich sogar freuen, denn alleine macht Wandern nicht allzu viel Spaß. Ich starte aber sehr früh, so gegen acht Uhr, wenn es Ihnen recht ist?"

Er erntete zustimmendes Nicken. „Klar, dann sind wir kurz vor acht hier unten. Gestiefelt und gespornt."

Franke reckte den Daumen in die Höhe und verabschiedete sich. Er war kaum durch die Tür, als Britta mit einem Proviantpaket zurückkehrte.

„Klasse", sagte Koslowski, „bekommst du das für morgen früh, acht Uhr auch hin?"

Britta schaute ihn fragend an.

„Ich habe gerade für morgen eine Wanderung klargemacht. Der junge Mann, der da vorne am Tisch saß", er deutete mit dem Daumen über die Schulter, „will morgen zum Stahlhaus hinauf und hätte nichts dagegen, wenn wir uns ihm anschließen."

„Du wirst mir ja richtig unheimlich, zu Hause entweder auf der Couch oder im *Knispel* und hier plötzlich jeden Tag wandern?" Sie bemerkte sein hintergründiges Lächeln. „Wenn du so schaust, dann hast du doch einen Hintergedanken, oder?"

„Ich glaube, wenn wir als Gruppe wandern, dürften wir nicht so auffallen. Ich meine, wenn wir dabei Ausschau nach der Höhle halten."

Britta setzte sich. „Ich halte es trotzdem für ziemlich aussichtslos. Ich bin immer noch der Meinung, wenn es hier eine solche Höhle gibt, wäre sie sicher längst entdeckt worden. Das hier sind die Alpen und nicht der Himalaya."

Koslowski machte eine abwehrende Handbewegung. „Denk aber bitte daran, dass der Höhleneingang gesprengt worden ist. Vermutlich würde man ihn erst entdecken, wenn man direkt davorsteht, und …" Mitten im Satz brach er ab.

„Was ist?", wollte Britta wissen.

Koslowski kratzte sich nachdenklich am Kinn. „Weißt du, was mir gerade einfällt? Friedrichs Vater schreibt doch in seinem Tagebuch darüber, dass er die Leiche von Horst Bärwald gesehen hat. Allerdings sei ihr Gesicht zerschossen gewesen."

„Ja, aber wenn ich es richtig in Erinnerung habe, dann trug er doch seine Erkennungsmarke und die Uniform“ Britta blickte ihn skeptisch an. „Was meinst du denn?“

„Was wäre, wenn …“, Koslowski war aufgestanden und begann herumzulaufen, „also, was wäre, wenn dieser Einsiedler nicht Bärwald, sondern umgekehrt Bärwald ihn erschossen und dann mit der Leiche die Kleidung getauscht hätte?“ Er blickte Britta nachdenklich an.

Diese spielte plötzlich nervös mit ihrer Halskette. „Das würde bedeuten, dass der Mann, der in der Salzburger Gerichtsmedizin auf Eis liegt, zum Beispiel dieser sonderbare Typ sein kann, von dem Seidler gestern erzählt hat. Dieser Jäger, den niemand kannte. Das würde auch erklären, warum die DNA nicht übereinstimmt, und es hieße, dass Bärwald seine Stelle eingenommen hat, und jetzt …“ Jetzt war es an Britta den Satz unvollendet zu lassen.

Koslowski blieb stehen und beendete ihn: „… und jetzt in dem Grab auf dem Gollinger Friedhof liegt. Genau das würde es bedeuten.“

„Aber warum sollte er das getan haben? Warum sollte er den Jäger erschossen haben?“, wollte Britta wissen.

„Es könnte zu einem Streit zwischen den beiden Männern gekommen sein. Vielleicht wollte Bärwald aber auch alleine fliehen, oder er hatte es auf das Gold abgesehen und sah seine Chance, durch einen Mord seine Identität zu wechseln.“

Britta seufzte. „Oder es war Notwehr“, gab sie zu bedenken.

„Das glaube ich kaum“, widersprach Koslowski. „Nicht bei einem Schuss von hinten.“

„Und was willst du nun tun?“ Sie schaute ihn herausfordernd an.

„Ich würde vorschlagen, wir begeben uns dahin, wo wir alle mal hinmüssen?“

„Und wo ist das?“

Koslowski lächelte. „Auf den Friedhof.“

Kapitel 22

Koslowski hatte im Ortszentrum vor dem *Hauslwirt* einen Parkplatz gefunden und war von dort aus mit Britta in Richtung Kirche gelaufen. Zusammen mit der Burg war sie ein weithin sichtbares Zeichen der kleinen Marktgemeinde. Sie passierten die Bahnhofstraße und gingen entgegen der Einbahnstraße auf die Kirche zu, deren spitzer Turm alle umliegenden Häuser überragte.

Langsam stiegen sie die Stufen hinauf und standen dann vor dem Eingangsportal der Pfarrkirche Golling, die dem heiligen Johannes gewidmet war. Aus der Kirche erklang Orgelmusik.

Koslowski öffnete eine der schweren Türen und ließ Britta galant den Vortritt. Nach ein paar Schritten standen die beiden im Mittelschiff der Kirche. Atemlos bewunderten sie den alten Haupt- und die beiden Seitenaltäre und wurden dabei von den Klängen der Orgel und einem leichten Geruch von Weihrauch eingehüllt.

Hinter sich auf der zweiten Ebene einer Empore konnten sie die Pfeifen der Orgel sehen. Britta schlenderte herum und bewunderte die kunstvoll verzierten Statuen, die auf kleinen Podesten an den Säulen standen.

Vor einer Nische, in der eine Statue der Mutter Gottes mit ihrem Sohn auf dem Schoß stand, brannten ein paar Opferlichter, weitere standen darunter bereit. Britta nahm eines heraus, zündete es an und stellte es neben die anderen. Dann entnahm sie ihrer Handtasche einen Geldschein und steckte ihn in den Opferstock neben der Nische.

Koslowski trat hinter sie und legte ihr eine Hand auf die Schulter. „Bist du plötzlich gläubig geworden?“, fragte er leise.

„Nein, aber ein bisschen göttlicher Beistand kann uns sicher nicht schaden. Außerdem ist das Geld ja für einen guten Zweck.“ Lächelnd drehte sie sich um und gab ihm einen Kuss. In diesem Moment endete das Orgelspiel.

Die beiden kehrten in den Mittelgang zurück und waren schnell wieder in den Anblick des Hauptaltars versunken. Durch zwei rechts und links befindliche Kirchenfenster fiel ein sanftes Licht auf ihn.

Als sie hinter sich Schritte hörten, drehten sie sich um. Koslowski glaubte, einen schwarzen Schatten gesehen zu haben, doch es war nur ein Geistlicher, der mit der für seinen Berufsstand üblichen schwarzen Soutane bekleidet auf sie zu kam.

„Grüß Gott, wie ich sehe, sind auch Sie dem Zauber unserer wunderschönen Kirche verfallen." Der Pfarrer lachte. „Aber seien Sie deswegen nicht besorgt, das geht vielen so, und nicht nur gläubigen Menschen", fügte er noch hinzu.

„Ein wunderschönes Gebäude und außergewöhnlich schöne Kunstwerke", bestätigte Britta. „Allein dieser Altar ist sehenswert."

„Es freut mich, dass er Ihnen gefällt. Der Hochaltar stammt aus dem Jahr 1707. Das Hauptaltarblatt, das die Krönung Marias zeigt, hat Josef Rattensberger gemalt." Der Pfarrer schaute sichtlich stolz auf den Altar. Dann wandte er sich wieder Koslowski zu. „Ich vermute mal, Sie sind hier, um Urlaub zu machen, oder?"

Koslowski musste zwangsläufig grinsen. „Das scheint hier in Golling eine der meistgestellten Fragen zu sein."

„Das liegt daran, dass es hier schon sehr lange Fremdenverkehr gibt und die meisten Besucher deshalb Touristen sind." Der Pfarrer hatte die Hände vor dem Bauch gefaltet. „In letzter Zeit erfreulicherweise auch wieder mehr jüngere Leute. Die kommen häufig zum Wandern und zum Radfahren hierher. Mountainbiker, Sie wissen schon."

„Das hier ist ja auch eine wunderschöne Gegend", bestätigte Koslowski. „Aber ich muss Ihnen gestehen, wir sind noch aus einem anderen Grund hier." Er erzählte dem Pfarrer, worüber ihnen Christian Seidler im *Göllhof* berichtet hatte, bis hin zur Beerdigung des seltsamen Jägers auf dem örtlichen Friedhof.

Das Gesicht des Pfarrers hellte sich immer mehr auf. „Ja, ich weiß, wovon die Rede ist. Das alles hat sich damals noch unter der Amtsführung meines Vorgängers abgespielt. Er hat mir davon erzählt und irgendwie ist es schon seltsam, dass sie nach so vielen Jahren plötzlich erscheinen und sich nach diesem Menschen erkundigen. Was wissen Sie denn über ihn?“

„Wir haben eine Vermutung, wer es sein könnte, aber wir sind uns nicht sicher. Die ganze Sache reicht schon viele Jahre zurück, genau genommen bis zum Ende des Zweiten Weltkrieges.“

Der Pfarrer nickte nachdenklich, dann blickte er die beiden an. „Folgen Sie mir bitte!“, sagte er, drehte sich um und ging in Richtung Ausgang. Koslowski und Britta schauten sich kurz an, dann folgten sie ihm wortlos aus der Kirche. Draußen wandte der Geistliche sich nach links. Direkt neben der Kirche begann der Friedhof. Er war der Hanglage angepasst, und sie folgten einem Schotterweg bergan. Nach einem kurzen Stück Weg passierten sie eine Steinmauer und betraten ein eingefriedetes Gräberfeld. Koslowski sah sich aufmerksam um, doch der Pfarrer durchquerte diesen Teil des Friedhofes recht zügig.

Als sie ihn durch ein Eisentor verließen, sahen sie ein Ehrenmal für die Gefallenen der beiden Weltkriege vor sich. Abgesehen von einem schwarzgekleideten, jüngeren Mann, der soeben einen Blumenstrauß auf eines der Gräber legte, waren sie hier oben ganz alleine.

Der Pfarrer hatte sich unmittelbar hinter der Steinmauer nach links gewandt und war vor einem verwitterten Grabstein stehen geblieben. Hier kniete er nieder und faltete die Hände.

Koslowski und Britta traten hinter ihn und blickten auf den rötlichen Stein, der die Form eines gedrungenen

Kreuzes hatte. Die verwitterte Inschrift konnte man eher erahnen als lesen: *Unbekannter Jäger.*

Die Grabfläche als solche war nur noch durch die Umrandung erkennbar, dazwischen wuchs gepflegter Rasen. In der Mitte stand eine Blumenvase mit einem Strauß frischgepflückter Wiesenblumen.

Langsam und ein wenig mühsam erhob sich der Pfarrer, wischte sich ein paar Grashalme von seiner Soutane und drehte sich dann langsam zu seinen beiden Begleitern um. „Das ist das Grab des Mannes, den Sie suchen.“ Er deutete auf den verwitterten Grabstein. „Mein Vorgänger hat ihn hier oben beerdigen lassen, und die örtlichen Jäger haben damals diesen Grabstein aus Adneter Dolomit gestiftet.“ Der Pfarrer streckte den Arm aus deutete über den Ort hinweg. „Eigentlich hat er von hier oben den schönsten Ausblick“, schmunzelte er.

Genau gegenüber blickte man auf den *Kleinen Göll*, der aus dieser Perspektive den gewaltigeren und massiveren *Hohen Göll* verdeckte. Linkerhand ragte das Tennengebirge auf, und auf der rechten Seite blickte man bis hin zur Roßfeldhöhenstraße, die bereits auf deutschem Staatsgebiet lag.

Einen Moment lang schien der Pfarrer diesen Anblick in sich aufsaugen zu wollen, dann wandte er sich wieder Koslowski zu. „Sie sagten, Sie wüssten womöglich, wer dieser Mann war?“

Statt einer Antwort zog Koslowski eines der Tagebücher aus der Tasche und hielt es dem Pfarrer hin. Es war das, in dem Wilhelm Krameike, den Fund der Leiche seines Freundes Horst Bärwald beschrieb. „Wollen Sie es lesen oder soll ich ihn sagen, was darinsteht?“

„Lassen Sie uns hinunter in die Kirche gehen“, schlug der Geistliche vor, „dort können Sie mir dann alles in Ruhe erzählen.“

***

Eine halbe Stunde später kannte der Gollinger Pfarrer die Geschichte von Wilhelm Krameike und seinem Kriegskameraden Horst Bärwald. Besonders aufmerksam zugehört hatte er, als Koslowski von der DNA-Analyse berichtete, die keine Übereinstimmung ergeben hatte.

„Sie glauben also, dass der Tote, der dort oben liegt“, er deutete hinauf zum Friedhof, „gar nicht der unbekannte Jäger, sondern der deutsche SS-Mann Horst Bärwald ist?“

Eine Sekunde lang sagte Koslowski nichts, dann nickte er. „Ja, es deutet einiges darauf hin, dass er es ist. Es erscheint mir plausibel, dass er den Jäger getötet und dessen Identität angenommen haben könnte. Natürlich konnte er anfangs nicht wissen, wen er da vor sich hatte, aber die jagdliche Bekleidung war sicherlich genauso hilfreich wie die Tatsache, dass er nun über eine Waffe verfügte.“

„Der Leiche könnte er dann im Gegenzug seine Kleidung angezogen und ihr die Erkennungsmarke umgehängt haben, damit alle glauben, er sei tot“, brachte Britta die Zusammenfassung zu Ende.

„Was ja bis heute auch funktioniert hat“, fügte Koslowski noch hinzu. „Aber ich vermute, dass er sein Opfer vor dem Mord noch ausgefragt hat und so an andere wichtige Informationen gekommen ist.“

„An welche denken Sie?“, wollte der Pfarrer überrascht wissen.

„Na, zum Beispiel, wo der Jäger seinen Unterschlupf hatte und ob ihn irgendjemand vermissen würde.“

Britta schüttelte sich bei dem Gedanken, dass Bärwald den Mann überfallen, ihn mit seiner eigenen Waffe bedroht, ausgefragt und dann kaltblütig ermordet hatte.

„Wichtig war auch, dass das Gesicht der Leiche nicht mehr zu erkennen war“, fügte Koslowski hinzu. „Dann könnte er sich eine Zeitlang in den Bergen versteckt gehalten haben.“ Skeptisches Kopfschütteln des Pfarrers ließ ihn aufmerksam werden. „Sie glauben das nicht?“

„Ich weiß nicht", entgegnete der Geistliche, „ob jemand so lange alleine und versteckt leben kann oder will. Ich meine, irgendwann hat doch jeder einmal das Bedürfnis, mit anderen Menschen zu reden, oder glauben Sie nicht?"

Mit dem Tagebuch in der Hand überlegte Koslowski einen Moment lang, dann entschloss er sich dem Pfarrer die ganze Geschichte zu erzählen. „Vielleicht hat er die Zeit genutzt, um nach dieser geheimnisvollen Höhle zu suchen", gab er zu bedenken. „Vielleicht ging es ihm ja auch schon länger nicht gut. Denken Sie nur daran, dass er sich ins Tal geschleppt hat, vielleicht sogar absichtlich, damit man ihn findet und ihm hilft."

Der Pfarrer stand auf und griff sich an die Stirn. „Entschuldigen Sie bitte, ich habe Ihnen gar nichts zu trinken angeboten."

Britta lächelte ihn an. „Ein Glas Wasser wäre tatsächlich nicht schlecht."

Koslowski stimmte dem zu.

Als der Pfarrer mit einer Flasche und zwei Gläsern wiederkam, hatte er bereits die nächste Frage parat. „Wenn Ihr Soldat damals, also im Jahr 1945, Mitte zwanzig war, dann war er bei seinem Tod hier im Pfarrhaus gerade mal fünfzig Jahre alt." Er stellte die Gläser auf der Kirchenbank ab und schenkte ihnen ein. „Der Jäger ist aber doch schon um 1910 aufgetaucht. Gehen wir einmal davon aus, dass er so um 1890 geboren wurde, dann wäre er bei seinem Tod schon um die Sechzig gewesen. Bärwald war aber viel jünger. Meinen Sie nicht, dass das aufgefallen wäre?"

Koslowski schüttelte den Kopf. „Nein, das glaube ich nicht. Richtig gekannt hat ihn keiner, und wenn Bärwald sich damals einen Bart hat wachsen lassen, hat der ihn wahrscheinlich älter erscheinen lassen. Außerdem, wer sollte schon auf die Idee kommen, dass es sich bei ihm nicht um diesen sonderbaren Jäger handelt, denn den kannte doch auch niemand richtig."

„Außerdem haben die Leute damals ohnehin viel älter ausgesehen. Wenn ich mir Bilder von meiner Großmutter ansehe, auf denen sie dreißig ist, kommt sie mir darauf wie eine alte Frau vor“, gab Britta zu bedenken.

Man sah dem Pfarrer an, dass er diese Überlegungen gut nachvollziehen konnte. Eine Zeitlang schwiegen alle und hingen ihren eigenen Gedanken nach.

Der Geistliche war der Erste, der das Schweigen brach. Seufzend erhob er sich. „Ja, ich glaube, es ist soweit“, sagte er leise. „Ich hätte nicht gedacht, dass diese Situation tatsächlich einmal eintritt. Warten Sie bitte hier“, bat er und ließ die beiden allein.

„Was soll das denn jetzt?“, flüsterte Britta, erntete von Koslowski aber nur ein Schulterzucken.

„Keine Ahnung, warten wir ab.“

Ein paar Minuten später erschien der Geistliche wieder und hielt ein in Packpapier eingeschlagenes Päckchen in der Hand, welches mit einem Bindfaden verschlossen war. Er blieb neben der Kirchenbank stehen, blickte noch einmal auf das Päckchen, als wollte er sicher sein, dass er das Richtige tat, und reichte es dann Koslowski.

Dieser nahm es verblüfft entgegen und sah den Pfarrer verständnislos an. „Was ist das?“

„Wie gesagt, ich hätte nie gedacht, dass es einmal dazu kommen würde, aber heute ist es anscheinend tatsächlich soweit.“ Er atmete einmal tief durch, bevor er weitersprach. „Mein Vorgänger, der den Mann dort oben gepflegt und später auch beerdigt hat, gab mir dieses Päckchen, als ich ihn damals ablöste.“ Einen Augenblick lang schien sich der Pfarrer in der Vergangenheit aufzuhalten, dann sprach er weiter. „Mein Amtsbruder sagte mir, dass sein Schützling es ihm kurz vor seinem Tod anvertraut habe. Da er nicht sprechen konnte, habe er ihm in krakeliger Schrift mitgeteilt, dass er einmal demjenigen das Päckchen aushändigen solle, der wisse, wer er, der Unbekannte, sei.“

Seufzend faltete der Pfarrer die Hände vor dem Bauch. „Leider ist mein Amtsbruder auch schon von uns gegangen. Ich hätte ihm nach all den Jahren gerne erzählt, dass doch noch Menschen gekommen sind, die den Mann kannten." Er blickte Koslowski und Britta ernst an. „Sie sind die Ersten, die nach ihm fragen, und ich denke, es kommt auch niemand mehr."

Koslowski blickte ergriffen auf das Päckchen in seiner Hand. Britta sagte kein Wort.

Der Pfarrer bewies, dass er Verständnis besaß. „Ich glaube, ich lasse Sie jetzt damit allein. Das hier ist sicherlich kein schlechter Ort, um sich mit diesem Vermächtnis vertraut zu machen. Wenn Sie mich brauchen, finden Sie mich in der Sakristei."

Nachdem sie sich bedankt hatten und der Pfarrer gegangen war, hockten die beiden noch mehrere Minuten regungslos in der Kirchenbank. Britta hatte ihre Hand auf seine gelegt, und beide blickten stumm auf das braune Packpapier.

„Willst du es nicht aufmachen?", fragte Britta neugierig.

Koslowski schien zunächst unentschlossen, doch dann zog er beherzt die Schleife auf.

Kapitel 23

Er war gerade im Bad, als sein Handy klingelte. Achtlos warf er das Handtuch in das Waschbecken und betrachtete noch kurz seinen muskulösen Oberkörper, bevor er hinüber in den Schlafraum ging. Das hier war zwar nicht das beste Haus am Platze, aber seinen Ansprüchen genügte es, außerdem würde er ja auch nicht lange hier sein. Er schlüpfte mit dem rechten Arm in ein sauberes Hemd und griff nach dem Handy. Während er den Anruf entgegennahm, zog er es komplett an und begann, die Knöpfe zu schließen.

Der Anrufer kam sofort zur Sache. „Ich habe neue Informationen für Sie. Es wird Zeit, dass Sie sich intensiver um diese Sache kümmern. Ich befürchte, uns läuft die Zeit davon. Haben Sie meinen vorherigen Auftrag erledigt?“

Er antwortete, während er seine linke Manschette zuknöpfte. „Aber selbstverständlich, genauso professionell und ohne Zeugen, wie auch alle anderen.“

„Das heißt, Sie haben das Paket besorgt?“

„Ja, ich habe es und kann jederzeit darauf zugreifen. Wir können es also für unsere Zwecke einsetzen.“

Ein zufriedenes Grunzen war die Antwort. „Gut, damit haben wir also schon mal ein Druckmittel in der Hand. Jetzt geht es darum, dass Sie sich um einen anderen Kerl kümmern. Er wird der weitaus Gefährlichere sein. Und dann ist da noch ein Dritter. Ich gebe Ihnen mal seinen Namen durch.“

Er verzichtet darauf, die rechte Manschette zu schließen, ging zum Schreibtisch hinüber und holte sich Papier und seinen goldenen Kugelschreiber. Er schrieb alles mit, dann pfiff er anerkennend. „Der soll auch ausgeschaltet werden?“

„Natürlich, ich bin mir sicher, dass er uns sonst zwangsläufig in die Quere kommen würde.“

„Aber Sie wissen schon, dass Sie dafür eine Extragebühr zahlen müssen, oder? Bei dem Kaliber.“

Der Anrufer hustete. „Geld spielt keine Rolle, wenn wir erst mal im Besitz des Goldes sind, werden wir genug davon haben.“ Er verschwieg dabei jedoch, dass er noch nie die Absicht gehabt hatte zu teilen. Wenn die Drecksarbeit erledigt war, musste man nur noch den Müllmann entsorgen. „Machen Sie Ihre Arbeit, und Sie werden Ihren gerechten Lohn bekommen.“ Ohne ein Wort der Verabschiedung beendete er das Gespräch.

Der Mann im Hemd warf das Handy achtlos auf das Bett und widmete sich seinem Manschettenknopf. Ein grausames Lächeln umspielte seine Mundwinkel. Wie hoch dieser gerechte Lohn ausfiel, würde allein er entscheiden. Er trat ans Fenster und blickte hinaus auf die Salzach.

Kapitel 24

In der Kirche war es still und kühl. Die beiden flüsterten, obwohl sie hier ganz alleine waren. Nachdem er das Paket geöffnet hatte, fiel Koslowski als Erstes ein Brief in die Hand. Die Schrift darin war krakelig, und man ahnte, dass der Verfasser damals sicher große Mühe gehabt hatte, die wenigen Sätze, die sie nun vor sich sahen, zu schreiben.

Viel interessanter als der Brief jedoch war eine handgemalte Karte. Koslowski erkannte darauf den Ort Golling, die Salzach und das Bluntautal. Im Inneren des Bluntautales hatte Bärwald eine bestimmte Stelle markiert. Koslowski war sich sicher, dass dies die Position der Höhle war. Er konnte seinen Blick kaum davon abwenden, wandte sich dann aber wieder dem Brief zu.

„Das kann man ja kaum lesen", sagte er zu Britta. Die hatte die Zeit, in der Koslowski die Karte studierte, zum Lesen genutzt.

„Er schreibt, dass die Karte ein Hinweis auf eine Höhle enthält und dass er hofft, dass einmal der Richtige sie findet."

„Das ist alles?", fragte Koslowski, und deutete etwas enttäuscht auf das Papier in ihren Händen.

Britta schüttelte den Kopf. „Nein, Bärwald schreibt, dass ihm der Mord an dem Jäger leid tue und dass er hoffe, dass Gott ihm verzeiht. Als er nach der Tat noch einmal zur Leiche zurückgekehrt sei, wäre er fast Krameike in die Arme gelaufen. Als der plötzlich panisch floh, habe er gewusst, dass sein Plan mit dem Identitätswechsel aufgegangen war. Aber um sicher zu gehen, dass sein Geheimnis gewahrt bleibt, habe er den Toten dann noch weit in die Berge hinaufgetragen und dort an einem Hang vergraben."

Koslowski hatte aufmerksam zugehört und dabei Text und Karte betrachtet. Dabei biss er sich auf die Unterlippe und überlegte angestrengt.

„Ich vermute mal, dass man dich nun endgültig nicht mehr davon abhalten kann, nach dem Gold zu suchen, oder?“, vermutete Britta.

„Es ist schon erstaunlich, wie gut du mich doch kennst.“ Koslowski strich ihr über die Wange. „Aber du hast recht, es juckt mir in den Finger, auf Schatzsuche zu gehen. Außerdem finde ich, dass ich es Friedrich und, wenn du so willst, auch seinem Vater schuldig bin, danach zu suchen. Und wer weiß, vielleicht springt dabei sogar noch etwas Geld für Naumann heraus. Ich glaube, er könnte es gut gebrauchen.“

„Du meinst für eine Entziehungskur?“ Ihr Lächeln war verschwunden.

„Ja, zum Beispiel.“ Koslowski rutsche aus der Kirchenbank. „Ich werde mich jetzt noch schnell beim Pfarrer bedanken und dann sollten wir sehen, dass wir zum *Göllhof* zurückkommen.“

Auch Britta war aufgestanden und aus der Bank getreten. „Wer weiß“, hoffte sie, „vielleicht ist Naumann ja auch wieder aufgetaucht.“

Koslowski hielt ihr galant den Arm hin, und sie hakte sich ein. Als sie so gemeinsam den Mittelgang hinuntergingen, hätte man sie fast für ein Brautpaar halten können. Doch daran verschwendete in diesem Moment keiner von ihnen einen Gedanken.

***

Ihre Wirtin kam ihnen bereits auf dem Parkplatz entgegengelaufen. Sie schien sehr nervös zu sein.

„In der Gaststube sitzt ein Herr, der Sie sprechen will, und wenn Sie mich fragen, dann sieht er ganz schön amtlich aus.“

Kurze Zeit später standen sie einem äußerst adrett gekleideten Mann gegenüber. Als sie den Schankraum betraten, war er aufgestanden und mit federnden Schritten auf sie zugekommen. Dabei hatte er einen Ausweis gezückt.

„Grüß Gott, mein Name ist Stangassinger. Ich bin vom Landeskriminalamt Salzburg. Gehe ich recht in der Annahme, dass Sie Herr Koslowski sind?“

Der Angesprochene nickte.

„Ich bin mit dem Fall der aufgefundenen Leiche aus den Bergen betraut. Ich hörte, dass Sie auch in der Gerichtsmedizin waren, aber da haben wir uns leider verpasst.“ Er steckte seinen Ausweis weg und räusperte sich. „Ich gehe mal davon aus, dass Sie bereits wissen, dass der Tote nicht der Großvater von Martin Naumann ist, oder?“

„Ja, das hat man mir bereits mitgeteilt. Was kann ich für Sie tun?“

Stangassinger zückte ein Notizbuch. „Sie könnten mir sagen, wo sich Herr Naumann aufhält, ich hätte da noch ein paar Fragen an ihn.“

Koslowski zuckte mit den Schultern. „Das kann ich Ihnen auch nicht sagen. Wir suchen ihn ebenso wie Sie.“ Er deutete auf die Stühle, und alle drei nahmen Platz. „Aber vielleicht kann ich Ihnen ja weiterhelfen?“

Der Kriminalbeamte legte das Notizbuch auf den Tisch und darauf seinen goldenen Kugelschreiber. „Ich bin grundsätzlich an allem interessiert, was mir bei der Identifizierung der Leiche helfen könnte. Wir stehen nun ja wieder ganz am Anfang.“

Koslowski verstand. Klar, alle waren davon ausgegangen, dass der Tote Horst Bärwald war. Er begann von ihren Erkundigungen in der Kirche zu erzählen und davon, dass es bei der Leiche in der Gerichtsmedizin um die Leiche des unbekannten Jäger handelte und Horst Bärwald vermutlich in dessen Grab lag. Er erzählte von Krameikes Tagebuch, verschwieg aber den Fund der Karte und des Briefes. Britta hatte ihm aufmerksam zugehört und kaum merklich, aber zustimmend genickt, als sie merkte, dass er diesen Teil der Geschichte für sich behielt.

Der Kriminalbeamte hatte alles aufmerksam mitgeschrieben und blickte von seinen Notizen auf. „Das klingt sehr interessant und würde eine Menge erklären. Haben Sie sonst noch etwas herausgefunden? Gibt es noch andere Unterlagen?“ Der Polizist war sehr hartnäckig.

Aber auf seine Frage erntete er nur ein Kopfschütteln. Dann riss er ein Blatt aus seinem Notizbuch.

„Ich schreibe Ihnen einmal meine Handynummer auf. Darunter können Sie mich zu jeder Tages- und Nachtzeit erreichen. Ich würde Sie bitten, mich sofort anzurufen, wenn Herr Naumann wieder auftaucht, oder wenn Sie weitere Erkenntnisse haben.“

Er notierte die Telefonnummer und reichte sie Koslowski. „Also noch einmal meine Bitte: Rufen Sie mich umgehend an, wenn es etwas Neues gibt.“

„Und was haben Sie jetzt vor?“, wollte Koslowski wissen.

„Nun, vermutlich werde ich mich zunächst einmal um einen Gerichtsbeschluss zur Exhumierung der Leiche auf dem Friedhof bemühen. Wenn Sie mit Ihrer Vermutung recht haben sollten, dann müsste die DNA dieser Leiche ja mit der von Martin Naumann übereinstimmen.“ Er erhob sich und steckte sein Notizbuch ein. „Damit hätten wir dann zumindest in diesem Punkt Gewissheit.“

Koslowski und Britta begleiteten ihn noch zur Tür und verabschiedeten sich dort.

„Wie lange gedenken Sie noch hierzubleiben?“, wollte Stangassinger zum Abschluss wissen.

„Wir können ja nicht weg, bevor Naumann aufgetaucht ist“, gab Koslowski zu bedenken. „Doch sobald das der Fall ist, werden wir wohl nach Hause fahren.“

Stangassinger nickte. „Das kann ich gut verstehen, was sollen Sie auch noch hier, außer sie wollen unsere schöne Landschaft genießen.“ Lächelnd ging er zu einem dunklen BMW und fuhr in rasantem Tempo davon.

Koslowski sah ihm mit ausdruckslosem Gesicht hinterher. „Der ist mir unsympathisch, ein ganz Aalglatter."

„Ich fand ihn ganz normal, aber sag mal, was machen wir denn jetzt?" Britta blickte ihn fragend an.

„Ich muss mir jemanden suchen, der mir bei der Erkundung der Höhle helfen kann." Koslowski nahm sie in den Arm. „Und dieser Jemand wohnt sogar hier im Haus."

Als Britta ihn verständnislos anblickte, klärte er sie auf. „Ich werde diesen Franke fragen, der scheint Bergerfahrung zu haben, außerdem ist er Deutscher und weiß nichts über die Hintergründe. Er dürfte derjenige sein, dem wir zurzeit am ehesten vertrauen können."

„Na, dann kannst du ihn ja gleich fragen", meinte Britta und deutete auf die Straße, die am Gasthaus vorbei ins Bluntautal führte. Soeben kam Franke joggend aus dieser Richtung.

Als er bei den beiden anhielt, strahlte er sie an. „Das ist ein Wetter, das ist so gut, da könnte man fast zwei draus machen." Dabei lockerte er seine Beinmuskeln.

„Ich vermute mal, das ist auch ein gutes Training für Ihre Bergtouren, nicht wahr?" Koslowski suchte nach einem Aufhänger für seine Bitte.

„Auf jeden Fall. Einmal bis zur Bärenhütte und wieder zurück. Sollten Sie auch mal probieren."

Koslowski winkte dankend ab. „Danke, aber ich glaube, dafür bin ich nicht genug in Form. Aber vielleicht könnte ich Sie zu einer anderen Tour überreden?"

Franke blickte ihn erstaunt an. „Ich dachte, wir wollten morgen früh zusammen zum Stahlhaus oder wollen Sie jetzt etwa den kleinen *Göll* besteigen?", lachte er und deutete auf den Berg hinter sich.

„Nein, es geht um eine Höhle im Bluntautal."

Als Koslowski sah, dass sich Frankes Miene erfreut aufhellte, sprach er sofort weiter. „Es geht dabei nicht um die allseits bekannte *Bärenhöhle*, sondern um eine, deren Eingang schwerer zu erreichen sein dürfte."

Franke war ganz Ohr.

„Außerdem dürfte dieser Eingang zurzeit vermutlich auch noch verschüttet sein."

Die Augen des jungen Mannes blitzten auf. „Mensch, das klingt ja richtig nach Abenteuer. Wie kommen Sie denn auf die Idee, ausgerechnet hier nach der Höhle zu suchen?"

Koslowski strich sich verlegen über das Kinn.

„Das ist eine längere Geschichte. Genau genommen beginnt sie bereits im Zweiten Weltkrieg, aber ich würde vorschlagen, dass wir das nicht hier besprechen, sondern bei einer Tasse Kaffee. Es geht nämlich darum, dass ich sowohl auf Ihre bergsteigerischen Fähigkeiten, als auch auf Ihre Ausrüstung angewiesen bin."

„Wäre der österreichische Alpenverein da nicht der bessere Ansprechpartner?", gab Franke zu bedenken, setzte aber sofort hinzu: „Bitte verstehen Sie mich nicht falsch, es ist nicht so, dass ich kein Interesse hätte."

„Lassen Sie uns reingehen", schlug Koslowski erneut vor. „Wenn ich Ihnen die ganze Geschichte erzählt habe, werden Sie wissen, warum ich mich an Sie gewandt habe." Dabei steuerte er auf die Tür des Gasthauses zu, ließ dort aber Britta und Franke den Vortritt.

Kapitel 25

Kurze Zeit später hatte Koslowski den jungen Berliner in die komplette Geschichte eingeweiht. Franke hatte bis auf wenige Zwischenfragen lediglich zugehört und nur ab und zu genickt.

„Und Sie glauben, dass die Karte zeigt, wo die Höhle liegt?" Dabei blickte er skeptisch auf die alten Unterlagen von Horst Bärwald.

„Die Karte verrät uns auf jeden Fall schon mal den ungefähren Standort, aber es gibt noch einen Hinweis in den Tagebüchern, und ich hoffe, dass der uns den genauen Weg weisen wird."

Franke lächelte die beiden an. „Also, ich bin dabei. Wer könnte zu so einem Abenteuer schon Nein sagen. Ich wollte schon als Kind immer mal auf Schatzsuche gehen."

„Okay, dann würde ich vorschlagen, wir verlieren nicht allzu viel Zeit und treffen uns in einer halben Stunde auf dem Parkplatz. Ich zieh mich schnell um und packe die restlichen Unterlagen zusammen", verkündete Koslowski.

„Und was mache ich?", wollte Britta leicht empört wissen. „Glaubt ihr etwa, ihr klettert in den Bergen rum, und ich sitze hier und drehe Däumchen?"

Koslowski legte ihr besänftigend die Hand auf den Unterarm. „Nein, ich habe mir gedacht, dass du so etwas wie unser Basislager wirst. Ich würde dich gerne bis zu der Stelle mitnehmen, an der wir mit dem Klettern beginnen. Es kann nicht schaden, wenn jemand weiß, wo wir sind und eventuell Hilfe holen kann."

„Das klingt schon besser." Britta schien mit dieser Aufgabe zufrieden zu sein. „Dann würde ich vorschlagen, dass …"

In diesem Moment meldete sich Koslowskis Handy. Erstaunt darüber, wer ihn jetzt wohl anrief, nahm er das Gespräch an.

Seine beiden Tischnachbarn bemerkten, wie er plötzlich blass wurde. Erschrocken blickte er von einem zum anderen und lauschte dabei weiter in das Telefon.

Seine Stimme zitterte, als er zum ersten Mal sprach. „Ja, ich habe Sie verstanden. Aber welche Garantie habe ich, dass Naumann nichts passiert?"

Die Antwort kam prompt und sorgte dafür, dass Koslowskis Stirn noch mehr Falten bekam. „Aber ich muss wissen, wie ich Sie erreiche, wenn …"

Er nahm das Handy vom Ohr und blickte es erstaunt an. „Aufgelegt!"

Britta war kreidebleich geworden. „Wer war das?"

„Keine Ahnung", musste Koslowski zugeben. „Aber dieser Jemand hat Naumann entführt und droht damit, ihn zu töten, wenn wir ihm nicht verraten, wo die Höhle ist. Schließlich hätten wir ja eine Karte davon."

„Woher kann er denn wissen, dass wir die Karte haben?", fragte Britta atemlos.

Koslowski zuckte ratlos mit den Schultern. „Ich habe keine Ahnung, aber der Kerl will nicht nur wissen, wo die Höhle ist, wir sollen auch ein Beweisstück von dort besorgen, damit er sicher sein kann, dass es die richtige ist."

Franke hatte bis jetzt nur sprachlos zugehört. „Das ist doch Wahnsinn. Wer gibt uns denn die Gewissheit, dass der Ihren Freund laufen lässt, wenn er hat, was er will?" Er atmete noch einmal tief durch, bevor er seine weiteren Bedenken aussprach. „Und wer gibt uns die Gewissheit, dass er uns nicht umlegt, wenn er hat, was er will?"

In Koslowskis Hirn arbeitete es fieberhaft.

„Es ist so wie immer, der oder die Erpresser sitzen am längeren Hebel, und man selber kann nur auf ihre Forderungen eingehen oder das Leben der Geisel gefährden." Er blickte Franke unsicher an. „Wenn Sie jetzt aussteigen wollen, hätte ich dafür vollstes Verständnis."

„Was ist denn mit der Polizei?“, entgegnete Franke. „Könnten wir denn nicht Polizeischutz anfordern?“

Koslowski dachte kurz darüber nach, ob er sich an Stangassinger wenden sollte, verwarf diesen Gedanken dann aber wieder. „Davor hat er mich auch gewarnt. Taucht irgendwo ein Polizist auf, stirbt Naumann. Nein, notfalls muss ich es eben alleine versuchen.“

„Kommt gar nicht infrage“, fuhr Britta dazwischen. „Ich gehe auf jeden Fall mit.“

„Ich sagte ja eben bereits, dass ich zu einem solchen Abenteuern schlecht Nein sagen kann. Ich helfe Ihnen also.“

Dankbar legte Koslowski Franke die Hand auf die Schulter. „Glauben Sie mir, ich weiß das sehr zu schätzen, denn ohne Ihre alpinen Fähigkeiten wäre ich vermutlich aufgeschmissen.“

„Dann sollten wir nicht länger warten. Wie sollen Sie denn Kontakt mit dem Anrufer aufnehmen, wenn wir fündig geworden sind?“, wollte Franke noch wissen.

„Gar nicht. Er hat gesagt, dass er sich meldet, wenn wir wieder draußen sind.“

„Das würde bedeuten, dass wir unter Beobachtung stehen“, vermutete Franke.

Britta sah sich erschrocken um. „Mein Gott, das wäre ja schrecklich. Dann würde er ja jeden Schritt kennen, den wir machen.“

Koslowski hatte sich erhoben. „So ist es wohl, aber im Moment können wir dagegen wenig unternehmen. Wenn wir Naumann retten wollen, wird uns nichts anderes übrigbleiben, als zu tun, was der Anrufer verlangt.“ Er blickte seine beiden Verbündeten an. „In dreißig Minuten auf dem Parkplatz?“

Beide nickten.

Ein Goldschatz gegen das Leben eines Alkoholikers, dachte Koslowski, doch dann überkam ihn das schlechte

Gewissen und er verbesserte sich: Ein Goldschatz, um das Leben eines Menschen zu retten. Für ein Menschenleben war kein Goldschatz zu groß.

Immer vorausgesetzt, es gab ihn überhaupt.

Kapitel 26

Koslowski wurde das Gefühl nicht los, ein Déjà-vu-Erlebnis zu haben, als sie immer tiefer in das Bluntautal hineinfuhren. Er fühlte sich in die Zeit zurückversetzt, die Wilhelm Krameike in seinem Tagebuch beschrieben hatte. Er ließ den Wagen gemächlich rollen und betrachtete aufmerksam die Landschaft auf beiden Seiten des Weges.

Franke saß auf dem Beifahrersitz und hatte seinen Rucksack vor sich auf dem Schoß.

„Wie weit mag es noch sein?“ Die Frage kam vom Rücksitz.

Koslowski fuhr eine Steigung hinauf. „Du wirst dich noch etwas gedulden müssen, mein Schatz, wir müssen noch ein ordentliches Stück tiefer ins Tal. In den Tagebüchern stand ja, dass die LKW ziemlich weit reingefahren sind.“

Dann sprach eine Zeitlang niemand im Wagen, und erst als der Gasthof *Bärenhütte* in Sicht kam, meldete sich Franke wieder zu Wort. „Wollen wir von hier aus laufen oder noch weiterfahren?“

„Im Tagebuch stand etwas von einer Steinbrücke, über die sie gefahren sind, und von einem Bach, den sie überquert haben. Ich vermute mal, das dort ist die Brücke.“

Koslowski deutete auf das alte Steingeländer, an dem eine Steintafel an ihre Erbauung im Jahre 1927 erinnerte. Vorsichtig steuerte er den Geländewagen über die schmale Brücke. Ihm lief ein kalter Schauer über den Rücken, als er daran dachte, dass Friedrichs Vater hier vor über siebzig Jahren ebenfalls drübergefahren war.

Als Nächstes durchquerten sie einen Bachlauf. „Genau wie im Tagebuch beschrieben“, flüsterte Britta atemlos vom Rücksitz. „Langsam wird es mir unheimlich.“

Franke sagte gar nichts.

„Geben Sie mir bitte mal die Karte, sie befindet sich im Handschuhfach“, forderte Koslowski ihn auf. Gleichzeitig fuhr er rechts ran.

„Sie sprachen noch von einem anderen Hinweis auf die Lage der Höhle.“ Franke blickte auf die Karte, die Koslowski vor dem Lenkrad ausgebreitet hatte.

„Ich glaube, den werden wir erst erkennen, wenn wir fast dort sind. Wir müssen noch ein ganzes Stück weiter“, verkündete Koslowski und drückte ihm die Karte wieder in die Hand.

***

„Hier müsste es sein“, verkündete er eine Viertelstunde später und stellte den Motor ab. Dann stieg er aus und deutete auf die Felswand zu ihrer rechten Seite. „Immer vorausgesetzt, dass Bärwalds Karte stimmt.“ Er wandte sich Britta zu. „Willst du hier am Wagen warten oder noch bis zur Felswand mitkommen?“

„Auf keinen Fall bleibe ich alleine hier!“, antwortete sie sofort. „Wer weiß, ob wir nicht auch hier schon beobachtet werden?“ Verängstigt blickte sie sich um. „Ich komme auf jeden Fall mit.“

Franke hatte mittlerweile die Ausrüstung ausgeladen, und Koslowski verschloss den Wagen.

„Dann mal los“, sagte er und warf sich seinen Rucksack über die Schultern.

Hintereinander verließen sie die Schotterstraße und marschierten durch das unwegsame Gelände in Richtung des Berges. Zwischen Buschwerk und Bäumen konnte man das helle Glitzern von Wasser erkennen, begleitet vom typischen Plätschern eines Gebirgsbaches. Immer wieder mussten sie meterhohen Felsblöcken ausweichen.

Koslowski verließ langsam die Kondition, da das Gelände immer steiler anstieg, je näher sie der Felswand kamen.

Er trat zur Seite und ließ Franke den Vortritt. Der junge Berliner marschierte zügig an ihm vorbei und übernahm die Führung.

Nach einiger Zeit waren sie am Fuße der Felswand angekommen. Sie nahmen ihre Rucksäcke ab, und Franke packte seine Kletterausrüstung oben darauf. Dann steckte er die Hände tief in seine Hosentaschen und schaute sich skeptisch um.

„Es ist schon komisch, wenn man das Gefühl hat, ständig beobachtet zu werden."

Koslowski hatte seine Hände auf seine Oberschenkel gestützt und rang immer noch nach Atem. Er war überhaupt nicht mehr im Training. Wie oft hatte er sich in der letzten Zeit schon vorgenommen, mal wieder Sport zu machen? So eine Aktion wie diese hier führte ihm seine körperliche Unzulänglichkeit mal wieder deutlich vor Augen.

Als er sich zu Britta umwandte, bemerkte er, dass sie im Gegensatz zu ihm relativ fit wirkte. Ihre wöchentlichen Besuche im Fitnessstudio schienen sich positiv auszuwirken. Vielleicht werde ich langsam auch einfach zu alt, dachte Koslowski und drückte mühsam den Rücken durch.

Franke trat auf ihn zu und deutete auf die Felswand. „Und Sie meinen, dass wir richtig sind?" Er ließ den Blick langsam an der Wand hinaufgleiten. Plötzlich stutzte er. „Da!" Er deutete in die Höhe. „Verdammt, es sieht so aus, als hätten Sie recht."

Koslowski und Britta folgten seinem Blick, und dann sahen sie ihn auch. Ein alter, verrosteter Haken mit einem Ring daran, der in etwa fünf Metern Höhe aus dem Fels ragte.

„Ich bin mir sogar ziemlich sicher", sagte Koslowski und deutete seinerseits nach oben. „Da, der Adler-Felsen."

Britta trat hinter ihn und blickte an seinem Arm entlang nach oben.

Dann sah sie ihn auch. Ein Felsen, der die Form eines sitzenden Adlers hatte. Besonders ausgeprägt waren der

Kopf und der gebogene, für Greifvögel typische Schnabel. Er sah genauso aus, wie Krameike ihn in seinem Tagebuch beschrieben hatte.

„Tja, ich schätze, hier müssen wir rauf", seufzte Koslowski voller Unbehagen. Franke konnte seinen Blick nur mühsam von der auffälligen Steinskulptur lösen. „Hätte nie gedacht, dass wir das hier finden", flüsterte er fasziniert, dann riss er sich zusammen. „Also gut, machen wir uns auf den Weg." Er begann, seinen Rucksack auszupacken.

„Du weißt Bescheid", sagte Koslowski und fasste Britta bei den Schultern. „Du bleibst in der Nähe und wartest, bis wir wieder unten sind. Such dir ein Versteck und bleib in Deckung, wenn jemand auftaucht. Und sieh zu, dass du möglichst weit weg von der Felswand bist, falls etwas runterfällt."

Besorgt zeigte sie ihm ihr Handy. „Wir haben hier keinen Empfang. Wie soll ich euch denn warnen, falls jemand kommt?"

„Am besten gar nicht, mach sie bloß nicht auf dich aufmerksam. Von da oben dürften wir einen guten Überblick haben und müssten eigentlich sehen, wenn hier unten was los ist."

„Und wie geht es weiter, wenn ihr da oben das Gold wirklich finden solltet?"

„Ich habe keine Ahnung. Vermutlich werden wir dann mal wieder improvisieren müssen. Aber ehrlich gesagt kann ich es mir einfach nicht vorstellen, dass wir hier wirklich auf einen Goldschatz stoßen, trotz der ganzen Hinweise, die wir haben." Als er ihren bangen Blick bemerkte, gab er ihr schnell einen Kuss. „Keine Sorge, bis jetzt ist es ja immer noch gutgegangen."

Britta lächelte gequält. „Ja, aber manchmal habe ich Angst, dass dich dein Glück auch mal verlassen könnte." Koslowski sah Tränen in ihren Augen aufsteigen.

„Komm schon! Wer nicht wagt, der nicht gewinnt. Und außerdem sind wir es Naumann schuldig. Denk nur daran, welche Angst er im Moment haben dürfte. Und um deiner Frage gleich zuvorzukommen, nein, es gibt keine Sicherheit dafür, dass sie ihn am Leben lassen, wenn sie haben, was sie wollen. Trotzdem – wir müssen alles versuchen."

Britta nickte verständnisvoll und drückte ihn an sich. „Passt bitte auf euch auf!"

In diesem Moment trat Franke neben sie und reichte Koslowski einen Klettergurt. „Ich wäre dann soweit."

An seinem Gürtel hingen bereits Kletterhaken und ein Hammer. Ein langes, rotes Seil hatte er sich quer über den Oberkörper geschlungen. Nachdem Koslowski etwas umständlich in den Klettergurt gestiegen war, reichte ihm Franke einen Helm.

„Wenn es nicht so gefährlich wäre, könnte man wirklich lachen. Ihr seht tatsächlich wie richtige Bergsteiger aus." Britta rang sich ein mühsames Lächeln ab.

Franke befestigte ein weiteres Seil an Koslowskis Klettergurt und legte ihm dann eine Hand auf die Schulter. „Machen Sie genau, was ich Ihnen sage!"

Als er ein Nicken erntete, drehte er sich um und ging zur Felswand. Dort reckte er noch einmal optimistisch den Daumen in die Höhe, dann begann er zu klettern.

***

Koslowski war froh, als Franke ihn am Klettergurt ergriff und auf das kleine Plateau zog. Er konnte gut nachvollziehen, wie froh auch Wilhelm Krameike damals gewesen sein musste, als er hier oben angekommen war.

Einen Moment lang blieb Koslowski noch auf allen Vieren und schnappte nach Luft. Die Kletterpartie hatte ihm nicht nur den Schweiß aus den Poren, sondern auch erneut die Luft aus den Lungen getrieben. Er war sich sicher, dass er es ohne Frankes Hilfe niemals bis hierauf geschafft hätte. Doch jetzt waren sie zum Glück endlich oben.

Langsam hob er den Kopf und erblickte einen großen Haufen von Steinen, die den Höhleneingang versperrten. Er erinnerte sich an die Sprengung, von der Krameike geschrieben hatte und überlegte, ob sie überhaupt in die Höhle kommen würden. Dann drehte er sich langsam um und setzte sich.

Hier oben bot sich ihm ein fantastischer Ausblick. Über das Bluntautal hinweg blickte er auf das gegenüberliegende Hagengebirge. Koslowski hatte die Namen der umliegenden Berge auf einer Wanderkarte im *Göllhof* gelesen.

Als er sich vorbeugte und nach unten blickte, war er froh, dass er saß. Er litt zwar nicht unter Höhenangst, aber eine gut zweihundert Meter steile Felswand hinunterzublicken war nicht ganz ohne.

Franke stand neben ihm und hämmerte soeben einen weiteren Kletterhaken in eine Felsspalte. Dann ergriff er Koslowskis Seil und knotete es daran fest.

„Damit Sie nicht abstürzen, wenn Sie sich hier einen Fehltritt erlauben", kommentierte er lachend und bückte sich dann, um den Hammer in seinem Rucksack zu verstauen. Dabei rutschte seine Vliesjacke ein Stück hoch und gab den Blick auf seinen Hosenbund frei. Daraus ragte, deutlich sichtbar, das Griffstück einer Pistole hervor.

Koslowski brach der Schweiß aus. Was für eine Laus hatte er sich denn da in den Pelz gesetzt? Konnte man auf dieser Welt niemandem mehr trauen? Wie sollte er sich denn jetzt verhalten?

„Sehen Sie mal hier!" Franke deutete auf die Steine, die den Eingang versperrten. „Für mich sieht es so aus, als hätte sie jemand aufgestapelt. Haben Sie nicht von einer Sprengung gesprochen?"

Koslowski nickte nur, noch immer verwirrt vom Anblick der Waffe.

„Aber dafür sieht es zu symmetrisch aus. Ich wette, vor uns war schon jemand in der Höhle." Franke griff nach einem Stein und hob ihn über den Kopf. So kam er langsam auf Koslowski zu. „An Ihrer Stelle, würde ich von der Kante weggehen.“

Koslowski kam mühsam auf die Beine und presste sich seitlich an den Fels. In diesem Moment warf Franke den Stein knapp über die Kante in die Tiefe. „Wollen Sie mir nicht helfen?“

Einen Moment lang standen sich beide abwartend gegenüber. Koslowski überlegte, ob er Franke jetzt angreifen sollte, verwarf diesen Gedanken aber, denn bei einem Kampf auf dem kleinen Plateau wäre jeder Fehltritt tödlich. Außerdem war Franke ihm körperlich überlegen. Nein, er musste auf eine bessere Gelegenheit warten.

Vielleicht ergibt sich in der Höhle eine bessere Gelegenheit, dachte er und begann, Franke beim Freilegen des Eingangs zu helfen. Auch der schien zu spüren, dass Koslowski misstrauisch geworden war, und so arbeiteten sie schweigend, ließen sich dabei aber gegenseitig nicht mehr aus den Augen.

Nach ein paar Minuten hatten sie eine Öffnung geschaffen, durch die man in die Höhle kriechen konnte. Franke zog seinen Rucksack heran und griff hinein. Koslowski hielt die Luft an, bis er sah, dass Franke zwei Helmlampen herauszog. Nachdem er Koslowski eine gereicht hatte, nahm er seinen Helm und befestigte sie daran. Koslowski machte es ihm nach. In diesem Moment kam Franke auf ihn zu und hob die Hand.

Jetzt geht es los, dachte Koslowski. Er spannte alle Muskeln an, doch Franke blieb kurz vor ihm stehen und lächelte nur.

„Stopp!“, forderte er.

„Was ist?“ Koslowski wartete immer noch auf den Angriff.

„Ihre Lampe ist nicht eingeschaltet. Ohne Licht werden Sie in der Höhle nicht viel sehen.“

Koslowski atmete erleichtert auf. Die verdammte Lampe hatte er ganz vergessen. Trotzdem hatte er ein mulmiges Gefühl, als Franke an ihn herantrat, um sie einzuschalten.

Als sie brannte, machte Franke eine einladende Geste in Richtung Höhleneingang. „Bitte nach Ihnen!“ Sein Blick blieb dabei beharrlich auf Koslowski gerichtet.

Dieser zögerte, doch als er sah, dass Franke immer noch keine Anstalten machte, nach der Waffe zu greifen, atmete er noch einmal durch und trat dann vor das Loch. Während er hineinleuchtete, bemerkte er, wie sich plötzlich seine Nackenhaare aufrichteten. Würde das hier sein Grab sein?

Er sah in einen schmalen Gang, von dessen Decke Wasser tropfte und dessen Wände feucht glänzten. Auf der linken Seite eine verrostete Lampe, fünf Meter weiter die nächste. Der Schein seiner Helmlampe traf nach ungefähr zehn Metern auf eine Felswand, die den Gang versperrte.

Das konnte doch nicht sein, oder? Dann erkannte er jedoch, dass dies nicht das Ende der Höhle war, sondern vor ihr ein Gang nach rechts abzweigte. Wenn er wissen wollte, ob sich das Gold noch in der Höhle befand, gab es keinen anderen Weg, als durch das Loch zu steigen und nachzusehen.

Beherzt trat er einen Schritt vor, wurde aber im selben Moment brutal festgehalten. Als er sich erschrocken umsah, sah er Franke hinter sich stehen und grinsen.

„Mit dem Sicherungsseil am Klettergurt werden Sie nicht weit kommen. Warten Sie, ich löse es.“

Verdammt, das Sicherungsseil hatte er auch vergessen. Als er spürte, dass der Zug nachließ, stieg er mit einem Bein durch die Öffnung und stand kurz darauf in der Höhle.

Die Luft war feucht und stickig. Der Boden bestand aus losem Gestein und fiel von der Höhlenöffnung aus nach hinten ab, doch er konnte ohne Probleme aufrecht stehen. Vorsichtig ging er weiter. Als er sich dem Abzweig näherte, bemerkte er, dass hinter ihm nun auch der Lichtschein von

Frankes Lampe über die Wände huschte, denn der war soeben auch durch das Loch gestiegen. Koslowski blieb stehen und drehte sich dann langsam um. Hatte Franke schon die Waffe gezogen?

Der war stehen geblieben und fixierte nun seinerseits Koslowski. Ein paar Sekunden lang standen sie sich lauernd gegenüber. Das Licht des einen beleuchtete das Gesicht des anderen.

„Was ist los, worauf warten Sie?“, wollte Franke wissen. „Sind Sie denn nicht neugierig?“

Statt einer Antwort nickte Koslowski nur, drehte sich wieder um und folgte dem weiteren Verlauf der Höhle.

Als er den Abzweig erreichte, atmete er noch einmal durch, dann blickte er vorsichtig um die Ecke.

Da waren sie!

Der Lichtkegel seiner Lampe fiel auf einen Haufen ehemals feldgrauer Holzkisten, die, bedingt durch die feuchte Luft, mittlerweile mit einer Schicht weißen Schimmels überzogen waren. Ihm fiel sofort auf, dass sie nicht mehr so ordentlich aufgestapelt waren, wie Krameike es beschrieben hatte, und auch die Abdeckplane fehlte. Als er sich umsah, bemerkte er sie neben den Kisten. Auch sie war über und über mit Schimmel bedeckt und hob sich kaum noch vom grauen Boden ab.

Koslowski schätzte, dass es ungefähr zwei Dutzend Kisten waren. Teilweise war das Holz schon sehr angegriffen, doch auf zweien von ihnen konnte er immer noch deutlich Hakenkreuze erkennen und auf einer den verblassten Schriftzug: *Eigentum des Führers*.

Aber warum waren die Kisten nicht mehr ordentlich gestapelt und die Plane nicht mehr drauf? Sollte sich Huber, als er zum Schluss nur noch alleine hier oben war, nochmal daran zu schaffen gemacht haben? Und wenn dies der legendäre Goldschatz Adolf Hitlers war, hätten es dann nicht mehr Kisten sein müssen? Koslowski betrachtete sie genauer und schätzte sie auf etwa sechzig Zentimeter Länge, dreißig Zentimeter Breite und zehn bis fünfzehn Zentimeter Höhe. Sicher, da würden schon eine Menge Barren reinpassen, dachte er, aber irgendwie hatte er sich das alles hier bedeutend größer vorgestellt.

In diesem Moment hörte er, wie hinter ihm der Hahn einer Pistole gespannt wurde.

„Damit wären wir also am Schatz angekommen, und ich kann mir lebhaft vorstellen, dass jeder Mensch bei so viel Gold auf dumme Gedanken kommen könnte. Warum also nicht auch Sie?“

Koslowski drehte sich langsam um und blickte auf die Waffe in Frankes Hand. Sie zielte mitten auf seinen Brustkorb.

„Das sagt der Richtige.“ Er deutete auf den Haufen Kisten. „Was wollen Sie?“

Franke lachte kurz und trocken auf.

„Die gleiche Frage könnte ich Ihnen auch stellen. Angeblich sind Sie doch nur hier, um diesen Naumann zu retten, aber ist das der wahre Grund?“ Franke bedeutete ihm durch einen Wink mit der Waffe, näher an die Kisten heranzutreten. „Aber vielleicht sind Sie ja auch nur hinter dem Gold her und ihr Freund ist Ihnen egal.“

Als er mit einem Fuß an eine der Holzkisten stieß, blieb Koslowski stehen. „Warum hätte ich Sie dann mitnehmen sollen?“

„Weil Sie ohne mich nicht bis hierhin gekommen wären, und wissen Sie was? Ich bin mir noch nicht mal sicher, ob Sie nicht sogar mit dem Entführer unter einer Decke stecken.“

„Wie bitte?“ Koslowski glaubte, sich verhört zu haben. „Wie kommen Sie denn jetzt darauf?“

„Wer sagt mir denn, dass sie kein doppeltes Spiel spielen? Vielleicht haben Sie ja nur einen Dummen gesucht. Einen, von dem sie später gegenüber ihren Komplizen behaupten können, er habe sie überrumpelt und sei dann mit dem Gold abgehauen. Das wäre doch die ideale Ausrede, nachdem sie mich abserviert und das Gold woanders versteckt haben.“ Franke blickte Koslowski dabei in die Augen, blieb aber weiterhin auf sicherem Abstand zu ihm.

„Aber ganz egal, was der Grund ist, langsam wird es Zeit, dass wir die Sache zu Ende bringen“, dabei hob er langsam die Waffe höher, bis die Mündung auf Koslowskis Stirn zeigte. „Aufmachen!“

Koslowski bewegte sich nicht.

„Aufmachen habe ich gesagt!“ Frankes Ton wurde schärfer, und er machte mit dem Lauf der Waffe eine schnelle Bewegung in Richtung der Kisten.

Langsam, ohne Franke aus den Augen zu lassen, ging Koslowski in die Hocke und versuchte eine der Kisten zu sich heranzuziehen, doch sie war so schwer, dass er sich hinknien und auf sie kriechen musste. An ihrem Holzdeckel war ein Überwurf aus Metall befestigt, der über einen Bügel hing. Der wiederum war an der Kiste befestigt. Gesichert war das Ganze mit einem Vorhängeschloss.

„Wird's bald?“ Franke wurde langsam ungeduldig.

Als Koslowski das Schloss in die Hand nahm, klappte es plötzlich auf. Er stutzte, weil es nicht verschlossen war. Ein schneller Blick auf die anderen zeigte ihm, dass an einigen anderen sogar offene Vorhängeschlösser hingen. Andere hingegen hatten noch nicht mal welche.

„Los!“ Franke wedelte erneut mit der Waffe. „Machen Sie endlich auf!“

Koslowski griff nach dem Schloss und hakte es aus dem Bügel. Nachdem er es achtlos hatte fallen lassen, wollte er den Deckel mit einer Hand aufklappen, doch der war so schwer, dass er mit beiden Händen zugreifen musste. Koslowski atmete noch einmal durch, dann stemmte er den Deckel hoch.

Kapitel 27

Koslowski wusste nicht, worüber er mehr überrascht sein sollte. Darüber, dass die Kiste vor ihm leer war, oder darüber, dass Franke die Waffe sinken ließ und zu lachen begann.

Koslowski blickte noch einmal in die Kiste und erkannte jetzt, warum sie so schwer war. Die größere Holzkiste war nur die äußere Ummantelung einer Metallkiste.

Diese wiederum war innen rundherum mit Bleiplatten ausgekleidet. Er erinnerte sich, dass Krameike über die Kisten geschrieben hatte, dass sie *schwer wie Blei* gewesen seien.

Auf dem Boden des länglichen Innenraums bemerkte er an den Seiten zwei exakt eingepasste hölzerne Böcke. Diese wiederum wiesen in regelmäßigen Abständen halbrunde Ausfräsungen auf, welche mit grünem Filz ausgeschlagen waren. Die passenden Gegenstücke dazu fand er auf dem Boden neben der Kiste. Er hob sie auf und legte sie auf die Kiste. Zusammen ergab das runde Aussparungen, in denen etwas Rundes und Längliches gelegen haben musste, das leicht zerbrechlich gewesen sein musste. Er hatte schon mal irgendwo gesehen, dass in solchen Haltern Glasphiolen oder Reagenzgläser gelegen hatten, aber warum dann das Blei? Ihm schoss der Begriff Radioaktivität durch den Kopf. Was hatte das alles mit dem Schatz Adolf Hitlers zu tun?

„Man kann förmlich sehen, wie es in Ihrem Kopf arbeitet." Franke war zwei Schritte zurückgetreten, hatte sich an die Höhlenwand gelehnt und hielt die Waffe nur noch lässig seitlich neben dem Körper. „Aber keine Sorge, ich kann Ihnen das Denken abnehmen. Das sagenumwobene Führergold hat es nie gegeben. Weder in Tunneln noch in Seen, geschweige denn in einer Höhle wie dieser. Es ist und bleibt nur ein Hirngespinst."

„Und was ist dann das hier?" Koslowski deutete auf die Kisten. „Was war hier drin? Was war so wertvoll, dass man es hier oben versteckt hat und dafür Menschen sterben mussten?“

Franke griff in die Tasche und zog eine Packung Zigaretten hervor. Er schüttelte sich eine heraus und steckte sie sich in den Mund, dann tauschte er die Schachtel gegen ein Feuerzeug. Sicherheitshalber alles mit einer Hand, ohne die Waffe loszulassen. Nachdem er einen tiefen Zug genommen hatte, steckte er die Schachtel wieder in die Tasche und tauschte sie gegen ein kleines Etui. Mit einer lässigen Handbewegung warf er es Koslowski zu.

Dieser fing es auf und blickte Franke fragend an. „Was soll ich damit?“

„Klappen Sie sie auf!“, sagte Franke durch den Rauch seiner Zigarette.

„Sie sind vom Bundeskriminalamt?“ Sicherheitshalber warf Koslowski einen zweiten Blick auf den Dienstausweis.

„Ja, und wie Sie sehen, ist mein Name auch nicht Jens Franke, sondern Matthias Ritter.“ Er ließ die Zigarette fallen und trat sie aus. Der Rauch zog unter der Decke entlang und auf Koslowski zu.

„Sie wissen also tatsächlich, was hier drin war?“

Der BKA-Mann nickte bedächtig. „Sagen wir mal so: Wir waren uns ziemlich sicher, haben aber erst jetzt Gewissheit.“

Er entspannte den Hahn der Waffe und ging in die Hocke. „Vor einiger Zeit ist bei einer Auktion ein Schriftstück aufgetaucht, in dem von einer geheimnisvollen Aktion, die mit diesen Kisten hier zu tun hatte, die Rede war.“ Er machte eine knappe Kopfbewegung in ihre Richtung. „Meine Kollegen in Österreich haben dieses Schreiben kurz zu Gesicht bekommen und uns darüber in Kenntnis gesetzt. Irgendwann tauchte in diesem Zusammenhang dann plötzlich die Bezeichnung *Führergold* auf.“

Koslowski setzte sich und lehnte sich an den Fels in seinem Rücken. Aufmerksam hörte er Franke zu.

„Unsere Historiker haben aber schon immer vermutet, dass es bei dieser Aktion nicht um Gold ging, sondern um etwas anderes."

„Und was ist nun in den Kisten gewesen?" Koslowski wurde langsam ungeduldig, er wollte endlich wissen, welcher Art von Schatz er da nachgejagt war.

Ritter blieb ihm die Antwort auch nicht lange schuldig. „Nach Meinung unserer Spezialisten handelte es sich dabei um ein kurz vor Kriegsende entdecktes Medikament. Das wiederum soll jemand mal als ‚für den Führer so wertvoll wie Gold' beschrieben haben. Möglicherweise ist der Name also so entstanden."

Koslowski lachte bitter auf. „Kopfschmerztabletten für den Führer?"

„Nein, es ging um eine Art Wunderdroge. Haben Sie schon mal etwas von *Pervitin* gehört? Auch bekannt als *Panzerschokolade*, *Stuka-Tabletten*, *Hermann-Göring-Pillen* oder *Fliegermarzipan*. Das Mittel diente dazu, Angstgefühle zu dämpfen sowie Leistungs- und Konzentrationsfähigkeit bei Soldaten, Fahrzeugführern und Piloten zu steigern."

Als Koslowski verneinte, klärte Ritter ihn auf. „Deutsche Pharmakologen hatten 1933 ein Mittel entdeckt, das extrem aufputschend wirkt. Es bekam den Namen *Pervitin* und gehört zur Gruppe der Methamphetamine. Heute würden man es auch als *Crytal Meth* oder einfach nur als *Meth* oder *Ice* bezeichnen. Die Temmler Werke in Berlin stellten das *Pervitin* dann ab 1938 her, und einer der größten Abnehmer war die Wehrmacht, die wiederum setzte es vor allem vermehrt vor und ab dem Frankreichfeldzug ein."

Koslowski blickte in die leere Kiste. „Irgendwo ganz hinten in meinem Gehirn regt sich etwas, ich glaube, ich habe mal etwas darüber gelesen, dass Hitler angeblich drogensüchtig gewesen war."

„Das stimmt. Auch viele Führungskräfte des Deutschen Reiches haben es seinerzeit genommen, und sogar Heinrich

Böll sagt man nach, dass er süchtig danach gewesen sein soll." Ritter lächelte. „Im Zusammenhang mit dem *Pervitin* und Ihnen gibt es übrigens eine skurrile Begebenheit. Die besagten Temmler Werke wurden nämlich im Jahre 1917 von Kommerzienrat Hermann Temmler in Ihrer Heimatstadt Detmold gegründet. Ab 1919 fusionierten sie mit der *Vereinigte Chemische Fabriken GmbH* in Detmold zu den *Vereinigten Chemischen Fabriken H. Temmler* und im Jahre 1923 wurde der Geschäftssitz dann nach Berlin verlegt."

„Davon habe ich noch nie gehört", bekannte Koslowski freimütig.

„Bis zu sechzig Millionen Pillen sollen damals verteilt worden sein. Man sagt, dass gegen Ende des Krieges ein Großteil der Wehrmacht süchtig nach dem Zeug war und dass die Wirkung bei längerer Nutzung nachließ. Daher beschloss man, weiter zu forschen." Das BKA schien seine Hausaufgaben ordentlich gemacht zu haben, denn Ritter fuhr fort. „Es gab dann eine Versuchsreihe, deren Produkte man mit einem Buchstaben und den römischen Zahlen von 1 bis 10 bezeichnete. Diese Präparate wurden unter anderem an Häftlingen des KZ Sachsenhausen unter menschenunwürdigen Bedingungen getestet. Dazu ließ man sie zum Beispiel mehr als achtzig Stunden mit Rucksäcken voller Steine auf dem Rücken über alle möglichen Untergründe marschieren, um zu sehen, wie lange man so etwas unter dem Einfluss der neuen Drogen durchhalten konnte." Franke machte eine Pause, der Gedanke an diese Grausamkeiten schien ihn immer noch zu schockieren. „Am Ende war das Mittel mit dem Namen D IX das Beste aus dieser Versuchsreihe."

„Hat es denn noch Auswirkungen auf den Krieg gehabt?", wollte Koslowski wissen.

„Nein", Ritter schüttelte den Kopf, „es kam zu spät. Wir glauben aber, dass Hitlers Leibarzt, Theo Morell, damals eine größere Menge davon zum Berghof hat kommen lassen“, er deutete auf die leeren Kisten, „und es scheint so, als ob wir mit unserer Vermutung richtig gelegen haben. Das Schreiben aus der Auktion deutete darauf hin, dass man dann kurz vor Kriegsende versucht hat, das angebliche Wunderpräparat in Sicherheit zu bringen.“

„Aber so wie es aussieht, wusste noch jemand davon und hat es sich unter den Nagel gerissen.“ Wie zur Bestätigung seiner Worte klopfte Koslowski auf den Deckel der leeren Holzkiste. Dann kratzte er sich grübelnd am Kinn. „Allerdings können nicht allzu viele davon gewusst haben. Ich persönlich kenne nur zwei Leute: Horst Bärwald, der auf dem Gollinger Friedhof liegt, und Wilhelm Krameike, der ebenfalls tot ist.“

„Es kommt also darauf an, wer von damals noch am Leben ist oder das Geheimnis weitergegeben hat“, fügte Ritter hinzu. „Auf jeden Fall haben wir selbst im BKA darüber nur im kleinsten Kreis gesprochen. Die ganze Sache läuft hier in Österreich sogar offiziell immer noch als Suche nach dem Gold des Führers.“ Er rieb sich mit der Hand durchs Gesicht. „Aber das ist jetzt nebensächlich, wir sollten sicherheitshalber noch die anderen Kisten kontrollieren und dann zusehen, dass wir hier rauskommen.“

„Und was erzählen wir Naumanns Entführer?“ Koslowski wälzte sich auf die Knie und kroch auf die anderen Kisten zu. Er und Ritter öffneten weitere, fanden darin aber nichts.

„Am besten wäre es, wenn wir so tun, als hätten wir tatsächlich Gold gefunden. Ich wette, wir werden beobachtet, und man kontrolliert, ob wir etwas aus der Höhle mitbringen. Warten Sie einen Moment.“ Ritter steckte die Waffe wieder zurück in den Hosenbund und verschwand in Richtung Höhleneingang.

Koslowski hatte die letzte Kiste geöffnet und wollte sie bereits wieder schließen, als er ein Kettchen mit einem Anhänger aus Metall entdeckte. Er holte ihn heraus und betrachtete ihn im Schein seiner Lampe. Im selben Augenblick wusste er, wessen Eigentum er in der Hand hielt. Als er hörte, dass Ritter wieder zurückkam, ließ er ihn unauffällig in der Tasche verschwinden.

Ritter warf ihm einen der nun leeren Rucksäcke zu. „Los, packen Sie ein paar Bleiplatten hinein, da sieht dann so aus, als hätten wir tatsächlich Goldbarren in unseren Rucksäcken. Vielleicht können wir sie damit ja täuschen."

Koslowski blickte ihn skeptisch an, begann dann aber den Rucksack zu füllen. Er glaubte nicht, dass es klappte, aber es war immerhin eine Chance, Naumanns Leben noch zu retten.

„Aber eines müssen Sie mir noch erklären", verlangte er. „Wie sind sie auf Naumann und mich gekommen?"

Ritter packte den nächsten Bleibarren ein. „Ganz einfach, als man herausfand, wer der tote Soldat und wer sein letzter Angehöriger war, haben wir angefangen, Martin Naumann zu observieren und so sind Sie dann zwangsläufig ebenfalls unter Beobachtung genommen worden." Dann hob er seinen Rucksack probeweise an.

„Davon habe ich nichts bemerkt", gestand Koslowski.

„Na, zum Glück, ansonsten hätten wir uns auch unser Lehrgeld zurückgeben lassen können."

Kapitel 28

Koslowski wollte soeben die Höhle verlassen, als Ritter ihn plötzlich am Arm ergriff und daran hinderte. Gleichzeitig hielt er sich einen Finger vor die Lippen. Aufmerksam glitt sein Blick durch die Öffnung in den Himmel. Plötzlich streckte er den Arm aus und zeigte in eine bestimmte Richtung.

Koslowski musste zweimal hinsehen, bis er sie entdeckte. Zweihundert Meter von ihnen entfernt schwebte eine Drohne. Vor den grauen Felsen war das weiße Fluggerät kaum auszumachen, nur das charakteristische Summen ihrer vier Rotoren, welches vom Wind herübergetragen wurde, verriet sie.

„Verdammter Mist!", fluchte Ritter. „Wir sollten zusehen, dass wir so schnell wie möglich runterkommen." Er kletterte durch das Loch auf das Plateau, und kaum, dass Koslowski neben ihm stand, hakte er auch schon das Seil in dessen Klettergurt. Dann half er ihm den schweren Rucksack auf den Rücken zu heben.

„Wir können nur hoffen, dass wir schneller unten sind, als der oder die Entführer am Fuße des Berges eintreffen."

Für Koslowski kam nun der schlimmste Augenblick. Ritter hatte ihm bereits bei ihrer Abfahrt am *Göllhof* erklärt, wie er sich beim Abseilen verhalten sollte. Langsam ging er rückwärts bis an den Rand des Plateaus, nur durch das Seil gesichert, das am Haken neben der Felsspalte hing. Unter anderen Umständen hätte er es sich dreimal überlegt, ob er sich rückwärts über den Abgrund lehnen sollte, doch jetzt und hier blieb dafür keine Zeit. Langsam und vorsichtig gab er Seil nach und lehnte sich weiter nach hinten. Augenblicklich hatte er das Gefühl, dass ihn das Gewicht des Rucksacks in die Tiefe reißen würde. Er gab noch etwas Seil nach und drückte sich dann widerstrebend so weit von der Wand ab, bis er in Rückenlage, die Beine gegen den Berg gestemmt, im Seil hing.

„Los weiter!“, kommandierte Ritter.

Koslowski begann sich abzuseilen. Jedes Mal, wenn er sich mit den Füßen vom Felsen abstieß und gleichzeitig Seil nachließ, fiel er ein ganzes Stück nach unten. Es funktionierte erstaunlich gut, und die Angst verschwand. Die Fallstrecken wurden immer länger.

„Nicht so schnell!“, erreichte ihn Ritters Warnung von oben.

Koslowski traute sich nun auch nach unten zu sehen, um festzustellen, ob er dort bereits erwartet wurde. Er war sicher, dass ihn dort ein ungleicher Kampf erwarten würde, denn die einzige Waffe, die er bei sich hatte, war sein Taschenmesser.

Er war noch ungefähr zwanzig Meter über dem Boden, als er sah, wie eine Person zwischen den Fichten hervortrat, doch es war nicht Britta, sondern ein Mann. Koslowski hoffte, dass seine Freundin so clever war, in ihrem Versteck zu bleiben.

Vor dem Bauch des Mannes hing eine Fernbedienung, in einer Hand hielt er einen Revolver. Nur einen Moment lang hatte Koslowski die Hoffnung, dass sie unerwartete Hilfe bekommen hatten.

Denn als er sah, wie Oberleutnant Stangassinger Britta aus den Fichten heraus vor sich herschob und ihr dabei die Waffe an die Schläfe drückte, war ihm klar, wer ihr Gegner war. Abrupt stoppte er seine Talfahrt.

„Nun kommen Sie schon“, hörte er Stangassinger gehässig rufen. „Lassen Sie Ihre Freundin nicht so lange warten.“

Koslowski dachte krampfhaft nach, was er tun konnte. Ritter war noch weit über ihm und wenn er selber erst einmal auf dem Boden war, dürfte Stangassinger mit ihm und Britta vermutlich kurzen Prozess machen. Er musste also sofort handeln!

Er wechselte das Seil in die linke Hand und griff mit der rechten in die Jackentasche. Noch während er das Taschenmesser herausholte, klappte er es bereits auf und trennte mit einem schnellen Schnitt, den waagerechten Brustgurt seines Rucksacks durch. Dann schlüpfte er mit dem rechten Arm aus dem Schultergurt und trennte im gleichen Atemzug den linken Schultergurt durch.

Wie ein Stein fiel der schwere Rucksack von seinen Schultern in die Tiefe. Koslowski ließ das Messer fallen, löste das Seil und rauschte dem Rucksack hinterher.

Stangassingers Fehler war, dass er sich eine Sekunde lang hatte ablenken lassen. Britta hatte versucht sich loszureißen und er hatte darauf reagieren müssen. Erst im letzten Augenblick sah er den fallenden Rucksack und stieß sie von sich weg. Er selber warf sich reaktionsschnell zur Seite, verlor auf dem schrägen Hang aber den Halt und rollte ein paar Meter hinunter. Noch bevor er sich aufrappeln konnte, kam Koslowski mit einer harten Landung auf dem Boden an und hakte sofort das Seil aus dem Karabiner seines Klettergurtes.

„Lauf!“ Im selben Moment, in dem er Britta anschrie, rannte er auf Stangassinger zu. Der lag mit dem Kopf hangabwärts auf dem Rücken und musste sich erst umdrehen, bevor er aufstehen konnte. Koslowski war nur noch einen Meter von ihm entfernt, als er es endlich auf die Knie schaffte und sofort die Waffe hochriss.

„Bleib stehen, du Drecksau!“, fluchte Stangassinger wütend. Aus einer Schnittwunde an seiner Stirn tropfte Blut auf seine beigefarbene Lederjacke.

Koslowski biss die Zähne zusammen. Verdammt, er war so nah dran gewesen.

„Bleib, wo du bist!“, zischte Stangassinger durch die zusammengebissenen Zähne und kam mühsam auf die Beine. Sein Blick huschte nur ganz kurz zum Rucksack hinüber und sofort fixierte er wieder Koslowski.

Auch der hatte zum Rucksack hinübergesehen und mit Erstaunen festgestellt, dass er noch intakt war. Stangassinger wusste also noch nicht, dass er nur mit Blei gefüllt war.

„Los, weg vom Rucksack!“, fauchte der und drohte dabei mit der Waffe. Dann trat er ein paar Schritte zur Seite und ging neben dem Rucksack in die Hocke. Mit der linken Hand wischte er sich ein blutiges Rinnsal ab, das ihm ins Auge lief. Vorsichtig und ohne ihn aus den Augen zu lassen, tastete er blindlings nach den Verschlüssen von Koslowskis Rucksack.

Dem blieb nichts anders übrig, als wehrlos dazustehen und zuzusehen. Wenn der angebliche Landeskriminalbeamte erst einmal sah, was sich im Rucksack befand, war sein Leben keinen Pfifferling mehr wert – und Britta drohte das gleiche Schicksal.

Der Oberleutnant hatte einen der Verschlüsse geöffnet und fummelte gerade den zweiten auf. Ohne den Blick von Koslowski abzuwenden, griff er in den Rucksack und bekam einen der Bleibarren zu fassen. Er zog ihn heraus und hob ihn sich lächelnd vors Gesicht.

Im selben Moment wusste er, dass Koslowski ihn betrogen hatte. Sein Gesichtsausdruck verwandelte sich in Sekundenbruchteilen von Erstaunen über Enttäuschung zu Wut – und Koslowski blickte in eine von Hass verzerrte Fratze.

Stangassinger hob wortlos die Waffe.

In diesem Moment ertönte ein markerschütternder Schrei – und ein Schuss fiel.

Britta war auf sie zugesprungen, und Ritter hatte, noch während er am Seil heruntergerutscht kam, auf Stangassinger geschossen.

Die Kugel traf den Oberleutnant in der rechten Schulter und riss ihn herum. Er zog zwar noch den Abzug seiner Waffe durch, aber das geschah nur aus Reflex. Ungezielt prallte sein Geschoss gegen einen Felsbrocken und sauste jaulend davon.

Während Koslowski Britta entgegenstürzte, um sich schützend vor sie zu werfen, kam Ritter auf dem Boden an.

Stangassinger war wieder auf den Beinen und floh. Mehr rutschend als laufend, schlitterte er den steilen Abhang hinunter.

„Hinterher!“, schrie Ritter, der sich krampfhaft bemühte von seinem Seil loszukommen.

Koslowski ließ Britta stehen und rutschte nun ebenfalls den Abhang hinunter. Stangassinger verschwand bereits zwischen kleinen, buschigen Fichten. Dabei sah Koslowski, dass dessen rechter Arm lang am Körper herunterhing. Ritters Kugel hatte anscheinend seine Schulter zerschmettert. Koslowski stürzte sich in die Fichten, blieb dann aber sofort stehen. Stangassinger war verschwunden!

Im selben Moment hörte er es rechts von sich knacken. Er sah, wie Stangassinger hinter einem der mehrere Meter hohen Felsblöcke verschwand und rannte hinterher. Als er ihn umrundete, fiel zwar ein Schuss, doch die Kugel schlug hoch über ihm im Felsblock ein.

Koslowski sah, dass Stangassinger noch einmal krampfhaft versuchte, mit der linken Hand auf ihn zu zielen, es dann aber aufgab und stattdessen weiter flüchtete. Sofort nahm er die Verfolgung wieder auf. Dabei behielt er Stangassingers Hand mit der Waffe ständig im Blick, bereit, jederzeit in Deckung zu gehen.

Der Kriminalbeamte rannte weiter, bis er den kleinen Bachlauf erreichte. Mittendrin blieb er stehen und hob erneut die Waffe. Koslowski warf sich bereits zur Seite, bevor der Schuss fiel. Wieder hatte Stangassinger schlecht gezielt und viel zu hastig abgedrückt. Doch er nutzte den dadurch entstandenen Zeitvorteil und rannte weiter, während Koslowski noch dabei war, sich mühsam wieder aufzurappeln. Im selben Moment spürte er einen stechenden Schmerz in der Schulter, weil er beim Sprung auf einem dicken Stein gelandet war.

Zwar nahm er mit zusammengebissenen Zähnen sofort wieder die Verfolgung auf, doch Stangassinger war in diesem unwegsamen Gelände, voller Büsche und Sträucher, aus seinem Blickfeld verschwunden.

Koslowski hielt sich mit einer Hand die schmerzende Schulter, während er in Richtung Schotterstraße lief. Er ging davon aus, dass Stangassinger zu seinem Wagen laufen würde. Vor sich, zwischen den Bäumen, erkannte er bereits das helle Grau des Schotters.

Vollkommen außer Atem kam er auf der Straße an und blickte nach links und rechts. Kein Auto! Keine Spur von Stangassinger! Verdammt, wo steckte der?

Vielleicht hatte er seinen Wagen viel weiter unterhalb geparkt und war die Straße dann ein längeres Stück hochgelaufen. Das würde auch erklären, warum sie ihn nicht hatten kommen hören. Wenn er mit seiner Überlegung richtiglag, dann war Stangassinger sicherlich gar nicht erst bis zur Straße gelaufen, sondern hatte sich bereits vor ihr nach links gewandt, um den Wagen ungesehen zu erreichen.

Vorsichtig versuchte Koslowski, seinen Arm zu bewegen, ließ es aber, als ihn ein heftiger Schmerz in der Schulter zusammenzucken ließ. Hoffentlich ist nichts gebrochen, dachte er, dann umklammerte er die lädierte Schulter wieder und lief die Schotterstraße bergab. In diesem Moment hörte er einen Motor aufheulen. Aber nicht vor, sondern hinter ihm!

Als er herumfuhr, sah er einen schwarzen BMW auf sich zurasen. Vollkommen überrascht von der Tatsache, dass Stangassinger doch oberhalb von ihnen geparkt hatte, war er für einen Moment lang wie gelähmt.

Der Motor des BMW lief auf Hochtouren, und seine Reifen wirbelten jede Menge Staub und Steine auf, als er leicht ins Schlingern kam. Hinter der Windschutzscheibe konnte er Stangassinger Gesicht erkennen. Er grinste hämisch und hielt unerbittlich auf ihn zu.

Koslowski stand mitten auf dem breiten Schotterweg und überlegte fieberhaft, zu welcher Seite er sich werfen sollte.

Aber eigentlich war diese Überlegung egal, denn er wusste, dass er es bis zum keinem der rettenden Fahrbahnränder schaffen würde. Dafür war die Straße zu breit und Stangassingers Wagen zu schnell.

In diesem Moment sah er, wie Stangassinger Kopf im Wagen plötzlich nach rechts ruckte, so als hätte er einen Schlag dagegen erhalten. Im selben Moment riss er das Lenkrad nach rechts und augenblicklich kam der BMW von der Fahrbahn ab. Bereits nach wenigen Metern war die Fahrt zu Ende, denn der BMW war frontal gegen eine der dicken Fichten am Straßenrand gerast.

Wie in Zeitlupe sah Koslowski, dass die Airbags auslösten und einen Wimpernschlag später schallte das widerliche Geräusch von zerreißendem Blech und splitterndem Glas zu ihm herüber. Genau in dieser Sekunde wurde ihm klar, dass er überleben würde.

Aber warum war Stangassinger plötzlich von der Straße abgekommen?

Als er die Straße hinaufsah, bemerkte er Matthias Ritter, der aus einem Gebüsch am Fahrbahnrand trat und die Waffe in beiden Händen haltend auf das Autowrack zulief.

Augenblicklich wusste Koslowski, wem er sein Leben zu verdanken hatte. Ritter war es tatsächlich gelungen, Stangassinger in dem Moment zu treffen, als der an ihm vorbeiraste. Dafür gab es zwei Möglichkeiten, entweder war Ritter ein hervorragender Schütze oder er hatte sagenhaftes Glück gehabt. Koslowski war egal, was der Grund war.

Nur langsam überwand er seine Starre und setzte sich in Bewegung. Als er zusammen mit Ritter am Wagen ankam, griff der BKA-Beamte gerade hinein und drehte den Zündschlüssel um. Augenblicklich ging der Motor aus, nur der Ventilator des zerborstenen Kühlers lief noch einen Moment mit schleifendem Geräusch nach. Aus der zusammengestauchten Motorhaube stieg weißer Dampf auf. Dann herrschte mit einem Schlag wieder Stille im Tal, die nur vom Zischen des auslaufenden Kühlwassers gestört wurde, das auf den heißen Auspuff tropfte.

Immer noch atemlos blieb Koslowski vor dem Autowrack stehen. Da die Windschutzscheibe zersplittert war, konnte er nicht in den Innenraum blicken. „Ist er tot?“, fragte er Ritter.

Der drehte sich zu ihm um und nickte. „Ja, und das ist auch gut so, denn sonst wären Sie es.“

Koslowski trat seitlich an den Wagen und blickte hinein. Ritter hatte Stangassinger genau in die Schläfe getroffen. Durch den Aufprall war er auf den Beifahrersitz geworfen worden und hatte dabei das Lenkrad mitgerissen. Da er nicht angeschnallt gewesen war, hatte sich sein Körper beim Aufprall um die Mittelkonsole gewickelt und lag nun halb im Fußraum. Aus dem Wageninneren stank es verdächtig nach Benzin und Öl.

Als er sich endlich von dem grausigen Anblick losreißen konnte, bemerkte er, dass Ritter den Kofferraum des BMW geöffnet hatte und fassungslos hineinschaute. Koslowski ging zu ihm und wusste sofort, warum der BKA-Mann so erschrocken aussah.

Im Kofferraum lagen zwei Leichen!

Einer von ihnen hatte man eine Plastiktüte über den Kopf gezogen. Ihre Hände und Arme waren mit Klebeband eng am Körper befestigt und auch Beine und Füße waren damit stramm umwickelt worden. Verschnürt wie ein Paket, schoss es Koslowski durch den Kopf. Aber auch ohne die Tüte über dem Kopf wusste Koslowski, wen er vor sich hatte, denn die schmuddelige Jeansjacke und die abgelaufenen Schuhe gehörten eindeutig Martin Naumann.

Die andere Leiche kannte er nicht. Sie stand jedoch im völligen Gegensatz zu der von Naumann. Ein sehr gepflegt aussehender Mann von Ende vierzig, schätzte Koslowski. Aufgrund seiner dunklen, leicht gelockten Haare und dem trotz der Leichenblässe noch immer gut erkennbaren braunen Teint, vermutete er, dass es sich um einen Südländer handelte. Das einzig Hässliche an dem Mann war der Einschuss in seiner Brust, der nicht nur seinen grauen Anzug, sondern auch sein Leben ruiniert hatte.

Betroffen deutete Koslowski auf die beiden Leichen. „Das hier ist Martin Naumann. Den anderen kenne ich nicht."

Ritter seufzte traurig. „Aber ich." Dann beugte er sich vor und tastete das Sakko des Toten ab, bis er fand, wonach er gesucht hatte. Er zog eine kleine, schwarze Mappe hervor, klappte sie auf und hielt sie Koslowski hin.

„Das kann doch nicht sein, oder?" Er blickte fassungslos auf den darin befindlichen Ausweis, dann wieder auf den Toten im Kofferraum. „Oberleutnant Stangassinger? Ich dachte, der da wäre Stangassinger gewesen", dabei deutete er auf den Toten im Fahrgastraum.

Ritter schüttelte betrübt den Kopf.

„Nein, der Mann da vorne ist Bruno Martens, ein Auftragsmörder. Das hier ist …", er deutete auf die Leiche im Kofferraum und verbesserte sich traurig, „war mein Kollege, der echte Oberleutnant Franz-Josef Stangassinger vom Landeskriminalamt Salzburg."

In diesem Moment erreichte auch Britta die Straße, sah sich kurz um und stürzte dann auf sie zu. Koslowski ging ihr erleichtert entgegen.

„Was bin ich froh, dass dir nichts passiert ist." Sie küsste ihn, immer noch atemlos, auf den Mund und blickte dann zum Wagen. „Was ist passiert?"

„Geh besser nicht hin", riet Koslowski ihr, als sie Anstalten machte, darauf zuzugehen. Zärtlich legte er ihr seinen gesunden Arm um die Schultern und führte sie weg.

Kapitel 29

Keine halbe Stunde später wimmelte es im ansonsten ruhigen Bluntautal nur so von Polizei. Ritter war es, ein paar hundert Meter von der Unfallstelle entfernt, endlich gelungen, mit seinem Handy Empfang zu bekommen und die Sicherheitskräfte zu informieren.

Wiederum dreißig Minuten nach den ersten Streifenwagen traf eine schwarze Mercedes-Limousine ein, deren Kennzeichen verriet, dass es sich auch dabei um ein Dienstfahrzeug handelte.

Dem Fond des Wagens entstieg ein Mann, der zwar groß und sehnig war, aber dessen Gesicht und graue Haare verrieten, dass er sicherlich bereits weit über sechzig war. Auf dieses Alter schätzte Koslowski den Mann im modernen Trachtenanzug, der zielstrebig auf die Unfallstelle zuging. Sein selbstbewusstes Auftreten verriet, dass es sich bei ihm um einen höhergestellten Beamten handelte. Als er auf das Wrack des BMW zuging und ihn einer der uniformierten Beamten daran hindern wollte, wurde der von seinem Kollegen dezent zurückgehalten und bekam gleichzeitig etwas zugeflüstert. Auch die beiden Männer in den weißen Spurensicherungsanzügen machten ehrfürchtig Platz, als er einen Blick in das Fahrzeug werfen wollte.

Dann trat ein Beamter hinzu, dessen Dienstgradabzeichen auf der Uniform erkennen ließen, dass er hier die Verantwortung trug. Mit leisen Worten und ein paar dezenten Gesten setzte er den Mann im Trachtenanzug über alles in Kenntnis.

Ohne eine Miene zu verziehen, betrachtete er die Leiche von Bruno Martens und ging dann weiter zum Kofferraum. Auch der Fotograf, der hier gerade bei der Arbeit war, trat respektvoll zur Seite. Da der Zivilist mit dem Rücken zu ihm stand, konnte Koslowski sein Mienenspiel nicht erkennen, sah aber, dass er den Kopf schüttelte und dabei resigniert die Schultern sinken ließ. Einen Moment lang verharrte er in dieser Position, dann seufzte er tief und drehte sich um. Der andere Beamte deutete auf Britta und Koslowski. Letzterer stach, so verdreckt und blutig, wie er aussah, deutlich aus der Masse der Anwesenden heraus. Zielstrebig kam der Mann im Trachtenanzug auf sie zu. Als Erstes wandte er sich an Britta.

„Gnädige Frau?“ Er deutete einen Handkuss an. „Mein Name ist Neuwohner, Oberregierungsrat Neuwohner. Ich bin beim österreichischen Innenministerium. Freundlicherweise hat mich die zuständige Polizeidienststelle umgehend informiert. Ich kann Ihnen gar nicht sagen, wie froh ich bin, dass es Ihnen, den Umständen entsprechend, gutgeht. Mindestens genauso erschüttert bin ich jedoch über den Tod von Oberleutnant Stangassinger und von Herrn Naumann.“

„Ich bin auch froh, dass wir noch am Leben sind“, antwortete die Rechtsanwältin und warf Koslowski einen vielsagenden Blick zu.

An ihn wandte sich Neuwohner als Nächstes. „Ich bin sehr froh, dass Sie es ziemlich unversehrt überstanden haben, Herr Koslowski.“ Dabei deutete er auf dessen ramponierte Kleidung und die vielen kleinen Wunden im Gesicht und an den Händen, die Büsche und Sträucher bei der Verfolgung verursacht hatten.

Koslowski bedankte sich bei ihm, doch als Neuwohner in die Tasche griff, ein silbernes Etui hervorzog und ihm eine Zigarette anbot, lehnte er ab. „Vielen Dank, ich bin jetzt seit zwanzig Jahren clean, aber Herrn Ritter würden Sie damit bestimmt eine Freude machen.“

Der Oberregierungsrat blickte zur Seite, als Matthias Ritter sich zu ihnen gesellte. Bis dahin hatte er sich noch mit einem Beamten der österreichischen Polizei unterhalten. Als Neuwohner ihm das Zigarettenetui entgegenhielt, nahm er das Angebot lächelnd an.

„Vielen Dank, mein Name ist Matthias Ritter. Ich bin Kriminalhauptkommissar und arbeite für das Bundeskriminalamt in Wiesbaden."

Neuwohner wollte ihm gerade Feuer geben, stutzte aber, als er hörte, welcher Dienststelle Ritter angehörte. Verwundert schüttelte er den Kopf.

„Das deutsche BKA ermittelt bei uns in Österreich, und wir wissen nichts davon?" Er wartete, bis Ritters Zigarette brannte, dann klappte er sein Feuerzeug zu und steckte es wieder weg.

„Nach meinem Kenntnisstand ist Ihr Ministerium darüber informiert worden", entgegnete Ritter und inhalierte den Zigarettenrauch tief in seine Lungen.

„Soso", antwortete Neuwohner ein wenig verärgert, „na, da werde ich wohl im eigenen Hause mal auf den Busch klopfen müssen. Ich habe nämlich keine Kenntnis davon." Aber sogleich gab er sich wieder jovial. „Aber das ist ja nicht Ihr Problem, junger Mann, sondern das unserer Führungsebenen." Er drehte sich zum Unfallfahrzeug um und schüttelte den Kopf. „Es ist schon erstaunlich, wie weit manche Leute gehen, nur um an bestimmte Dinge wie dieses seltsame Medikament zu gelangen."

Dem konnten alle nur betroffen zustimmen. Es war wirklich erschreckend, wie weit manche Leute aus lauter Gier gingen.

„Wie sieht es denn aus?", wollte der Oberregierungsrat wissen. „Haben Sie denn wenigstens etwas gefunden?"

Ritter schüttelte den Kopf. „Nein, es scheint schon jemand vor uns da gewesen zu sein."

Neuwohner hob die Augenbrauen. „Wer könnte das denn gewesen sein?" Als Ritter lediglich mit den Schultern zuckte, wandte er sich an Koslowski. „Haben Sie einen Verdacht oder vielleicht eine Vermutung?"

„Leider nein, alle Kisten waren leer, und da oben gab es keinen Hinweis darauf, wer sich das Zeug unter den Nagel gerissen haben könnte." Er wollte nach oben deuten, doch seine verletzte Schulter ließ ihn zusammenfahren.

Neuwohner sah es und legte ihm mitfühlend eine Hand auf den Arm. „Um Gottes willen, seien Sie bloß vorsichtig. Ich würde vorschlagen, dass ein Arzt sich das mal ansieht."

„Ach, geht schon, ist vermutlich nur geprellt", wehrte Koslowski ab und bewegte den Arm wie zur Bestätigung leicht auf und ab. Allerdings mit schmerzverzerrtem Gesicht.

Neuwohner verschränkte die Hände vor dem Bauch. „Na, aber besser wäre es doch", seufzte er. Dann ließ er den Blick noch einmal zum Autowrack schweifen „Tja, und was den Inhalt der Kisten angeht, da kann man im Moment wohl auch nichts machen. Vielleicht taucht er ja irgendwo wieder auf." Zum Schluss wandte er sich noch einmal an Britta. „Gnädige Frau, ich hätte mir gewünscht, dass Sie unser herrliches Salzkammergut unter angenehmeren Bedingungen kennenlernen. Darum, wenn ich noch irgendetwas für Sie tun kann, lassen Sie es mich bitte wissen."

Britta erwiderte sein Lächeln. „Vielen Dank. Im Moment bin ich nur froh, dass alles noch so glimpflich ausgegangen ist." Sie blickte Koslowski fragend an. „Ich denke aber, wenn alle Formalitäten erledigt sind, dann werden wir nach Hause fahren, nicht wahr?"

„Aber sicher." Koslowski seufzte. „Vorher haben wir aber noch die traurige Aufgabe, uns um Martin Naumanns Überführung zu kümmern. Wer weiß, wie viele Formalitäten da noch zu erledigen sind."

Neuwohner machte eine abwehrende Handbewegung. „Machen Sie sich darüber keine Gedanken, Herr Koslowski, ich werde mich persönlich darum kümmern, dass das alles so schnell wie möglich erledigt wird. Sollte es irgendwo mal haken, dann scheuen Sie sich nicht, mich anzurufen." Dann griff er in die Tasche und zog eine Visitenkarte hervor. „In zwei Wochen werde ich zwar in meinen wohlverdienten Ruhestand gehen, aber ich hoffe, dass bis dahin alles geregelt ist.“

Er drehte sich um und blickte zum Autowrack hinüber. „Wollen Sie mich jetzt bitte entschuldigen, auch ich habe die traurige Pflicht, mich noch um einen Toten zu kümmern.“

Kapitel 30

Britta schmiegte sich eng an Koslowski und blickte zur Zimmerdecke empor. Zwei Stunden zuvor waren sie wieder in Hiddesen angekommen und lagen nun in Koslowskis Wohnung im Bett. Trotz der Unterstützung von Oberregierungsrat Neuwohner hatte es doch noch drei Tage gedauert, bis alles geklärt war. Erst dann hatten sie sich zu dritt auf den Heimweg machen können. Sie beide in Koslowskis Nissan, Martin Naumann im Leichenwagen.

„Mein Gott, war das alles grausam", stöhnte Britta. „Ich habe gehofft, dass diese schrecklichen Geschichten irgendwann mal aufhören und wir ein ganz normales Leben führen können."

Koslowski musste lächeln. „Weißt du, diese Hoffnung habe ich schon fast aufgegeben. Es scheint fast, als hielte das Schicksal ständig neue Überraschungen für uns bereit."

„Eher Gefahren als Überraschungen", widersprach Britta. „Wenn ich nur an diesen schrecklichen Mörder, diesen Martens, denke. Erst bringt er Naumann um, dann tötet er diesen österreichischen Polizisten, wie hieß er noch gleich…?"

„Stangassinger", half Koslowski ihr mit dem Namen aus.

„Genau, diesen Stangassinger, und wenn Ritter den nicht gestoppt hättet, wärst du jetzt vermutlich auch tot."

„Bei Ritter habe ich mich gar nicht richtig bedanken können", bedauerte Koslowski, „er war so schnell weg. Ich schätze, zwischen den deutschen und den österreichischen Behörden wird es noch ein paar unangenehme Gespräche geben. Er ist umgehend nach Wiesbaden zurückbeordert worden."

Britta kuschelte sich näher an Koslowski. „Auf jeden Fall bin ich ihm dankbar, dass er dir das Leben gerettet hat." Dann schwiegen beide eine Zeitlang und genossen die Ruhe, bis Britta plötzlich etwas einfiel.

„Weißt du, worüber ich gerade nachdenke?"
„Nein, aber du wirst es mir vermutlich gleich sagen."
Sie schlug ihm spielerisch mit der flachen Hand auf die Brust. „Ich überlege, wer dieses Zeug aus der Höhle geholt haben könnte. Wenn ich es richtig verstanden habe, hat auch die Polizei nicht den leisesten Hinweis darauf gefunden."
Britta konnte Koslowskis Schmunzeln nicht sehen. „Was daran liegt, dass ich ihn vorher bereits entfernt habe."
Ihr Kopf ruckte hoch, dann stemmte sie sich auf ihren Ellbogen und blickte Koslowski erstaunt an. „Du hast was?"
„Ich habe einen Hinweis darauf gefunden, wer noch mal in der Höhle war, und fand es besser, wenn ihn noch niemand in die Hand bekommt." Er drehte sich auf die Seite und griff unter die Matratze.
Als er sich wieder zu Britta umdrehte, baumelte von seinem hochgereckten Arm ein dünnes Kettchen mit einem ovalen Anhänger aus Metall.
„Was ist das?", fragte Britta erstaunt und streckte die Hand danach aus.
„Das lag in einer der Kisten", erklärte ihr Koslowski, „sieh dir mal den Anhänger an oder besser: die Aufschrift."
Auf der einen Seite war ein Engel eingraviert, auf der anderen ein Schriftzug:
Friedrich, 23. Februar 1943
Ungläubig betrachtete Britta den Anhänger. „Friedrich? Sollte das tatsächlich …?"
„Ja, es gehörte wohl mal unserem Friedrich Krameike", beantwortete Koslowski ihre Frage.
Einen Moment lang war Britta sprachlos. „Das würde ja bedeuten, dass Friedrich in der Höhle gewesen ist." Sie stutzte. „Aber er hat doch behauptet, dass er nie wieder dort war."
„Ja, das hat er behauptet", bestätigte Koslowski, „und ich glaube auch, dass er die Wahrheit gesagt hat."

„Dann verstehe ich nicht, wie das Medaillon dort hingekommen ist.“

Koslowski nahm ihr den Anhänger ab und ließ ihn wieder vor sich baumeln.

„Ich glaube, dass sein Vater, Wilhelm Krameike, noch einmal in der Höhle war. Da er den Anhänger seines Sohnes bei sich hatte, muss er zwischendurch zu Hause in Lippe gewesen sein. Aus seinen Tagebüchern geht hervor, dass er seinen Sohn erst nach seiner Kriegsgefangenschaft zum ersten Mal gesehen hat.“

Britta stieß den Anhänger mit dem Finger an. „Du glaubst, er hat ihn bewusst in der Höhle zurückgelassen?“

„Vielleicht wollte er dem nächsten Besucher einen Hinweis geben, oder er hat ihn einfach beim Ausräumen der Kisten verloren. Hier, siehst du? Der Verschluss ist abgerissen. Aber vermutlich werden wir nie herausfinden, was damals geschah.“

Britta nickte zustimmend. All das war schon so lange her, und es grenzte schon fast an ein Wunder, dass sie noch so viel hatten herausfinden können.

„Du meinst also, Wilhelm Krameike hat das Zeug aus der Höhle geholt?“ Britta legte ihre Stirn in Falten. „Aber wenn es so war, dann könnte er es ja überall versteckt haben. Im schlimmsten Falle könnte er es sogar in den Gebirgsbach unterhalb der Höhle gekippt haben.“

„Das glaube ich nicht“, widersprach Koslowski. „Dann hätte er es auch gleich in der Höhle ausschütten oder die Ampullen oder Röhrchen einfach zerschlagen können.“

„Was macht dich so sicher, dass es nicht getan hat?“

„Weil es da oben weder Scherben noch leere Behälter gab.“ Wie zur Bestätigung schüttelte er den Kopf. „Es gibt auch keinen Grund, warum er sie hätte mitschleppen sollen, wenn sie leer waren. Nein, ich glaube, er hat das D IX da versteckt, wo es außer ihm keiner finden konnte. Möglicherweise hat er den Besitz als eine Art Lebensversicherung angesehen. Er konnte ja nicht wissen, wer noch alles hinter dem Zeug her war. Mit dem Wissen um das Versteck hätte er sich möglicherweise freikaufen können."

Britta rollte sich auf den Rücken verschränkte die Arme hinter dem Kopf.

„Also gut, gehen wir einmal davon aus, du hättest recht. Wo könnte es dann sein?"

Koslowski drehte sich die Kette um seine Finger, bis er den Anhänger greifen konnte.

„Ich bin mir ziemlich sicher, dass er es nach Lippe geholt hat. Hier kannte er sich viel besser aus und hätte jederzeit Zugriff darauf gehabt. Und so, wie ich ihn einschätze, hat er irgendwo auch noch einen Hinweis auf das Versteck hinterlassen. Denk doch nur mal an seine akribisch geführten Tagebücher."

Die Bielefelder Rechtsanwältin stemmte sich wieder auf ihre Ellbogen hoch und blickte ihn erschrocken an. „Das heißt also, dass die Suche noch nicht zu Ende ist?"

Koslowski lachte bitter auf. „Nein, genau genommen beginnt sie gerade erst."

Kapitel 31

Das Haus in der Spreckenburgstraße lag verlassen und dunkel da, als Koslowski und Britta mit ihren Autos davor eintrafen. Nachdem Koslowski ihr gesagt hatte, dass er vermute, der alles entscheidende Hinweis müsse sich noch im Hause von Friedrich Krameike befinden, gab sie keine Ruhe, bis er mit ihr dort hinfuhr.

„Frauen!", murmelte er noch im Wagen sitzend vor sich hin, als Britta bereits aus ihrem ausstieg.

„Sollten wir Wilma Erfkamp nicht Bescheid sagen, dass wir da sind?", schlug Britta vor. Sie stand vor Koslowskis Wagen und wartete, dass er ihn abschloss.

„Nein, ich glaube, das ist nicht erforderlich. Wenn, dann sieht sie ja meinen Wagen vor der Tür. Außerdem ist es schon recht spät, da wollen wir sie nicht unnötig stören."

Britta winkte lächelnd ab. „Es ist ja gerade mal halb neun, da ist sie sicher noch nicht im Bett."

„Aber vieleicht schon im Nachthemd", erwiderte Koslowski mit einem Grinsen. „Und in dem Outfit wärst du mir, ehrlich gesagt, lieber als Wilma."

Während Koslowski den Schlüssel aus der Tasche zog, gingen sie gemeinsam auf Friedrichs Haus zu. Kurze Zeit später, im Flur des alten Hauses, schüttelte Britta sich.

„Ich weiß nicht. Als Friedrich noch lebte bin ich ja öfter mit dir hier gewesen, und es hat mir hier immer gut gefallen. Aber seit er tot ist, bin ich nun das erste Mal hier und empfinde das Haus plötzlich als kalt und unheimlich."

Koslowski zog seine Jacke aus und legte sie ihr um die Schultern. „Ist es so besser?"

Britta nickte, während er sich umsah. Das Haus war sehr groß, und er wusste nicht so recht, wo er mit der Suche beginnen sollte. Im Keller? Nein, es musste ein Versteck sein, das selbst Friedrich nicht gefunden hatte. Da der aber selber die Kiste mit den Tagebüchern dort unten versteckt hatte, war die Wahrscheinlichkeit gering, dass er dort fündig wurde. Nein, er musste woanders suchen.

Britta stand währenddessen immer noch unentschlossen im Flur. „Ich weiß nicht", sagte sie, ihren früheren Optimismus bezweifelnd, „meinst du wirklich, wir finden diesen Hinweis?"

Koslowski zog wahllos ein paar Schubladen einer alten Kommode auf, aber das war mehr eine Fingerübung als ein ernsthafter Versuch, etwas zu finden. „Entweder existiert noch so etwas wie ein Tagebuch oder es gibt einen anderen Hinweis. Du weißt ja, manchmal sind solche Fingerzeige so offensichtlich, dass man tagtäglich an ihnen vorbeiläuft, ohne sie wahrzunehmen. So, wie der sprichwörtlich im Wald versteckte Baum."

Britta blickte sich aufmerksam um. Im Hausflur hingen ein paar alte Gemälde. Sie zeigten eine Landschaft, bei der es sich sehr gut um die Senne handeln konnte. Viele der Wände waren mit alten Jagdtrophäen geschmückt, bei denen sich das frühere Weiß der Schädel bereits gelblich gefärbt hatte. Am Ende des Flures hing ein kapitaler Damhirsch, Britta wusste, dass Friedrich leidenschaftlicher Jäger gewesen war und ihm seine Jagdtrophäen sehr viel bedeutet hatten. Was wohl mal aus ihnen werden würde?

Sie öffnete die Tür zu ihrer Linken und trat in einen Raum, der einstmals aus zwei Zimmern bestanden hatte. Heute beherbergte er in einem Teil Friedrichs Jagdzimmer mit einer klobigen Eckbank und im anderen Teil eine Art Wohnzimmer mit Couch und Sesseln. Hier hatten sie öfter zusammengesessen und bei *Strate*-Bier und Wacholder den Geschichten des alten Lippers gelauscht. Britta erinnerte sich noch gut daran, doch jetzt fiel ihr auf, dass er dabei nie von seinem Vater gesprochen hatte.

Koslowski war ihr gefolgt und hatte damit begonnen, systematisch die Schränke im Wohnzimmer zu durchsuchen. Er wusste, dass Friedrich nichts dagegen gehabt hätte, aber trotzdem kam er sich irgendwie schäbig vor. Als würde er etwas Verbotenes oder Unrechtes tun. Hinter einer Schranktür fand er einen Stapel alter Fotoalben. Er nahm sie heraus und blätterte das oberste durch. So wie es schien, war es auch das älteste, denn es enthielt noch verblasste Fotos seines Vaters. Bilder, die auf irgendeiner Baustelle gemacht worden waren. Damals noch mit Holzgerüsten und Speisvögeln. Er erinnerte sich noch dunkel an diese Blechkästen, in denen der Speis zum Mauern auf die Gerüste transportiert worden war. Auch heute brachte der Beruf des Maurers schwere körperliche Arbeit mit sich, aber damals gab es all die technischen Hilfsmittel noch nicht, und arbeitsmedizinische Aspekte spielten damals so gut wie keine Rolle. Er erinnerte sich an den Spruch eines alten Poliers, dass zwei gute Maurer einen Handlanger in zwei Jahren verschleißen würden. Speis anrühren, Steine schleppen, Sand schaufeln, Gerüste umbauen, den Schutt beseitigen, all das waren Arbeiten, die damals noch ausschließlich von Hand erledigt werden mussten, ohne Kran oder andere technische Hilfsmittel.

Koslowski blätterte weiter durch die Bildersammlung und legte das Album dann zur Seite. Die anderen enthielten Familienfotos, Urlaubserinnerungen und Schnappschüsse des Hauses. Nichts davon erregte seine Aufmerksamkeit. Er ging wieder auf die Suche.

Britta hatte sich auf einem Stuhl niedergelassen und schaute sich melancholisch um. Wer würde sich um all das mal kümmern? Der Gedanke, dass all das, was Friedrich einmal viel bedeutet hatte, vermutlich im Sperrmüll landen würde, stimmte sie traurig. Und was würde wohl mit dem Haus geschehen, das sein Vater für die Familie erbaut hatte?

„Tja, so ist das Leben“, seufzte sie.

„Was hast du gesagt?“ Koslowski durchsuchte soeben eine weitere Schublade.

„Ich habe gerade daran gedacht, wie viel Schweiß und Arbeit Friedrich und sein Vater in dieses Haus gesteckt haben und was wohl nun daraus wird." Wehmütig blickte sie sich um. „Wie viele Steine haben die beiden wohl vermauern müssen, um sich das hier leisten zu können? "

Koslowski richtete sich auf und blickte sie nachdenklich an. „Keine Ahnung, wer all das mal erbt." Einen Moment lang blieb er unschlüssig stehen und ließ den Blick durch den Raum schweifen. Tief in seinem Innern regte sich etwas. Gedankenverloren drehte er sich um und blickte auf den Schrank.

„Was hast du?", wollte Britta wissen. „Du wirkst plötzlich so entrückt."

Es dauerte einen Moment, bis Koslowski antwortete. „Mauern … irgendetwas habe ich gerade gesehen, das mit Mauern zu tun hatte." Er ging zurück zum Schrank, griff wieder zur Schranktür und öffnete sie. Es war, als wollte er einen Film rückwärts ablaufen lassen. Was hatte ihn stutzig gemacht?

Sein Blick fiel auf die Fotoalben. Wieder zog er das älteste heraus, ging damit zu Britta hinüber und setzte sich neben sie an den Tisch.

„Was ist damit?", wollte sie wissen. „Hast du darin was gefunden?"

Koslowski antwortete nicht, sondern blätterte erneut durch das Album. Er wollte gerade wieder eine Seite umblättern, als er plötzlich innehielt.

Langsam blätterte er wieder zurück und schob die Schutzfolie aus Pergamentpapier von den Bildern. Dann hob er das Album an und betrachtete angestrengt eines der Fotos.

„Hier, sieh dir das mal an!" Auffordernd hielt er Britta das Album hin. „Das Foto links oben!"

Britta nahm das Album entgegen und betrachtete das Bild. „Was ist damit? Das ist ein Foto, das sie auf irgendeiner Baustelle gemacht haben. Vermutlich zur Erinnerung." Sie sah sich das Bild genauer an. „Richtfest!", sagte sie dann triumphierend. „Die haben eine Art Richtfest gefeiert, sieh doch nur, an einem der Gerüste hängt ein Kranz."

„Das habe ich auch gesehen", bestätigte Koslowski, „aber das meine ich nicht. Was glaubst du, was sie da gebaut haben? Ein Haus scheint es nicht zu sein. Mir sieht es eher wie eine Art Keller aus, aber was mich stört, sind die runden Gänge, die davon abgehen."

Britta nickte. „Erinnert mich irgendwie an Kanalisation. Aber die Gänge sind aus Ziegeln."

„Du könntest trotzdem recht haben", gab Koslowski zu. „Damals gab es noch keine großen Betonrohre, so wie heute. Da wurden die Schächte noch aus Ziegeln gemauert." Er deutete auf die linke obere Ecke des Bildes. „Siehst du, dass die Schächte alle eine Kennzeichnung haben?"

„Ja, sie haben römische Zahlen."

„Dann sieh dir mal den Schacht ganz links an. Kannst du seine Kennzeichnung erkennen?"

Britta beugte sich über das Fotoalbum. „Ja, es scheint eine Neun zu sein." Sie wollte sich gerade wieder ausrichten, als sie stutzte. Angestrengt betrachtete sie das Bild genauer. „Da hat jemand mit dem Bleistift ein D vor die IX gemacht. Mein Gott, wenn das der alte Krameike war, dann würde es ja bedeuten …"

„… dass das hier sein Hinweis auf das Versteck ist." Koslowski hatte ihren Satz beendet. Sie sah, dass seine Augen aufleuchteten. „Was für einen anderen Grund sollte er sonst gehabt haben, das D auf das Foto zu malen?"

Koslowski nahm ihr das Album aus der Hand und begann zu blättern. Plötzlich stutzte er erneut. Britta stand auf und schaute ihm über die Schulter. Zwischen der letzten Seite und dem Umschlag des Albums lag ein Zeitungsartikel. Ordentlich zusammengefaltet und leicht vergilbt.

Koslowski nahm ihn mit spitzen Fingern heraus und faltete ihn vorsichtig auseinander. Es war eine Seite aus der lippischen Landeszeitung von 1959. Darin wurde über den Abschluss der Bauarbeiten für eine große Kanalisationskreuzung berichtet. Durch die Baumaßnahme hoffte man, die im Frühjahr anfallenden Wassermengen besser in den Griff zu bekommen. Der Reporter beschrieb darin nicht nur Größe und Lage des neuen unterirdischen Bauwerkes, sondern in der Mitte des Artikels prangte auch das gleiche Foto, das sie zuvor im Album gesehen hatten. Koslowski deutete auf die linke obere Ecke. Auch dort war die IX deutlich zu erkennen, allerdings ohne das D.

„Wo ist das, oder besser, was ist das?“, fragte Britta und ließ den Blick suchend über den Zeitungsartikel wandern. „Immerhin ist diese Zeitungseite auch schon fast sechzig Jahre alt.“

„In Heiligenkirchen.“ Koslowski hatte die entsprechende Stelle gefunden und markierte sie mit dem Kugelschreiber, den er aus der Tasche gezogen hatte. „Ich weiß, wo das ist, aber ich bin mir nicht sicher, ob es da unten immer noch so aussieht wie auf dem Foto.“

Britta legte ihm beide Hände auf die Schultern. „Ich vermute, dir wird nichts anderes übrigbleiben als nachzusehen.“

Koslowski nickte zustimmend. „Du hast recht, und ich glaube, dann wird es langsam Zeit, dass wir die Behörden einschalten.“ Er erhob sich, legte ihr seine Hände auf die Hüften und blickte ihr in die Augen.

„Pass auf, ich fahre jetzt los und sehe nach, ob es an der Stelle noch irgendeinen Einstieg oder etwas anderes gibt. Wenn ich etwas gefunden habe, sage ich dir Bescheid.“

Er küsste sie auf den Mund, dann machte er sich von ihr los. „Du bleibst hier und rufst dann von hier aus die Polizei an. Ich werde dann da auf sie warten.“ Er deutete auf die vergilbte Zeitungsseite. „Hier steht auch genau, wo es ist.“

„Das Zeug wird da aber nicht einfach so rumliegen“, vermutete Britta.

„Nein, das glaube ich auch nicht. Friedrichs Vater wird es vermutlich irgendwo eingemauert haben. Ich vermute, hinter dem Schild mit der Aufschrift *D IX*, und da ich weiß, wo

Friedrich sein Werkzeug lagert, werde ich mich noch mit Hammer und Meißel bewaffnen."

„Pass bloß auf dich auf." Britta streichelte ihm über die Wange, doch Koslowski winkte ab.

„Was soll schon passieren, es geht doch nur noch darum, das D IX zu finden und den Behörden zu übergeben." Er zwinkerte ihr zu, dann machte er sich auf den Weg in den Keller.

Kapitel 32

Verdammt, er musste umdisponieren. Den beiden bis zum Haus von diesem Krameike zu folgen, war keine große Schwierigkeit gewesen, aber er war überrascht, als Koslowski es nach einiger Zeit wieder verließ. Sicherheitshalber duckte er sich hinter das Armaturenbrett. Fehlte gerade noch, dass die Rechtsanwältin ihn bemerkte, wenn sie aus dem Haus kam. Zum Glück hatte er den Leihwagen etwas abseits geparkt.

Aber dass die beiden jetzt wieder wegfuhren, passte ihm überhaupt gar nicht in den Kram. Noch während er überlegte, wie er weiter vorgehen sollte, wurde der Nissan gestartet und gewendet. Sollte er ihnen hinterherfahren?

Nein, wenn sie wirklich einen Hinweis auf das Versteck gefunden hatten, würden sie besonders aufmerksam sein. Zu dieser abendlichen Stunde fuhren hier nicht so viele Autos rum, als dass er längere Zeit unerkannt geblieben wäre. Dann fiel ihm ein, dass sie sicher noch einmal zum Haus zurückkommen würden, da der Wagen der Frau ja noch hier stand.

Er lächelte grimmig. Wenn sie wiederkämen, würden sie hoffentlich entweder das Gesuchte bei sich haben oder zumindest wissen, wo es sich befand. Alles andere war dann nur eine Sache der Kommunikation – mit oder ohne Schmerzen.

Er startete seinen Wagen, setzte, ohne das Licht einzuschalten, zurück und wendete in einer Einfahrt. Dann fuhr er die Straße ein paar hundert Meter weiter hoch und schaltete den Motor wieder aus. Hier fiel der Wagen garantiert nicht mehr auf.

Er holte seine Taschenlampe aus dem Handschuhfach und klopfte noch einmal prüfend auf sein Jackett. Alles da! Bevor er ausstieg, schaltete er die Innenbeleuchtung so, dass sie sich beim Öffnen der Fahrertür nicht einschaltete. Sekunden später hatte er die Wagentür bereits wieder lautlos geschlossen und schlenderte nun zurück in Richtung Spreckenburgstraße. Zum Glück war das ja hier ein ziemlich totes Kaff, sodass er, bis er vor dem Haus ankam, keiner Menschenseele begegnete.

Das also war das Haus von diesem Krameike, dem damals zusammen mit Bärwald die Flucht gelungen war. Sonderbar, dass die Geschichte ausgerechnet hier in Lippe zu Ende gehen würde.

Sicherheitshalber blickte er sich noch einmal um, dann trat er schnellen Schrittes auf den Hauseingang zu. Das alte Bartschloss in der hölzernen Tür bereitete ihm keine großen Schwierigkeiten. Sekunden später stand er im Flur, die geschlossene Haustür im Rücken.

Er lauschte. Hier dürfte zwar niemand mehr sein, aber trotzdem bewegte er sich auf Zehenspitzen. Er ließ den Blick durch den Flur gleiten. Am Ende war eine Tür angelehnt, links von ihm stand eine andere einen Spalt weit auf.

Vorsichtig drückte er sie mit dem Fuß auf und blickte hinein. Er sah eine Eckbank und auf dem Tisch davor ein aufgeklapptes Fotoalbum sowie eine vergilbte Zeitungsseite. Es sah aus, als ob die beiden gerade darin geblättert hätten. Sollte sich darin der Hinweis auf das Versteck befinden?

Mit wenigen Schritten war er am Tisch und überflog das Ganze im Schein seiner Taschenlampe. Bingo! Irgendjemand hatte in dem Zeitungsartikel eine bestimmte Stelle mit einem Kugelschreiber gekennzeichnet. Dann fiel sein Blick auf das Fotoalbum, und sofort bemerkte er die identischen Fotos in Album und Zeitungsartikel. Nur wenige Augenblicke später hatte auch er das *D* und die *IX* entdeckt. Genau wie Koslowski war er sich sofort sicher, dass es sich hier um das Versteck der angeblichen Wunderdroge handeln musste. Er überflog den Artikel ein zweites Mal und prägte sich die Ortsangabe des Kanalisationsbauwerkes genau ein. Es lag in der Nähe einer großen Straßenkreuzung. Kein Problem, den Rest würde das Navi im Wagen besorgen.

Plötzlich kamen ihm doch Zweifel, ob die beiden noch einmal ins Haus zurückkommen würden. Hätten sie sonst Album und die Zeitung einfach hier liegen lassen?

Verdammt, er hatte einen Fehler gemacht. Er hätte den beiden sofort folgen müssen.

Als er das Geräusch hörte, fuhr er herum. Es klang wie das Klappern von Geschirr oder Glas. Mit wenigen Sätzen war er an der Tür und spähte vorsichtig in den Flur. In diesem Moment öffnete sich die Tür am anderen Ende des Flurs. Sie wurde von einer Frau, die rückwärts aus der Küche kam und ein Tablett in ihren Händen hielt, aufgedrückt.

Verdammt, diese beschissene Rechtsanwältin war also gar nicht mitgefahren. Ihm war sofort klar, dass er es nun nicht mehr unbemerkt aus dem Haus schaffen würde. Seine Hand glitt lautlos in das Jackett und zog die Glock mit dem aufgeschraubten Schalldämpfer heraus. In dem Moment, in dem sie Anstalten machte sich umzudrehen, hob er die Waffe und feuerte sie zweimal ab.

Er beobachtete, wie die Wucht der 9-mm-Geschosse die Rechtsanwältin von den Füßen riss und in die Küche zurückschleuderte. Dort blieb sie mit dem Gesicht auf dem Boden liegen. Das fallen gelassene Geschirr hatte einen Höllenspektakel verursacht und eine vereinzelte Kaffeetasse kullerte immer noch über den Küchenboden. Aber er hatte keine andere Wahl gehabt, wenn er unerkannt bleiben wollte, und auf eine Leiche mehr oder weniger kam es ohnehin nicht mehr an. Gut, dass das Haus abseits lag, so lockte der Lärm keine neugierigen Nachbarn an.

Er musste nicht nachsehen, um sicher zu sein, dass sie tot war. Sie lag mit dem Kopf unter einem der Küchenstühle, und auf ihrer rosafarbenen Strickjacke verliefen die beiden Blutflecke bereits ineinander. Außerdem blieb ihm auch keine Zeit, denn er musste Koslowski hinterher. Eilig lief er ins Wohnzimmer zurück, nahm sich sicherheitshalber den Zeitungsartikel mit und verließ eilig das Haus. Es wurde Zeit, dass er die Sache zu Ende brachte.

Als er den Wagen aufschloss, wurde ihm bewusst, dass ihm jetzt nur noch einer im Weg stand.

Kapitel 33

Koslowski fand den Eingang zum unterirdischen Kanalsystem schneller, als er gedacht hatte. An der in der Zeitung angegebenen Stelle befand sich jetzt zwar eine Art Pumpenhaus, das sehr neu aussah, aber daneben gab es immer noch einen großen Schachtdeckel.

Koslowski kletterte kurzerhand über den Zaun der Anlage und ging darauf zu. Aus Krameikes Keller hatte er nicht nur einen Hammer und einen stabilen, langen Meißel mitgenommen, sondern eine auch batteriebetriebene Handlampe.

Er klemmte den Meißel in eine der Öffnungen des schweren Deckels und stellte sich dann mit seinem ganzen Gewicht darauf, um ihn anzuheben. In den entstehenden Spalt schob er mit dem anderen Fuß den Hammer und verhinderte so, dass der Deckel wieder ganz zuklappen konnte. Ohne zu zögern, ergriff er ihn mit beiden Händen und kippte ihn zur Seite. Als er neugierig mit der Lampe hineinleuchtete, sah er als Erstes eiserne Tritteisen, welche in die runde Betonwand gegossen worden waren.

Er fluchte. Das alles sah viel zu neu aus. Womöglich hatte man die komplette Anlage vor etlichen Jahren bereits erneuert, aber wenn er sicher gehen wollte, dann musste er da runter.

Er hängte sich die Lampe an ihrem Trageriemen um den Hals, schnappte sich Hammer und Meißel und stieg dann in den Schacht hinunter.

Er kletterte ungefähr drei Meter weit nach unten, bis er sah, dass durch den Boden des Schachtes eine ungefähr ein Meter breite Rinne verlief, durch die schmutzig braunes Wasser strömte. In Augenhöhe hörten die modernen Schachtwände aus Beton auf und darunter sah er alte Ziegelmauern. Genau wie auf den Fotos. So wie es aussah, hatte man den neuen Schachteinstieg auf die alte Ziegelkonstruktion gebaut. Die Steigeisen hörten unter ihm auf und wurden durch eine alte, im Mauerwerk verankerte Eisenleiter ersetzt. Hier unten war alles noch so, wie es in dem Zeitungsartikel beschrieben worden war. Er konnte sehen, dass von diesem Knotenpunkt aus diverse waagerechte Schächte in verschiedene Richtungen abgingen.

Koslowski kletterte weiter. Rechts und links von der Wasserrinne befanden sich zwei schmale Laufstege aus Beton, keiner breiter als einen halben Meter. Sie waren feucht, da sie ab und zu von der braunen Brühe überspült wurden, die darauf ihre Spuren hinterließ. Koslowski versuchte sich gar nicht vorzustellen, was hier unten so alles durchlief. Er war froh, dass es momentan nicht regnete, denn sonst wäre der Wasserstand garantiert höher und die Laufstege überschwemmt. An den Wänden konnte man deutlich sehen, wie hoch das Wasser hier manchmal gestanden hatte.

Vorsichtig setzte er einen Fuß auf einen dieser glitschigen Laufstege und hob die Lampe hoch, um besser sehen zu können. Sicherheitshalber immer noch mit einer Hand und einem Fuß auf der Leiter drehte er sich um und bemerkte die römischen Zahlen neben den einzelnen Schachtabgängen. Das war sie, die römische *IX*. Verblasst und schmutzig, aber immer noch zu erkennen.

Vorsichtig befestigte er die Lampe an einem Haken neben der Leiter.

Um an den Schacht mit der entsprechenden Nummer zu gelangen, musste er den glatten und rutschigen Laufsteg benutzen. In weiser Voraussicht hatte man an der Wand ein Geländer angebracht, an dem er sich festhalten konnte. An einigen Stellen des Geländers hing getrocknetes Papier. Koslowski vermied, es zu berühren, da er wusste, worum es sich dabei handelte. Der üble Geruch hielt sich hier unten in Grenzen, was vermutlich daran lag, dass das Wasser in der Rinne ständig in Bewegung war.

Als er die richtige Stelle erreichte, überlegte er, wie er die Ziegelwand am besten aufbrechen konnte. Der Meißel würde ihm dabei nicht viel nutzen, denn er würde sich auf dem schmalen Gehsteig weiterhin gut am Geländer festhalten müssen, um nicht in die Kloake zu fallen.

Nein, er musste versuchen, mit dem Hammer ein Loch in die Ziegelwand zu schlagen. Er ließ den Meißel zu Boden gleiten, hob den Hammer und traf mit dem ersten Schlag direkt die *IX*.

Bereits nach einem Dutzend Schlägen musste er absetzen und Luft holen. Der Hammer schien mit jedem Schlag schwerer zu werden. Koslowski gönnte sich eine kurze Pause, dann begann er erneut.

Seine Schläge hallten von den Wänden wider und verhinderten, dass er hörte, wie hinter ihm jemand in den Schacht stieg. Als er die nächste Pause machte, hatte er plötzlich das untrügliche Gefühl, dass jemand hinter ihm stand. Er fuhr herum und blickte direkt in ein paar eisgraue Augen.

In seinem dunklen Anzug wirkte Oberregierungsrat Neuwohner in dieser schmutzigen Umgebung zwar vollkommen deplatziert, aber die Glock mit dem aufgeschraubten Schalldämpfer wirkte auch hier unten bedrohlich.

„Wie kommen Sie hierher?“, wollte Koslowski völlig überrascht wissen.

Neuwohner hatte die Waffe auf ihn gerichtet. „Sie selber haben mich hierhergeführt. Man muss Ihnen immer nur nah genug auf den Fersen bleiben.“ Neuwohner war an der Leiter stehen geblieben und schnitt ihm so den Fluchtweg ab.

Koslowski ärgerte sich, dass er nun in der Falle saß. „Ich habe damit gerechnet, dass Sie irgendwann auftauchen würden, allerdings nicht gerade jetzt und hier.“

„Aha und wieso?“ Neuwohners Frage klang arrogant und hochnäsig.

„Mir war klar, dass es außer uns noch jemand gab, der von der Höhle und dem D IX wusste. Als Martens sich im *Göllhof* als Oberleutnant Stangassinger ausgab, habe ich ihn tatsächlich für einen Polizisten gehalten, aber als er uns beim Abstieg aus der Höhle mit der Waffe bedrohte kamen mir Zweifel, ob er wirklich der derjenige war, der über alles Bescheid wusste, denn er ging bis zuletzt davon aus, dass sich in der Höhle Gold befand.“

Koslowski versuchte den Abstand zu Neuwohner zu verringern, doch der gebot ihm sofort mit der Waffe Einhalt.

„Nur weiter, Sie glauben gar nicht, wie gerne ich Sie reden höre.“ Wieder dieser spöttische Tonfall in der Stimme.

Koslowski atmete durch. „Mir wurde klar, dass Martens die Information, was die Untersuchung der DNA ergeben hatte und dass Naumann nicht Bärwalds Enkel ist, nicht direkt aus der Gerichtsmedizin bekommen hat, denn ich glaube kaum, dass er in der Gerichtsmedizin mit seiner Legende vom Polizeibeamten durchgekommen wäre. Es musste also jemanden geben, der berechtigt war, solche Informationen von dort abzurufen. Ich tippe mal, dass es Professor Kirchleitern war, der es Ihnen gesagt hat, oder?“

„Nicht schlecht kombiniert“, lobte Neuwohner. „Aber dem guten Professor tun Sie damit unrecht, es gibt überall Menschen, die bereit sind, Informationen gegen Geld zu tauschen. Aber machen Sie nur weiter mit Ihren Ausführungen.“

„Ich ging also davon aus, dass man ihn mit den Morden beauftragt hatte. Er bekam die Informationen, die er brauchte, um die Aufträge auszuführen. Nicht mehr und nicht weniger. Und dann wurde mir klar, dass Sie dahinterstecken.“

„Mein Kompliment, Herr Koslowski. Ich hätte nicht gedacht, dass Sie so clever sind.“

„Nun ja, dahingehend hat sich schon der eine oder andere verschätzt.“

Neuwohner lächelte böse. „Aber Sie sind sicher so freundlich, mir zu sagen, wodurch Sie auf mich aufmerksam geworden sind.“

„Klar geworden ist es mir, als wir im Bluntautal am Autowrack standen. Sie sprachen davon, was Leute alles machen würden, um an dieses Medikament zu gelangen. Bis dahin sind aber alle, selbst ihr bezahlter Killer Martens, davon ausgegangen, dass es sich bei dem Inhalt der Kisten tatsächlich um Gold handelt. Sie haben ihn vermutlich auch bewusst in diesem Glauben gelassen, damit er hochmotiviert blieb."

Neuwohners Antwort triefte nur so vor Sarkasmus: „Bravo, mein Lieber, gut aufgepasst, dafür gibt es ein Fleißkärtchen. Mir ist es leider auch erst bewusst geworden, als ich es schon ausgesprochen hatte. Ich dachte allerdings, es merkt niemand."

Koslowski traute sich im Angesicht der Glock immer noch nicht, sich zu bewegen. „Aber wo wir schon bei gegenseitigen Erklärungen sind, woher wussten Sie denn von dem D IX? Selbst wenn sie schon siebzig sind, wären sie damals immer noch zu jung gewesen, um das alles selber miterlebt zu haben."

Neuwohner gab sich vollkommen überheblich und selbstgefällig. „Da schau her, rechnen kann er auch, der Herr Koslowski. Aber ich will einen so intelligenten Menschen wie Sie nicht dumm sterben lassen. Ich weiß von meinem Vater darüber. Er war damals dabei, als die Kisten in die Höhle gebracht wurden."

Dann verdunkelte sich Neuwohners Miene.

„Nur leider haben es ihm seine beschissenen Nazifreunde nicht gedankt. Ganz im Gegenteil; dafür, dass er in den Bergen sein Leben riskiert hat, haben sie ihn mit einem Genickschuss belohnt."

Koslowski war verwundert. „Wer war denn Ihr Vater? Soweit ich mich erinnere, ist der Name Neuwohner in Krameikes Tagebüchern nie aufgetaucht."

Neuwohner lächelte böse. „Um keine schlafenden Hunde zu wecken, hat meine Mutter mich damals bereits unter ihrem Mädchenamen angemeldet und meine Vita ein bisschen manipuliert, oder glauben Sie, man hätte den Sohn eines

Nazis in den Staatsdienst übernommen? In Wirklichkeit heiße ich Huber und mein Vater war Feldwebel bei der Waffen-SS. Feldwebel Hermann Huber."

In Koslowskis Erinnerung tauchte etwas auf. „Huber? Hat der damals nicht die Kletteraktion geleitet? Den Namen habe ich nämlich in Krameikes Tagebüchern gelesen."

„Genau, das war er, und Leutnant Schneider hat ihn dann verraten. Aber auch der hat seine gerechte Strafe bekommen. Das hat Bruno Martens in gewohnt effizienter Art und Weise erledigt."

Dann erzählte Neuwohner, wie er Schneider endlich in Bad Dürrheim ausfindig gemacht und Martens den Auftrag erteilt hatte, erst nach den Papieren zu suchen und ihn dann zu töten. Der war es dann auch, der Naumann ermordet hatte und dann Stangassinger, als der begann herumzuschnüffeln.

„Aber das brauchte ich Ihnen vermutlich nicht mehr zu sagen, oder?" Neuwohner gefiel sich in der Rolle des Mannes, der alle Fäden in der Hand hielt. „Außerdem war Martens ständig in Ihrer Nähe, und so haben wir schon auf dem Friedhof von der vertauschten Leiche und dem Brief erfahren." Er schaute Koslowski mitleidig an. „Sie können froh sein, dass er Ihnen nicht bereits da das Licht ausgeblasen hat. Sie hätten nicht mal gewusst, wie Ihnen geschieht, denn Sie und Ihre Freundin sind eben nur Amateure."

Eines war Koslowski aber noch immer nicht klar. „Sie sprachen davon, dass Schneider Ihrem Vater einen Genickschuss verpasst hat. Wie haben Sie dann trotzdem von dieser ganzen Sache erfahren?"

Neuwohner lachte meckernd auf. „Weil Schneider in jeder Hinsicht ein Stümper war. Nachdem er alle Mitglieder dieser Operation weisungsgemäß hat töten lassen, musste er auch noch meinen Vater loswerden. Er hat ihn zwar hereingelegt, aber dieser Kretin konnte noch nicht mal einen wehrlosen Mann töten. Sein Schuss ins Genick hat die Wirbelsäule nicht durchtrennt, sondern nur gestreift. Mein Vater war nicht tot, und als man die Leichen beseitigen wollte, stellten zwei Kameraden meines Vaters fest, dass er noch am Leben war. Querschnittsgelähmt mit durchschossener Luft- und Speiseröhre, sowie zerfetzten Stimmbändern, aber immerhin noch am Leben."

Koslowski merkte, dass Neuwohner der Verrat und seine Folgen immer noch zu schaffen machte.

„Sie haben ihn dann in einer Nacht-und-Nebel-Aktion vom Berghof weggeschafft und meine Mutter informiert. Diese wiederum hat ihn dann zusammen mit ihrem Bruder nach Hause geholt und dort gepflegt, bis er wieder einigermaßen gesund war." Neuwohner ließ die Hand mit der Waffe etwas sinken, aber bevor Koslowski diese Situation ausnutzen konnte, hatte er sie bereits wieder gehoben. „Was man so gesund nennt, wenn man nicht sprechen kann, über eine Sonde ernährt werden muss und im Rollstuhl sitzt. So habe ich meinen Vater bis zu seinem Tod erlebt. Ein stolzer Mann, von seinem eigenen Vorgesetzten zum Krüppel gemacht."

Koslowski ging ein Licht auf. „Ich verstehe, dann hat *er* Ihnen alles erzählt."

„Hören Sie eigentlich nicht zu?", herrschte Neuwohner ihn barsch an. „Er konnte nicht mehr sprechen, mühsam aufgeschrieben hat er es mir."

Wieder schweiften Neuwohners Gedanken einen kurzen Moment lang in die Vergangenheit ab. „Ja, so hat er mir vieles mitteilen können, nur nicht die genaue Lage der Höhle, an die konnte er sich nicht mehr erinnern. Er hat mich aber wissen lassen, dass damals zwei Leute abgehauen sind, die ihm beim Verstecken der Kisten geholfen haben, aber die Namen wusste er nicht mehr. Aber er war sich sicher, dass Schneider sie wusste. Nur war der leider auch untergetaucht und es hat eine Menge Mühe gemacht und lange gedauert, bis ich ihn endlich gefunden habe."

„Aber, dass sich die Höhle im Bluntautal befindet, wussten Sie, oder?"

„Ja, und da habe ich sie zwar immer wieder gesucht, aber nie gefunden. Sehen Sie mich an, ich bin ein Bürohengst, kein Bergsteiger. Ich war mir aber sicher, dass ich irgendwann doch noch in den Besitz dieses Präparats kommen würde, und die Tatsache, dass wir beide jetzt hier stehen, zeigt doch wohl eindeutig, dass ich recht behalten habe." Wieder lachte er höhnisch auf. „Man muss eben nur Geduld haben."

„Und was wollen Sie denn mit diesem Zeug?" Koslowski bewegte sich vorsichtig, immer bemüht sich auf dem nassen Laufsteg Halt für einen Angriff zu verschaffen. „Hat es denn heute überhaupt noch einen Wert?"

„Haben Sie eine Ahnung. Die Zusammensetzung von D IX ist zwar allgemein bekannt. Es besteht aus Kokain, *Pervitin* und *Eudokal*, einem schmerzstillendem Morphiumpräparat, aber es gibt da noch ein paar zusätzliche Kleinigkeiten, und genau diese Kleinigkeiten machen es so wertvoll. Sie glauben gar nicht, was die Russen für so etwas bezahlen. Ich war wirklich überrascht, als ich deren Angebot hörte."

Koslowski blickte ihn verwundert an. „Die Russen?"

„Was der deutsche und der alliierte Geheimdienst nach dem Krieg an Informationen besaßen, landete auch bei den Russen. Auch sie wussten, was sich hinter der Testreihe D I bis D IX verbarg und hatten Kenntnis davon, dass der deutsche Pharmakologe Gerhard Orzechowski im Jahre 1944 daran geforscht und eine Art Wunderpille entwickelt hatte. Aber niemand wusste, wo sich das D IX befand."

Koslowski wirkte erstaunt: „Schön und gut, aber was wollen denn die Russen heute noch mit dem Zeug?"

„Ach, wissen Sie, wenn man in Regierungsverantwortung steht lernt man viele interessante Leute kennen und spricht über so manche Dinge. In meinem Arbeitsbereich zum Beispiel auch über den Sport und dessen hässlichste Krankheit, das Doping."

Neuwohner schien auf keinem Gebiet irgendwelche Skrupel zu kennen.

„Irgendwann sind wir dann mal auf das Thema Wunderdrogen und letztendlich auf D IX gekommen. Ob Sie es glauben oder nicht, kaum hatte man den Inhalt des Gespräches an die richtigen Leute weitergeleitet, haben die mir zugesichert, eine hohe sechsstellige Summe zu zahlen, wenn ich ihnen eine Probe davon besorgen würde. Zusätzlich boten sie mir noch eine siebenstellige Erfolgsprämie, wenn sich daraus ein entsprechendes Präparat würde generieren lassen." Er blickte Koslowski mit einem zynischen Lächeln an. „Wer kann da schon Nein sagen? Das Gehalt eines Beamten ist doch immer zu gering, egal in welchem Land er arbeitet."

„Vorausgesetzt, Sie bekommen diese Probe", wandte Koslowski ein.

„Da bin ich mir ganz sicher, Sie wollen doch wohl nicht so enden wie ihre Freundin, oder?"

Koslowski zuckte wie unter einem Peitschenschlag zusammen. „Was ist mit Britta?"

„Sie hat den gleichen Fehler gemacht, den auch Sie gerade begehen wollen, nämlich sich mir in den Weg zu stellen."

„Was haben Sie mit ihr gemacht, habe ich Sie gefragt!", brüllte Koslowski ihn an.

„Regen Sie sich nicht auf, es war kurz und schmerzlos." Neuwohner machte eine entsprechende Geste mit der Glock. „Ich versichere Ihnen, sie hat so gut wie nichts gespürt."

„Sie verdammtes Schwein", Koslowski wollte auf Neuwohner losstürmen, wurde von diesem aber mit der Waffe daran gehindert weiterzugehen. Im selben Moment raste ein seelischer Schmerz durch seinen Körper, der sich wie flüssige Lava anfühlte.

Vor seinem inneren Auge sah er Britta erschossen auf dem Boden liegen. Er sah das explodierende Auto, in dem seine damalige Freundin Kiki Brandes ums Leben gekommen war, er sah wie Ronnie Liebach durch eine Kugel aus der Waffe des „Schlachters“ starb.

Warum starben immer die Menschen, die ihm am nächsten standen? Warum zog er sie immer wieder in solche gefährlichen Situationen hinein? Wieder war er daran schuld, dass die Frau starb, die er liebte.

Neuwohner wurde ungeduldig. „Sie werden mir jetzt das D IX aushändigen und dann sehen Sie mich nie mehr wieder.“

„Einen Scheißdreck werde ich tun.“ Koslowski standen die Tränen in den Augen. „Sie würden mich hinterher ohnehin erschießen. Zugegeben, das könnten Sie auch jetzt schon tun, aber dann müssen Sie die verdammte Mauer da selber aufstemmen.“ Er deutete hinter sich auf die Ziegelwand.

Statt einer Antwort hob Neuwohner seine Waffe und schoss Koslowski ohne Ankündigung und ohne jede Gefühlsregung in den Oberschenkel. Der schrie auf und stürzte zu Boden. In ihm explodierte eine Mischung aus Trauer, Wut und Schmerz.

„Ich frage kein zweites Mal mehr!“, bellte Neuwohner herrisch, als er sich über den am Boden windenden Koslowski beugte. Dabei blickte er hämisch in Koslowskis schmerzverzerrtes Gesicht und lachte. Er fühlte sich ihm endlos überlegen. Wäre er dabei nur ein bisschen aufmerksamer gewesen, dann hätte er das Aufblitzen in Koslowski Augen bemerkt.

So aber kam dessen Griff an den Schalldämpfer der Glock für ihn zu überraschend, als dass er angemessen hätte reagieren können.

Koslowski nutzte das Überraschungsmoment und drückte die Waffe mit aller Kraft zur Seite. Neuwohner drückte ab, aber das abgefeuerte Projektil traf nur das mürbe Ziegelmauerwerk und blieb darin stecken.

Wütend brüllte Neuwohner auf und versuchte, den Lauf aus Koslowskis Hand zu winden und ihm gleichzeitig mit der anderen Hand ins Gesicht zu schlagen. Koslowski warf den Kopf zur Seite und bäumte sich auf. Damit hatte Neuwohner nicht gerechnet und wurde dadurch aus dem Gleichgewicht gebracht. Sofort witterte Koslowski seine Chance und eng aneinandergeklammert fielen beide in das Schmutzwasser der Kanalisation, wobei Koslowski Pech hatte und unter Neuwohner landete. Krampfhaft bemühte er sich, bloß kein Wasser zu schlucken. Mit letzter Kraft riss er das Knie hoch und rammte es Neuwohner in den Unterleib. Der reagierte prompt, krümmte sich zusammen und kippte zur Seite. Das war die Chance, auf die Koslowski gewartet hatte, um aus der nassen Todesfalle zu entkommen.

Er drehte und wand sich solange, bis beide auf der Seite lagen, jetzt jedoch trieben sie langsam auf den dunklen Schachteingang mit der Bezeichnung IX zu.

Koslowski griff Neuwohner in die Haare und tauchte dessen Kopf in das Schmutzwasser. Panisch bäumte der sich dagegen auf und kam so Koslowskis Kopfstoß sogar noch entgegen. Dabei brach sein Nasenbein mit einem hässlichen Knacken. Wieder versuchte Neuwohner seine Waffe abzufeuern, doch Koslowski verhinderte es, indem er ihn an der Kehle packte und seinen Kopf erneut unter Wasser drückte. Neuwohner begann zu strampeln, und Koslowski sah, wie er voller Panik die Waffe losließ. Krampfhaft versuchte er, mit beiden Händen den Griff um seinen Hals zu lösen.

Koslowski konnte Neuwohners Todesangst deutlich spüren und hätte eigentlich Mitleid haben müssen, doch der Mord an Britta sorgte dafür, dass er nur noch einen Gedanken im Kopf hatte: Er wollte dieses Schwein töten.

Hinterher hätte er nicht mehr sagen können, wie lange sie in dieser Position gelegen hatten. Erst hatte Neuwohners Gegenwehr nur langsam nachgelassen, dann jedoch war sie mit einem Schlag erloschen. Koslowski konnte dabei dessen Gesicht in dem schmutzigen Wasser nicht sehen. Er sah nur die letzten Luftblasen, die aus Neuwohners Lunge aufstiegen. Erst als der Körper schlaff wurde und jegliche Gegenwehr aufgehört hatte, traute er sich, den Hals seines Gegners loszulassen.

Erschöpft wälzte er sich zurück auf den Laufsteg und sah von dort mit an, wie Neuwohners Leiche auftauchte und dann langsam vom fließenden Schmutzwasser in die Dunkelheit gezogen wurde. Keine Minute später war sie bereits in der Dunkelheit des Schachtes verschwunden.

Erst nach einiger Zeit schaffte es Koslowski, sich am Geländer festzuhalten und sich mühsam daran aufzurichten. Die Wunde in seinem Bein schmerzte höllisch und das schmutzige Wasser würde garantiert eine Infektion verursachen, aber er war wenigstens noch am Leben.

„Ja, ich bin am Leben", lachte er verbittert auf, „aber Britta ist tot! Tot! Tot!"

Dann fing er an zu brüllen, bis ihm die Luft ausging. Ausgelaugt und erschöpft sank er auf dem schmutzigen Laufsteg in sich zusammen und brach in Tränen aus.

Kapitel 34

Erst eine gefühlte Ewigkeit später kletterte Koslowski aus dem Schacht.

Wie lange er dort unten vor sich hingebrütet hatte, wusste er nicht. Immer tiefer hatten sich dabei die Selbstvorwürfe in seine Seele gefressen. Er hatte Britta schon einmal in Todesgefahr gebracht, damals, als sie auf der Suche nach dem Schwert des Varus waren. Das hätte ihm damals schon eine Warnung sein müssen.

Dann war ihm plötzlich ein seltsamer Gedanke gekommen. Was, wenn Neuwohner sie nicht richtig getroffen hatte? Was, wenn er genauso danebengeschossen hatte wie Schneider damals? Was, wenn sie schwerverletzt in Krameikes Haus lag?

Diese Überlegungen hatten dafür gesorgt, dass er sich von seiner Lethargie befreien und aus dem Schacht klettern konnte. Nass und schmutzig wie er war, lief er zu seinem Wagen und fuhr so schnell es ging zurück in die Spreckenburgstraße.

Als er von der Denkmalstraße nach rechts einbog, sah er, dass zwei Polizeifahrzeuge und ein Rettungswagen vor Krameikes Haus standen. Voller Panik sprang er aus dem Auto und rannte auf das Haus zu. Als er an einer Polizistin, die gerade herauskam, vorbeilaufen wollte, griff diese zu und hielt ihn fest.

„Sie können da nicht rein!“

Koslowski versuchte krampfhaft sich loszureißen, doch sie ließ nicht locker.

„Das ist ein Tatort, da können Sie nicht rein.“

Als Koslowski seinen Widerstand aufgab, drückte sie ihn auf Armeslänge von sich weg und rümpfte die Nase. „Sie sind ja ganz nass, wo kommen Sie denn her?“ Ohne auf die Antwort zu warten, stellte sie bereits die nächste Frage. „Und wer sind Sie überhaupt?“

Koslowski blickte an der Beamtin vorbei zur offenstehenden Haustür. „Meine Freundin …“, stammelte er. „Britta … Britta Craven … sie ist meine Freundin ... ich muss …“

Wieder versuchte er, an der Beamtin vorbei ins Haus zu gelangen. Doch das misslang, weil in diesem Moment ein junger Polizeibeamter aus dem Haus und seiner Kollegin zu Hilfe kam.

„Was ist denn hier los?“ Dabei blickte er Koslowski scharf an.

„Er sagt, er wäre der Freund von Frau Craven. Ich kenne noch nicht einmal seinen Namen.“

„Koslowski. Ich heiße Koslowski und jetzt lassen Sie mich endlich da rein!“ Er war nicht mehr in der Lage, logisch zu denken, und machte erneut Anstalten, an den beiden vorbeizukommen. Doch die beiden hatten ihn fest im Griff.

In diesem Moment kam ein Polizeibeamter aus dem Haus, der wesentlich älter war und jede Menge Sterne auf der Schulterklappe hatte.

„Was ist mit dem Mann?“, wollte er wissen.

Seine junge Kollegin erklärte ihrem Chef, mit wem sie es zu tun hatten.

Der trat einen Schritt zurück, legte eine Hand auf Koslowskis Schulter und sah ihm in die Augen. „Wir kennen uns doch, oder?“

Koslowski stutzte und blickte ihn dann verwirrt an. „Keine Ahnung.“

„Doch, doch, das war auf der Reinholdi-Kirmes. Wir hatten es damals mit einem Selbstmordattentäter zu tun. Erinnern Sie sich nicht mehr?“

Der Blick aus Koslowskis geröteten Augen schien durch den Polizeibeamten hindurchzugehen. „Ist mir egal, was damals war, ich will zu meiner Freundin.“

Der Polizeibeamte schüttelte nachdenklich den Kopf. „Naja, vielleicht wäre es wirklich besser, wenn Sie jetzt bei ihr wären." Dann wandte er sich an seine Kollegen. „Ist schon okay, ich nehme ihn mit rein, und falls hinterher einer meckert, dann nehme ich das auf meine Kappe."

Er legte den Arm um Koslowskis Schulter und ging dann langsam mit ihm in Richtung Haustür. „Sie werden jetzt genau das tun, was ich Ihnen sage, ansonsten sind Sie schneller wieder draußen, als Sie glauben. Haben wir uns verstanden?"

Koslowski nickte geistesabwesend und blickte voller Schrecken auf die beleuchtete Haustür. Plötzlich war er sich nicht mehr sicher, ob er da wirklich noch hineinwollte. Er bekam Angst, dass ihn die Bilder, die er dort sehen würde, zeit seines Lebens ebenso verfolgen würden wie damals der Anblick des explodierenden Autos. Langsam und mit hängenden Schultern stieg er hinter dem Polizeibeamten die Treppenstufen zu Friedrichs Haus hinauf

Bevor der Polizist das Haus betrat, drehte er sich noch einmal um. „Und Sie sind sich sicher, dass Sie sich das wirklich ansehen wollen? Es ist wahrlich kein schöner Anblick."

Nein, ich bin überhaupt nicht sicher, dachte Koslowski, nickte aber.

„Okay, dann bleiben Sie dicht hinter mir und fassen Sie nichts an."

Der Polizeibeamte betrat den Flur und ging ihn entlang. Koslowski warf nur einen schnellen Blick in das leere Wohnzimmer, an dem sie vorbeikamen, und starrte dann so lange auf den Polizei-Schriftzug auf dem Rücken des Mannes, bis dieser plötzlich stehen blieb. Langsam drehte er sich um.

„Sie liegt in der Küche. Bleiben Sie an der Tür stehen! Gehen Sie auf keinen Fall rein!" Mit dieser letzten Mahnung trat er zur Seite und gab das Blickfeld für Koslowski frei.

Im selben Moment hatte der seine Augen geschlossen und musste sich nun zwingen, sie wieder zu öffnen.

Da war sie!

Sie lag auf dem Bauch, sodass er ihr Gesicht nicht sehen konnte. Die Aufprallenergie der Geschosse hatte ihren Körper so weit in die Küche geschleudert, dass ihr Kopf unter einem der Stühle lag.

Neuwohner hatte ihr zweimal in den Rücken geschossen. Durch das Blut war aus dem Rosa der Strickjacke ein dunkles Rot geworden. Ihm wurde schlagartig übel und er wollte sich nicht vorstellen, wie sie von vorne aussah. In diesem Moment spürte er die Hand des Polizisten auf seiner Schulter.

„Ich weiß, dass es sehr unpassend ist, aber ich muss Sie das jetzt fragen: Können Sie mir sagen, wer das ist?"

Koslowski nickte und blickte dabei auf die dunkelgraue Baumwollhose und die hellbraunen Pantoffel.

Als er gerade antworten wollte, stutzte er.

Das waren doch nicht Brittas Sachen. Sie hatte einen schwarzen Hosenanzug getragen. Koslowski hatte das Gefühl, sein Herz würde aussetzen, und bevor der Polizeibeamte ihn festhalten konnte, war er bereits in die Küche gestürzt und zog den Stuhl weg, der den Kopf der Leiche verdeckte.

Koslowskis Augen weiteten sich, dann stolperte er zwei Schritte rückwärts und prallte gegen den Küchenschrank.

„Oh, mein Gott", hauchte er fassungslos und schüttelte benommen den Kopf. Die Frau auf dem Fußboden war nicht Britta. Es war Wilma Erfkamp.

Neuwohner hatte Friedrichs Nachbarin erschossen, er musste sie von hinten für Britta gehalten haben. „Nicht auch noch Wilma", flüsterte Koslowski erschüttert.

„Wilma? Und wie weiter?", hakte der Polizeibeamte nach.

Anstatt zu antworten blickte Koslowski ihn mit weit aufgerissenen Augen an. „Wo ist die andere Leiche?"

Der Polizeibeamte wirkte verdutzt. „Welche andere Leiche? Es gibt keine andere Leiche." Er fasste Koslowski an den Schultern und schüttelte ihn leicht. „Sagen Sie mir bitte, wer das ist."

„Erfkamp, Wilma Erfkamp, eine Nachbarin und jetzt sagen Sie mir endlich, was mit meiner Freundin ist", flüsterte Koslowski, noch immer fassungslos.

„Immer mit der Ruhe", beschwichtigte ihn der Polizist. „Wenn Sie die Zeugin meinen, die ist zurzeit im Rettungswagen. Sieht so aus, als ob sie einen Schock hat."

„Ich muss sofort zu ihr", verlangte Koslowski und rannte aus der Küche.

Der Polizeibeamte versuchte ihn zu stoppen, bevor er am Rettungswagen ankam. Als Koslowski die Tür öffnen wollte, legte der Beamte seine Hand auf den Türgriff.

„Warten Sie noch einen Moment! Lassen Sie die Rettungssanitäter erst ihre Arbeit machen, dann können Sie zu ihr." Der Beamte blickte Koslowski verständnisvoll an. „Während wir warten, würde ich mir gerne ihre Personalien notieren, und es wäre gut, wenn Sie mir erzählen, was Sie wissen. Das würde es uns einfacher machen, den Täter zu finden, um ihn seiner gerechten Strafe zuführen zu können."

Koslowski löste nur zögernd den Blick vom Rettungswagen, dann sah er dem Polizisten in die Augen. „Darüber brauchen Sie sich keine Sorgen zu machen, diese Aufgabe habe ich Ihnen bereits abgenommen."

In diesem Moment öffnete sich die Tür und Britta stürzte sich in Koslowskis Arme.

„Du weißt gar nicht, wie froh ich bin, dass du noch lebst!" Die sonst so gefasste Rechtsanwältin, zitterte am ganzen Körper.

„Mir geht es nicht anders", flüsterte Koslowski und drückte sie fest an sich.

Kapitel 35

Aus einem mit grauen Wolken verhangenen Himmel regnete es in Strömen. Es schien geradeso, als ob sich das Wetter dem deprimierenden Anlass anpassen wollte. Aber irgendwie passte der Regen zu einer Doppelbeerdigung auch besser als strahlender Sonnenschein.

Als die kleine Gruppe die Kapelle auf dem Friedhof von Oerlinghausen verließ, wurden zahlreiche Regenschirme aufgespannt. Der junge Mann, der die Trauerrede für die beiden Toten gehalten hatte, folgte den Särgen als Erster. Die Trauergäste dahinter konnte man an zehn Fingern abzählen.

Britta hatte sich bei Koslowski eingehakt und drückte sich unter dem Schirm eng an ihn. Hinter ihnen ging Matthias Ritter, der extra aus Wiesbaden angereist war, um Martin Naumann die letzte Ehre zu erweisen. Der lag im ersten Sarg, der dem kleinen Trauerzug voranfuhr. Im zweiten folgten die sterblichen Überreste von Horst Bärwald, die man auf dem Friedhof von Golling exhumiert und nach Oerlinghausen überführt hatte.

In dessen bisherigem Grab ruhte nun der unbekannte Jäger, dessen Leiche die Salzburger Staatsanwaltschaft nach Abschluss der Ermittlungen freigegeben hatte. Es gab zwar keinen hundertprozentigen Beweis, dass es sich um ihn handelte, aber aufgrund der Indizien war man sich recht sicher gewesen. Daraufhin hatte man eine Leiche gegen die andere getauscht und da man keine weiteren Angehörigen ausfindig machen konnte, hatte Koslowski sich bereit erklärt, für sämtliche Kosten aufzukommen.

Von Seiten der Bundesregierung hatte man zwar signalisiert, sich daran beteiligen zu wollen, aber selbst wenn daraus nichts würde, war es Koslowski egal. Er fand, dass er es Naumann schuldig war – und Britta war mit ihm einer Meinung.

Unter dem Schirm sahen sich die beiden an und jeder wusste, dass der andere froh sein würde, wenn sie den Friedhof an der Rathausstraße verlassen konnten. Erst ein paar Tage zuvor hatten sie in Heiligenkirchen vor dem offenen Grab von Wilma Erfkamp gestanden. Mit Tränen in den Augen hatten sie von Friedrichs Nachbarin Abschied genommen, die aufgrund eines mörderischen Irrtums hatte sterben müssen. Wilma hatte Koslowskis Wagen bemerkt, war herübergekommen und wollte, zusammen mit Britta, auf ihn warten. Es war ihr Verhängnis, dass sie dabei Neuwohner in die Arme lief.

Der Trauerzug in Heiligenkirchen war um ein Vielfaches länger gewesen als der hier in Oerlinghausen. Als die beiden auf dem Friedhof erschienen waren, hatten die Angehörigen sie zwar gegrüßt, aber während der gesamten Trauerzeremonie immer wieder skeptisch beobachtet. Jeder wusste zwar, dass sie keine Schuld an Wilmas Tod traf, aber unterbewusst stand der Vorwurf im Raum, weil sie sie mit in diese Sache hineingezogen hatten.

Auch in Heiligenkirchen waren die beiden froh, als sie den Friedhof wieder verlassen konnten.

Als wollte ihn der Tod nicht aus seinen Fängen lassen, hatte man Koslowski am Tage nach Wilmas Beerdigung darum gebeten, die Leiche Neuwohners zu identifizieren. Nachdem Koslowski die Begebenheiten in der Heiligenkirchener Unterwelt geschildert hatte, begann die Polizei sofort, die Kanalisation abzusuchen, und fand die Leiche auch relativ schnell im nächsten Klärwerk.

Schwieriger wurde es dann schon Neuwohners Waffe zu finden. Sie war vom Wasser etliche hundert Meter mitgespült worden, und es kostete erhebliche Mühe, sie auf dem Grund des Grabens aufzuspüren. Die ballistische Auswertung hingegen ging bedeutend schneller und so stand bald schon fest, dass Wilma Erfkamp mit dieser Waffe getötet worden war.

Was den Kampf in der Kanalisation anging, hatte die Detmolder Staatsanwaltschaft ein Ermittlungsverfahren eingeleitet, dem Koslowski gelassen entgegensah. Daran dachte er gerade, als der Trauerzug das offene Doppelgrab erreichte. Das Friedhofsamt der Stadt Oerlinghausen hatte ihm sofort sagen können, wo sich die Gruft der Familie Naumann befand, und die Genehmigung erteilt, ihn dort zusammen mit seinem Großvater beizusetzen.

Auch als der Trauerredner an das offene Grab trat, über dem auf Holzbohlen die beiden Särge schwebten, hatte der Himmel immer noch kein Einsehen und hielt seine Schleusen weiterhin geöffnet. Naumanns Nachbarn und ein paar Bekannte der Familie drängten sich hinter Britta, Koslowski und Ritter zusammen. Die Sargträger warteten geduldig auf das Ende der Trauerrede und waren sichtlich erleichtert, als sie die Särge nacheinander in die Gruft hinunterlassen konnten. Nach einer kurzen Verneigung verschwanden sie schleunigst in Richtung Friedhofskapelle.

Koslowski und Britta traten an das offene Grab, und während Britta einen kleinen Blumenstrauß auf Naumanns Sarg fallen ließ, fragte sich Koslowski, ob ihm durch seinen plötzlichen und gewaltsamen Tod nicht ein langes Leiden als Alkoholiker erspart geblieben sei. Er war sich sicher, dass sich Naumann bereits im Endstadium dieser Krankheit befunden hatte. Aber egal, wie beschissen sein Leben auch gewesen sein mochte, er hatte es natürlich nicht verdient, ermordet zu werden, daher empfand er es als gerecht, dass sowohl sein Mörder als auch dessen Auftraggeber dafür bereits hatten büßen müssen.

Ganz in Gedanken versunken, bemerkte er zunächst nicht, dass Britta ihn leicht am Arm zog. Sie wollte, dass sie Platz für Matthias Ritter und die anderen Trauergäste machten. Deren Beileidsbekundungen fielen ebenfalls sehr kurz aus. Man hätte nicht sagen können, ob es an mangelnder Empathie oder am Wetter lag. Auf jeden Fall versuchte jeder, so schnell es ging den Friedhof zu verlassen, eine anschließende Trauerfeier war ohnehin nicht vorgesehen.

An Koslowskis Wagen verabschiedete sich Matthias Ritter von ihnen.

„Ich muss wieder zurück nach Wiesbaden, um dort am Abschluss dieses Falles mitzuhelfen. Wir sind gerade zusammen mit den österreichischen Behörden dabei, alles noch einmal aufzuarbeiten. Den Österreichern geht es dabei vor allem um die Rolle, die Oberregierungsrat Neuwohner in der ganzen Sache gespielt hat."

Er reichte Britta die Hand, dann blickte er Koslowski an. „Und noch mal vielen Dank, für die Information, was das D IX angeht. Ich bewundere Ihre Ausdauer, die Sache bis zum Ende verfolgt zu haben, vor allem, weil Sie ja eigentlich gar nichts damit zu tun hatten."

„Was tut man nicht alles, um einem guten Freund den letzten Wunsch zu erfüllen?" Koslowski ergriff die angebotene Hand. „Aber ich bin Ihnen auch sehr dankbar, dass Sie mir im Bluntautal das Leben gerettet haben."

Bevor Ritter etwas sagen konnte, mischte sich Britta ein. „Und ich erst!" Sie klammerte sich an Koslowskis Arm und lächelte den BKA-Mann dankbar an. „Ich bin froh, dass euch beiden nichts passiert ist."

„Auf jeden Fall, werde ich dieses Abenteuer nicht so schnell vergessen", bekannte Ritter. „So was passiert einem ja nicht alle Tage."

Britta verdrehte die Augen. „Ihnen vielleicht nicht, aber ich kenne einen, der gerät ständig in solche Situationen."

Epilog

„Bringst du uns bitte noch eine Runde, Silke?“ Koslowski lächelte die Bedienung des Bistros *Knispel* an und machte eine entsprechende Handbewegung. Mit ihm und Britta saßen die „üblichen Verdächtigen“ am Tisch, wie Koslowski seine Freunde scherzhaft nannte.

Siegfried Gründler, Volkmar Strunte und Walfried Eugelink. Der ehemalige Kriminalbeamte war als Letzter erschienen. Als er sich am Tisch niederließ, kommentierte er Koslowskis neues Abenteuer bereits, ohne übehaupt schon etwas davon gehört zu haben. „Du glaubst gar nicht, wie froh ich bin, dass ich dieses Mal nicht dabei war.“

Volkmar Strunte und Siegfried Gründler nickten zustimmend. „Da sprichst du ein großes Wort gelassen aus“, bestätigte der ehemalige Geldschrankknacker. „Ich glaube, das würde auch meine Pumpe nicht mehr mitmachen.“

Volkmar Strunte lachte. „Ich glaube eher, deine Erika würde dir die Hölle heiß machen, wenn du mal wieder nachts unterwegs wärst.“

„Oder so“, grinste Gründler.

„Na, dann lass mal hören“, sagte Eugelink und lehnte sich entspannt zurück.

In diesem Moment kam der Wirt mit einem Tablett, auf dem nicht nur die bestellten Biere, sondern auch ein paar Schnapsgläser standen.

„Die Runde geht auf mich“, sagte er und verteilte die Getränke, „wo doch die Geschichte mit dem Lesen der Tagebücher mal wieder hier im *Knispel* angefangen hat.“ Dann ließ er sich ebenfalls am Tisch nieder.

„Musst du nicht in die Küche?“, fragte Koslowski lächelnd.

„Die bleibt so lange kalt, bis ich die ganze Geschichte gehört habe“, kommentierte der Mann mit der roten Schürze, „und nun fang endlich an zu erzählen.

Koslowski blickte Britta fragend an und als diese nickte, berichtete er von ihren Erlebnissen. Der Bericht über den Tod von Martin Naumann und Wilma Erfkamp sorgte dafür, dass es am Tisch betretene Gesichter und längeres Schweigen gab.

„Tja, und damit hat alles angefangen." Koslowski legte Krameikes Tagebücher auf den Tisch. „Und natürlich mit Friedrichs letztem Wunsch."

„Was willst du damit machen?", wollte Strunte wissen.

„Wir wissen noch nicht, wer Friedrichs Erbe antreten wird, deshalb werden wir sie so lange aufbewahren, bis das geklärt ist." Schon fast zärtlich strich Britta über die Tagebücher. „Auf jeden Fall sind sie ein Stück Zeitgeschichte."

„Ich finde, wir sollten auf Friedrich trinken", schlug Strunte vor und hob sein Glas.

Als Walfried Eugelink sein Glas absetzte, hatte er doch noch eine Frage. „Sag mal, was ist denn nun aus dem D IX geworden?"

Koslowski musste lachen. „Das ist überhaupt der allergrößte Witz", musste er zugeben. „Bereits am Morgen nach Wilmas Tod hat man den Schacht aufgebrochen und die Ampullen tatsächlich gefunden. Allerdings waren es nur noch eine Handvoll und selbst von denen war die Hälfte bereits zerbrochen."

„Konnte man den wenigstens mit dem Rest etwas anfangen?", fragte Gründler neugierig.

Britta übernahm es zu antworten. „Vorgestern hat man uns darüber informiert, dass die Substanz unbrauchbar geworden sei. Ob es an der unsachgemäßen Lagerung, dem Alter oder an anderen Dingen gelegen hat, weiß niemand. Auf jeden Fall war alles umsonst. Die Toten, die Suche nach der Höhle, alle Anstrengungen."

„Du hast sicherlich in vielem recht", stimmte Koslowski ihr zu, „aber Friedrichs letzten Wunsch haben wir ihm immerhin erfüllt und auch Licht in das Dunkel dieser Geschichte gebracht."

Volkmar Strunte griff in die Hemdtasche und zog einen zusammengefalteten Zeitungsartikel hervor. Nachdem er ihn glattgestrichen hatte, hielt er ihn so in die Höhe, dass alle die Schlagzeile einer großen Boulevardzeitung lesen konnten. Darunter war das unscharfe Foto eines U-Bootes abgedruckt.

Liegt hier das verschwundene Nazi-Gold?

„Na, wäre das nicht eine schöne neue Aufgabe für dich?", wollte Strunte feixend wissen.

Koslowski nahm ihm die Zeitung aus der Hand und zerknüllte sie. „Nein, danke. Mir reicht es langsam. Ich habe die Nase voll, und außerdem werde ich für solche Abenteuer auch zu alt."

„Heißt das, dass du dich aufs Altenteil zurückziehen willst?" Walfried Eugelink schüttelte bereits ungläubig den Kopf, während er die Frage noch stellte.

„Ja, genau das heißt es", bestätigte Koslowski und legte seinen Arm um Britta.

Die lächelte ihn zwar zärtlich an, aber ihr Blick verriet, dass sie ihm nicht glaubte.

Danksagung

und wie die Idee zu diesem Roman entstand

In Romanen sind Personen und Handlungen (fast) immer fiktiv und jeder kennt den Satz, dass Ähnlichkeiten mit lebenden oder toten Personen unbeabsichtigt und reiner Zufall sind. Das gilt natürlich auch für diesen neunten Koslowski-Roman.

Handlungsorte jedoch sind fast immer real, und so ist jeder noch so internationale Roman zu einem kleinen Teil doch auch immer ein Regionalkrimi. Egal, ob er in New York, auf Kuba, in Lippe oder in der kleinen österreichischen Marktgemeinde Golling spielt. Aber wie kommt man auf einen Ort wie Golling an der Salzach?

Bei mir liegt es daran, dass ich 1961 im zarten Alter von drei Jahren mit meinen Eltern das erste Mal dort war und wir dann viele Jahre unsere Urlaube dort verbrachten. Und auch wenn es mich in späteren Jahren weiter in die Welt hinausgezogen hat, so bin ich doch immer wieder nach Golling zurückgekehrt.

Als ich im vorletzten Urlaub zusammen mit meiner Frau die *Dokumentationsstätte Obersalzberg* besichtigte, reifte in mir der Gedanke, einen Roman rund um den sagenhaften Goldschatz von Adolf Hitler zu schreiben. Als Kind hatte ich mit meinen Eltern eine Bootsfahrt auf dem Toplitzsee gemacht und von den angeblich darin versenkten Schatztruhen gehört. Die ganze Geschichte sah ich dann Jahre später in dem Spielfilm „Der Schatz im Toplitzsee“ mit Joachim Hansen und meinem großen Vorbild Gert Fröbe in den Hauptrollen.

Ich kann heute nicht mehr sagen, wie alt ich damals war, auf jeden Fall aber noch ein Kind, als ein Hubschrauber des ORF auf dem Hackerhof in Golling landete. Von dort aus flog er dann mit einem Transportnetz voller Filmequipment ins angrenzende Bluntautal, da man dort eine Dokumentation über eine kürzlich erforschte Höhle drehen wollte.

Dieses Erlebnis habe ich nie vergessen und im letzten Urlaub kam mir dann ein Gedanke. Wenn der Schatz der Nazis schon nicht im Toplitzsee lag, warum sollte er dann nicht in einer schwer zugänglichen Höhle im Bluntautal liegen?

Im Laufe der Jahre liefen meine Recherchen zu dieser Höhle aber wieder ins Leere, bis ich im Jahre 2016 durch Zufall im Internet den Salzburger Höhlenverein fand und sich auf meine Anfrage Walter Klappacher meldete und sich als adäquater Ansprechpartner erwies. Er war es nämlich, der die im Roman beschriebene Höhle im Jahre 1960 gemeinsam mit einem Freund zum ersten Mal erforscht hat. Sie trägt den Namen *Gruberhornhöhle* und ist ein verwirrendes Labyrinth von Gängen und Schächten, von denen bis heute erst ca. sieben Kilometer erforscht worden sind. Hydrologisch konnte eine Verbindung zum Quellsystem des Gollinger Wasserfalls nachgewiesen werden. Walter wusste auch zu berichten, dass die Höhle immer noch weiter erforscht wird und es in den zurückliegenden Jahren öfter Reportagen über die Höhle gegeben hat. Vermutlich habe ich damals die Recherchen für eine dieser Reportagen in Form des Hubschrauberstarts miterlebt.

Es gibt diese Höhle also wirklich, aber wer nun losmarschieren und sie suchen möchte, dem sei gesagt, dass ich den genauen Standort und den Weg zur Höhle zwar kenne, beides im Buch aber bewusst verschwiegen habe, denn sie ist sehr schwer zugänglich und liegt in einer Höhe von 1800 Metern und damit ca. 1300 Meter über dem Talboden. Für den Roman musste sie allerdings deutlich tiefer liegen, um für meine Protagonisten leichter erreichbar zu sein. Auch den Felsen in Form eines Adlers werden Sie vergeblich suchen, denn er entspringt nur meiner wilden Fantasie. Sollten Sie aber einmal in Golling sein, dann sollten Sie es nicht versäumen, das Bluntautal mit seinen Seen und seinem Bach zu besuchen. Es ist ein sehenswertes Kleinod im Salzkammergut, und wenn Sie schon mal in Golling sind oder aufgrund des Romans dort hinfahren, dann nehmen sie sich auch die Zeit für einen Besuch der wunderschönen Pfarrkirche.

Sie sehen, so kommt man aufgrund von Kindheitserlebnissen, Filmen und Erzählungen zu einer Romanstory, wie Sie sie (hoffentlich) gerade gelesen haben. Um ihn schreiben zu können, war natürlich wieder viel Hilfe erforderlich, deshalb ist es mir zwar eine Freude, mich bei einigen Menschen und Institutionen speziell zu bedanken, aber in erster Linie bei meinen Leserinnen und Lesern, die mir für Koslowskis neuntes Abenteuer sogar bis in die Österreichischen Alpen gefolgt sind.

Besonders aber bei Walter Klappacher und beim Salzburger Höhlenverein, die mir nicht nur wertvolle Literaturtipps, sondern auch ihr Fachwissen rund um die Höhlen im Salzklammergut zur Verfügung gestellt haben. Ein weiter Dank gilt den „beiden" Christian Seidl, denen ich viele Informationen über Golling, das Salzkammergut, seine Vergangenheit und die Berge verdanke.

Vielen Dank auch an Viola Karl, Rüdiger Schrenk und Armin Müller vom Hotel *Waldeck Spa Resort.* Sowohl für die immer gute Aufnahme wie auch für ihre Hilfe bei meinen Recherchen in Bad Dürrheim. Wer das Glück hat, dort mal mit Otto Schaub wandern gehen zu können, der erfährt nicht nur jede Menge über die Natur, sondern auch viel über die Geschichte rund um Bad Dürrheim. Ihm verdanke ich wertvolle Informationen rund um die Kriegs- und Nachkriegszeit in der Region Villingen-Schwenningen.

Wertvolle Informationen über die Droge *Cristal Meth* und ihren Hintergrund habe ich von Dr. med. Clemens Cloppenburg erhalten. Das Archiv der Stadt Detmold war mir bei meinen Recherchen in Verbindung mit den Temmler Werken in Detmold behilflich. Diese existierten tatsächlich und wurden von Kommerzienrat Hermann Temmler in der Zeit von 1917 bis 1923 in Detmold unter der Anschrift Klüter Straße 10-14 betrieben.

Ein anderer treuer Partner der Koslowski-Reihe ist Hamit Urasaew, dem es nun seit neun Jahren gelingt, meinen Romanen ein Gesicht in Form eines Titelbildes zu geben. Sollten sie einmal nach Golling kommen, werden sie Burg und Kirche anhand seiner Zeichnung sofort wiedererkennen.

Ansonsten sind es, wie Koslowski sagen würde, die „üblichen Verdächtigen“, die mich immer wieder inspiriert und motiviert haben. Allen voran meine Frau Petra, die mich wie immer von der Idee bis zum fertigen Manuskript unterstützt und begleitet hat. Wichtige Personen sind auch meine Testleser, die sich vor dem Druck auf Fehlersuche begeben. Mein Dank gilt Bettina, Elisabeth, Petra und Jörg. Meine Freundin Inge aus dem „Rotstiftmilieu“ war in diesem Jahr zum ersten Mal nicht involviert, weil sie in Österreich in Urlaub war. (Angeblich wollte sie dort nach einem Schatz suchen.)

Sie sehen also, es haben wieder einmal viele Menschen dazu beigetragen, dass es einen neuen Koslowski gibt. Für etwaige Fehler im Roman habe ich ihre Hilfe jedoch nicht benötigt, die habe ich ganz alleine produziert und übernehme daher für sie auch die volle Verantwortung.

Joachim H. Peters
Detmold, August 2017

Lippe-Krimi®

Joachim H. Peters

Geboren? Ja, und zwar im Jahre 1958, im soeben noch westfälischen Gladbeck. Nach aktiver Kindergartenverweigerung und Absolvieren diverser Grundschulen folgte der Besuch der einstmals städtischen Realschule für Jungen mit abschließender mittlerer Reife und einem folgerichtigen Wechsel in die mittlere Beamtenlaufbahn. Seit 1975 arbeitet er als Polizeibeamter u.a. in Oberhausen, im Kreis Recklinghausen und mittlerweile in Lippe. Joachim H. Peters lebt in Detmold und arbeitet in Lage. Wenn er in seiner Freizeit gerade mal keine Krimis schreibt, aus seinen Büchern liest oder aus irgendeinem anderen Grund auf einer Bühne steht, geht er seinen Hobbys Jagd und Hund nach.

1906-2017
111 JAHRE
VERLAGSERFAHRUNG
topp+möller

Weitere Lippe-Krimis von Joachim H. Peters

Zum Sterben nach Lippe
272 Seiten
ISBN 978-3-936867-67-1
Detmold, 2016

Teufel ohne Alibi
288 Seiten
ISBN 978-3-936867-61-9
Detmold, 2015

Kurzweilig & humorvoll

Gelächter aus dem Lipperland
144 Seiten, ISBN 978-3-936867-36-7, Detmold, 2010